도시의 확장과 변형

-문화편-

이 책은 2019년 대한민국 교육부와 한국연구재단의 지원을 받아 수행된 연구임
(NRF-2019S1A5C2A04082394)

대구대학교 인문과학연구소
동아시아도시인문학총서

4

도시의 확장과 변형

― 문화편 ―

노우정·박정희·박용찬·서주영·윤경애·이경하

學古房

성급한 바람을 담은 말이지만 지구촌 전체를 강타한 팬데믹이 이제 백신의 개발과 접종으로 인해 서서히 끝을 향해 달려가는 것 같다. 역사적으로 유래를 찾아보기 힘든 팬데믹 사건은 바쁘게 치달았던 일상의 폭주기관차에 제동을 걸고 달려온 길에 대해서 뒤돌아보게 한다. 울리히 벡이 '위험사회'라는 말로 인류에게 경고하며 제안했던 '성찰적 근대'라는 말이 남다른 감회로 다가온다. 많은 소회들이 있지만, 코로나가 안겨준 인류의 위기 앞에 인문학의 효용과 임무가 그 어느 때보다 절실하다는 사실을 직시하게 된다. 선진국이라고 믿었던 경제 강국들이 효율과 경쟁의 논리에 갇혀 국가 안전망이 뚫린 채 허둥대는 모습을 지켜보면서, 그들이 자부해 왔던 민주주의 체제가 개인주의적 자유주의에 잠식당해 형식적 민주주의에 머물러 있다는 사실을 확인하게 된다. 신뢰와 소통, 배려와 양보가 기반이 된 이타적 공동체를 구성하고 협력과 상호존중의 사회적 신뢰 자산을 쌓아가는 일이 고도화된 현대사회일수록 더욱 절실하게 필요하다는 사실이 코로나를 통해 확인되고 있다. 이와 같은 무형의 자산들을 사회적으로 유통시키고 확산해 가는 일이야말로 인문학 본연의 임무임을 인문학 전공자로서 무게 있게 깨닫게 된다.

이번에 시리즈로 출간될 3권의 책은 한국연구재단의 후원을 받아

5

대구대학교 인문과학연구소가 2020년도 하반기에서 2021년 상반기까지 진행한 'LMS-ACE 교육과정 개발 및 인문교육 시스템 구축: 철길로 이야기하는 동아시아 도시인문학' 프로그램의 연구 성과물로 구성되어 있다. 코로나로 인해 제한된 상황 속에서도 본 연구소는 학술대회, 콜로키움, 시민인문강좌 등의 학술 행사들을 진행하였고, 그 결과물들을 하나로 묶어 결실을 보게 되었다.

세계는 점점 복잡하게 구성되고 빠르게 변화하며 예측 불가능한 방식으로 진행된다. 본 연구팀은 국가(민족) 단위로 세분화된 현재의 학과(부) 편재로는 급변하는 글로벌 시대를 선도하는 인문학 교육이 한계에 봉착했다는 문제의식에서 출발하여, 일국적 관점을 지양하고 초국가적인 세계관과 비전을 함양함으로써 미래의 세계 시민으로 우뚝 설 수 있는 인재를 양성할 새로운 인문 교육의 패러다임을 구축하고자 한다. 지역의 좁은 틀에 얽매이거나, 자국과 자문화 중심주의에 매몰되어서는 창의적이고 개방적인 국제 사회의 일원이 될 수 없다. 미래 사회의 비전은 복합적이고 다차원적인 인식의 지평을 요구하며, 이는 국제 관계의 역동성과 중층성을 이해하는 것에서 출발한다. 이와 같은 문제의식이 반영된 혁신적인 인문교육 프로그램을 마련하기 위해 본 연구팀은 지금도 노력 중이며, 문제의식을 함께 하는 지역 안팎의 연구자, 실천가들로부터 고견을 듣고 의견을 나누며 토론하고 있다. 이 저서는 그와 같은 노력과 협력의 결과물이다.

본 시리즈 저서는 '도시의 확장과 변형: 동아시아 도시인문학의 지형과 과제'이라는 큰 주제 아래 내용별로 각각 〈도시〉, 〈문화〉, 〈문학과 영화〉로 나누어져 있다. 이와 같은 구분은 편의적인 것일 뿐 정확하게 내용적으로 구별되는 것은 아니다. 도시 이야기에 문화적 내용이 포함되어 있고, 문화, 문학, 영화 이야기에 도시라는 배경이 포함

될 수밖에 없기 때문이다.

　1번째 책인 〈도시〉편에서는 근대화 시기 대구, 부산, 교토, 베이징 등 동아시아 주요 3국의 생활상들이 소개되고 있다. 김명수의 「1920년대 대구 상업의 공간적 분포와 조선인 상점」은 1920년과 1923년에 대구상업회의소에서 펴낸 대구상공인명록을 통해 1920년대 대구 상업의 공간적 분포를 분석한 것으로, 상인 공간이 민족에 따라 이분된 공간으로 형성되어 있음을 보여주었다. 이 시기 대구는 경부선 부설과 대구역이 건설된 이후 읍성의 북쪽과 동쪽에는 일본인 상점이, 그리고 서쪽과 남쪽에는 조선인의 상점 분포되어, 상당히 활발한 움직임을 보였다는 것을 보여주고 있다. 문재원의 「부산 시공간의 다층성과 로컬리티: 부산 산동네의 형성과 재현을 중심으로」는 '부산 산동네'가 간직한 다양한 주체들의 기억, 경관, 문화의 재구성 과정을 고찰하고 있다. 이를 통해, 이 공간이 구축하고 탈구축하는 로컬리티를 살펴보고, '부산 산동네'라는 공간에 존재하는 전 지구적인 것과 지역적인 것의 경합을 보여줌으로써, 공간의 형성과 재현을 통해 형성되는 공간의 역설성과 이중성을 드러내는 동시에 과거 슬픈 기억의 현재화에 관한 문제를 제기하고 있다. 야스다 마사시의 「일본 교토와 대구·경북의 경계를 넘어 일했던 사람: 재일 조선인1세 조용굉씨의 생애사」는 일본 교토의 직물 산업인 니시징오리 산업(西陣織産業)에 종사하면서 일본과 한국을 오간 조선인 1세 조용굉(趙勇宏)씨의 삶을 통해 1945년 이전과 이후의 대구·경북 및 일본 교토의 산업과 관련된 재일조선인의 노동이나 활동, 행동 및 의미를 논하고 있다. 재일조선인의 과거와 현재를 통합하는 연구를 통해 기존의 지엽적이고 단절된 연구를 극복하고 있다는 점에서 의미있는 글이라 생각된다. 최범순의 「대구를 기록한 일본인: 후지이 추지로(藤井忠治郞)의 대구 하층사회 기록」은 '후지이 추지로'가 1922년 12월부터 1924년 6월까지 잡지 『경북(慶北)』에 연재한 1920년대 전반기 대구 하층사회 기록을 분석한 것이다. 일본의 식민지 지배정책과 사회사업의 틀에서 벗어난 특수성을 간직한 그의 기록은 식민지 조선의 대구라는 도시가 만드는 격차를 통한 근대적 발전 방향성에 대한 재고라는 거시적 의의와 함께, 이들을 희생하며 성장한 근대 한국의 도시가 가지는 모습의 기록이란 의의가 있다. 안창현의 「베이징 농민공의 문화활동과 정동정치」는 사회적 변화를 추동하는 힘으로서 정동의 역할을 강조하고 있는데, 베이징 농민공들의 문화활동을 통해 자신의 논거를 입증하고 있다. 피춘 문화 공동체에 참여하는 신노동자들의 경험적 서사들을 통해 소박하지만 믿음과 의욕으로 환기되는 그들의 정동을 차분히 설명하고 있다. 권응상의 「장안의 화제: 당대 기녀와 문인」은 국제적 도시였던 당나라 장안의 아문화를 문(文)과 압(狎)으로 구분하고, 이를 구성하는 두 축인 문인과 기녀가 만들어내는 문화를 고찰한 것이다. 기녀들은 문인을 상대하기 위해서 예술과 문학적 소양을 갖춘 '멀티 엔터테이너의 면모'가 필요했는데, 그녀들이 문인과 함께 만들어 내는 삶과 예술, 그리고 문학은 당대 시단을 다채롭게 해주었다. 특히 시를 노래하는 가수라는 기녀의 특수한 역할은 시의 전파와 사(詞)의 출현이라는 시가문학 발전사적 공헌이 있음을 이 글은 고찰하고 있다.

2번째 책인 〈문화〉편에서는 도시 공간에서 형성되는 문화적 장치와 실천들이 도시인들의 삶과 의식에 끼친 영향들을 확인할 수 있을 것이다. 먼저 박용찬의 「근대로 진입하는 대구의 교육과 출판」은 대구의 문학, 미술, 음악 등이 1920년 전후 성행의 기틀을 잡기 시작했다는 사실에 주목하고, 그와 같은 성행의 제도적 기반을 추적한다.

1910년 전후 대구의 문화 및 문학 장(場)을 움직인 동력을 교육과 매체에서 찾고 있는 이 글은 대구라는 우리 지역의 구체적 사례를 통해 근대라는 상상된 공동체가 어떻게 형성되는지를 보여주고 있어서 흥미롭다. 박정희의 「기억 서사로 본 베이징 도시공간과 도시문화」는 역사의 격랑 속에 변모를 거듭해온 베이징을 들여다본다. 봉건제국의 고도가 사회주의 신중국의 수도로 재건되는 변모 양상을 분석하는 일은 다양한 각도에서 가능하겠지만, 이 글은 특히 생활 주거 양식에 주목함으로써 일상생활의 변화가 새로운 제도를 수용하는데 있어 중요한 역할을 할 수 있다는 사실을 입증해낸다. 윤경애의 「『조선시보』 대구지국 독자우대 대연극회를 통해 본 1910년대 대구의 공연 문화」는 제목처럼 1910년대의 대구 공연 문화를 소개하고 있는데, 앞서 박용찬이 지적한 바 1920년대 대구의 문화적 부흥을 위한 기틀을 닦았던 1910년대의 문화 현상을 사례를 통해 이해할 수 있는 기회를 제공하고 있다는 점에서 흥미롭다. 이 글은 지방 연극사에 대한 소중한 기록을 정리하고 그 의의를 밝히고 있을 뿐 아니라 지역의 문화사 및 경제사 연구를 위한 초석이 될 수 있다는 점에서 의미있는 글이다. 노우정은 「이청조의 달콤 쌉싸름한 사랑과 인생의 노래: 변경의 도시문화에서 꽃 핀 사(詞)」라는 글을 통해 남송과 북송 시대에 걸쳐 널리 사랑받았던 이청조라는 여류문인을 소개하고 있다. 당시 세계에서 가장 큰 도시이자 문화의 중심지였던 변경과 항주에서 일상의 아름다움에서 인간의 세밀한 감정을 포착했던 그녀의 '사(詞)'라는 문학 장르를 감상해봄으로써 여성에게 가해진 시대적 제약을 뚫고 창작과 학술로 자신의 인생을 개척해간 주체적인 인물을 만날 수 있을 것이다. 이경하의 「베이징(北京)과 상하이(上海): 20세기 최고의 로맨티스트 쉬즈모(徐志摩)와 그의 뮤즈들」은 국내에서도 당시

인기가 있었던 쉬즈모의 사랑과 문학에 대해서 설명하고 있다. 맹목적인 로맨티스트이자, 중국 사회의 병폐와 봉건예교의 속박에 대해 비판적이었던 지식인이자, 중국 현대시의 발전을 위해 시의 형식과 내용에 대해 진지하게 고민하며 해결의 길을 모색했던 신월파 시인이었던 그의 행적과 문학세계를 함께 따라가다 보면 20세기 중국의 정취를 느낄 수 있게 될 것이다. 서주영의 「북경 자금성 둘러보기」는 북경성과 자금성의 역사, 구조, 및 건축에 관한 문헌적 고찰을 통해, 베이징이 수도로서 간직한 의미를 통시적으로 고찰하고, 동시에 북경성과 자금성의 건축 구조가 가지는 의미를 살펴본 것이다. 또한 이들이 1950년 이후 겪게 되는 변화와, 과거 자금성의 '오문(午門)'으로 대표되는 황제의 권력이 '천안문'이라는 인민(人民)으로 옮겨가는 상징적 의미의 허실에 관해서 고찰하였다.

3번째 책인 〈문학과 영화〉편에서는 문학과 영화 속 다양한 동아시아 근대인들의 모습을 볼 수 있다. 권은의 「경성에 살던 일본인들, 그들의 문학 작품 속 경성 풍경: 다나카 히데미쓰의 『취한 배』를 중심으로」는 식민지 시기 경성이 한국인과 일본인이 공존하던 이중 도시였다는 사실에 주목한다. 전체적인 경성을 조망하기 위해서는 한국인에 의해 재현된 모습뿐만 아니라 일본인의 눈을 통해 그려진 경성의 모습도 간과해서는 안 된다는 것이다. 이 글은 다나카 히데미쓰의 『취한 배』를 분석하면서 '이중도시' 경성의 독특한 공간적 특성과 조선인과 일본인의 대비되는 심상지리적 특성을 잘 보여주고 있다. 한상철의 「철로 위의 도시, 대전(大田)의 두 얼굴: 20세기 전반의 '대전역'과 근대문학」은 식민과 제국의 갈림길에 세워진 '신흥 도시' 대전에 대한 한국과 일본의 문학적 형상화를 도시의 관문 '대전역'을 중심으로 읽어간다. 주목할 점은 한 세기 전 제국주의에 희생당한 비극적인 한반도의 모습이 상징적 공간인 대전역을 통해 다양하게 묘사되고 있다는 사실이다. 한편 허영은은 「여성 요괴들은 어떻게 만들어지는가?: 괴물이 된 헤이안 여성들」이라는 글을 통해 사회적으로 여성 이미지가 만들어지고 통용되고 확대 재생산되는 이데올로기를 헤이안 시대 여성 이미지를 통해 분석하고 있다. 주목할 점은 그러한 이미지가 교토라는 도시의 공간적 특성과 연결시키고 있다는 점인데, 헤이안 시대와 교토의 시공간이 직조하는 여성의 차별과 이미지화된 여성 차별의 이데올로기를 따라가면서, 우리 시대의 여성 이미지와 비교해 보는 것도 흥미로운 독서가 될 것이다. 권응상의 「순간에서 영원으로: 당(唐)나라 성도(成都)의 설도(薛濤) 이야기」는 당나라 성도(成都)의 기녀이자 시인이었던 설도를 소개하고 있다. 그녀의 파란만장한 인생과 사랑 이야기가 그녀의 시들과 함께 펼쳐지고 있어서 사건과 그에 따른 심정이 절절하게 다가온다는 점이 이 글의 매력이라고 할 것이다. 양종근의 「회광반조(回光返照)의 미학: 근대와 전통적 가족의 해체: 오즈 야스지로의 〈동경 이야기〉」는 일본 근대화 시기 동경의 중산층 가족을 그리고 있는 오즈 야스지로의 영화 〈동경 이야기〉를 분석하고 있다. 근대적 생활양식이 바꾸어 버린 일상과 전통적 가족 관계의 해체에 관한 영화의 메시지를 필자는 내용적 측면과 형식적 측면으로 나누어 차분하게 설명하고 있다. 고전 영화에 대한 향수와 관심을 환기할 수 있는 기회가 될 것이다. 끝으로 서주영의 「영화 『마지막 황제』: 청나라 12대 선통제(宣統帝) 푸이(溥儀)의 삶」은 몰락한 청나라의 마지막 황제에 관한 이야기를 담고 있다. 이 글은 몰락한 왕조의 마지막 황제가 평민으로 전락하는 개인적 비극을 서정적으로 묘사하면서도 푸이의 반민족적이고 반역사적인 행각에 대한 비판을 통해 단지 개인으로 치부할 수 없는 그의 책임의식을 묻고 있다는 점에서 이채롭다.

　이상의 간략한 소개를 통해서 알 수 있듯이 총 3권으로 구성된 본 저서는 한국을 포함하여 중국과 일본의 알려지지 않았던 사건과 인물에 대해 소개하고 있다. 근대 형성기의 이야기들이 주를 이루고 있긴 하지만, 근대에 국한하지 않고 역사적 지평을 좀더 넓게 확장하여 근대와 근대 이전의 풍속과 문화를 비교해 볼 수 있도록 하였다. 동아시아 3국의 유사한 듯하면서도 다른 도시 공간과 문화유산, 상호 침투되는 역사적 기억들이 몽타주 되어 벤야민이 『아케이드 프로젝트』에서 보여주려 했던 것과 흡사한 동아시아의 문화 전도를 독자들에게 보여줄 수 있기를 기대한다.

　이 책이 발간될 수 있었던 것은 전적으로 한국연구재단의 지원 덕분이다. 인문 자산의 생산과 확산에 실질적 지원을 아끼지 않는 한국연구재단의 지원 프로그램이 없었다면 이 책에 수록된 소중한 글들은 개인 연구자들의 개별적이고 산발적인 연구 성과에 그쳤을지 모른다. 함께 문제의식을 공유하고 토론하며 연구 분야에서 협력과 협업의 즐거움에 기꺼이 동참해 준 여러 선생님들께도 감사의 인사를 전한다. 끝으로 열악한 출판 환경에도 불구하고 기꺼이 본 저서를 출간할 수 있도록 마음을 내어주신 도서출판 학고방의 하운근 대표께도 감사의 인사를 드린다.

2021년 6월
대구대학교 인문과학연구소
동아시아도시인문학 사업단

동아시아도시인문학총서 4
문화편

근대로 진입하는 대구의 교육과 출판

박용찬

1 들어가는 말

　근대계몽기는 근대와 전근대(前近代)가 혼류된 시대였다. 근대는 이성, 합리성을 바탕으로 인간 개인의 개성을 존중하고, 생활은 과학적, 합리적인 사고에 바탕을 둔다고 할 수 있다. 이러한 이성중심주의적 사고는 계몽주의로부터 비롯하였다. 근대는 소수가 아닌 다수, 자본 등과 관련되어 있으며, 이는 여러 제도에 의해 뒷받침된다. 예를 들자면 근대는 우편, 학교, 군사, 철도, 병원, 출판 같은 제도와 밀접한 관련을 가진다고 할 수 있다. 근대문학이란 것도 잡지나 신문, 출판 같은 매체나 신춘문예 같은 등단 제도, 또는 서구문학의 양식(樣式) 같은 것과 밀접한 관련이 있다. "자본주의적 생산관계의 확립과 민족(국민)국가의 수립을 역사적 과제로 하는 민족문학의 이념" 하에 우리 근대문학은 "반제(反帝)와 반봉건(反封建) 투쟁"1)이란 특수성을 안고 있다고 할 수 있다.

　1900년대 조선은 '제국'의 침략적 공세에 대한 저항과 근대를 향한

＊ 경북대학교 국어교육과 교수
1) 김윤식, 『한국문학의 근대성 비판』, 문예출판사, 1993, 12쪽.

개화의 욕구가 혼재해 있던 시기였다. 1905년 을사늑약 이후 일제의 강화된 침략 공세 속에 대구도 외적, 내적으로 많은 변화를 겪게 된다. 1906년 경북관찰사 서리 겸 대구 군수로 있던 박중양(朴重陽)에 의해 대구읍성이 철거되면서 일본의 상권이 시내 중심가로 진입하게 된다. 제국주의 열강의 경제 침탈 앞에 1907년 대구는 반제(反帝)적 성격을 띠는 국채보상운동의 진원지가 된다. 광문사(廣文社)의 김광제(金光濟), 서상돈(徐相敦) 등이 중심이 되어 시작된 국채보상운동은 대구를 애국계몽운동의 전위(前衛)에 서게 만들었다. 한편 1909년 1월 순종(純宗) 황제는 이토 히로부미의 기획 아래 남순행(南巡行)을 시도한다. 순종이 대구역에서 북성로를 거쳐 수창학교, 달성토성(達城土城)까지 간 이 길을 따라 이후 대구 근대도시가 형성되었다는 점은 시사하는 바가 크다. 북성로의 제 상점들, 수창학교, 출판사 광문사, 근대적 서고(書庫)이자 지사들의 담론 공간이었던 우현서루 등이 이 인근에 위치하고 있었다. 대구 중심에 철도, 우체국, 병원 등은 물론이고 백화점, 다방, 상점 등이 잇따라 들어서면서, 북성로를 중심으로 대구는 식민지 근대도시의 모습을 갖추게 된다. 동학의 창시자 최제우(崔濟愚)가 순교한 관덕정(觀德亭) 인근에 계산성당, 제일교회, 대구 교남 YMCA 회관 등도 식민지 근대 대구의 표상으로 자리잡았다.

마르크스의 말마따나 상부구조인 문화는 하부구조인 물적 토대와 밀접한 연관을 맺기 마련이다. 대구의 근대문화 또한 어느 순간 갑자기 나타난 것은 아니다. 1920년 전후 대구의 문학, 미술, 음악 등이 성행의 기틀을 잡기 시작했다고 한다면 이 지역의 근대 문화예술의 태동과 발흥이 1910년 전후 대구 지역의 문화적 토대 위에서 형성된 것임을 주지할 필요가 있다. 그러하기 위해서는 1910년 전후 대구의 문화 내지 문학 장(場)을 움직인 동력이 무엇인가를 찾아내는 것이 매우 중요하다. 여기서는 근대를 창출하는 제도로서 교육과 매체를 주목하고자 한다. 학교는 근대지식 및 사상을 제공하는 중요한 기관이며, 매체는 근대를 기획하고 전파하는 매개자의 역할을 수행하는 주요 제도이기 때문이다.

2 1910년 전후 대구의 신식학교와 동서양 지식의 담론 공간인 우현서루友弦書樓

1800년대 후반에 접어들면서 근대학교의 설립과 관련된 학교의 중요성이 강조되기 시작했다. 갑신정변 실패 후 일본으로 망명한 박영효는 1888년 1월 13일 일본 현지에서 고종에게 내정개혁을 위한 「건백서(建白書)」라는 상소문을 올리는데, 여기에서 그는 소학교와 중학교를 세워, 남녀 여섯 살 이상의 백성은 모두 학교에 나아가 수업을 받게 해야 한다고 건의한다.[2] 박영효의 이 건의는 소수가 독점하는 교육이 아닌 전체 백성을 대상으로 교육의 필요성을 지적하고 있다는 점에서 의미가 있다고 하겠다. 이어 1895년 2월 2일 고종은 조칙

---

2) 박영효의 건의 중 교육과 출판에 관계된 것은 "먼저 인민에게 국사, 국어, 국문을 가르쳐야 합니다. 본국의 역사, 문장을 가르치지 않고 단지 청국의 역사와 문장을 가르치는 까닭으로 인민이 청국을 근본으로 삼아 중시하면서 자기 나라의 제도는 알지 못하는 데 이르렀으니, 이를 가리켜 '근본은 버리고 말단을 취한다'고 말할 수 있습니다"와 "활자를 주조하고 종이를 만들며 또 인쇄소를 설립하여 서적을 풍요하고 넉넉하게 해야 합니다. 사람이 배우고자 해도 서적이 없으면 배울 수 없습니다. 이 때문에 문명국은 서적이 풍부합니다. 신이 일본에 대해 부러워하는 점은 종이값이 싸고 활자가 많고 인쇄가 편해 서적이 풍부하고 학교가 많아 학생이 많은 것입니다" 등이다.

(詔勅)에서 교육입국의 정신을 들어 학교를 많이 설립하고 인재를 길러내는 것이 곧 국가중흥과 국가보전에 직결되는 사실임을 밝히고 있다. 교육입국 조서 발표 뒤 정부에서는 1895년 4월 교사 양성을 목적으로 한「한성사범학교 관제」를 공포하였으며,「외국어학교관제」,「소학교령」등의 학교법제와 법칙을 제정하였다. 물론 이전에도 관립학교였던 육영공원(1886), 사립학교인 원산학사(元山學舍, 1883), 배재학당(1885), 이화학당(1886) 등의 학교가 있었지만 1895년「소학교령」이후 더욱 많은 학교가 생겨났다. 1906년 3월에도 고종 황제는 학교를 진흥시키기 위한 조칙(詔勅)[3]을 내렸다. 이러한 학교 설립의 분위기에 따라 전국적으로 공립, 사립학교가 세워지기 시작했는데 대구에도 많은 학교가 세워졌다. 먼저 주목할 만한 학교는 대구부 공립소학교와 사립 달성학교, 사립 협성학교라 할 수 있다. 이를 간략히 정리하면 다음과 같다.[4]

---

3) "오늘날의 급선무는 오직 학교를 일으켜 인재를 양성하는 길만이 밭을 일구고 재물을 불리는 도구가 될 것이다. …… 학부(學部)에서 학교를 널리 설치하는 한편 각부(各府)와 각군(各郡)에서도 학교의 설립에 대해 특별히 신칙하고 마음을 다해 가르치는 방도를 강구하게 하도록 하라. 학업이 성취되기를 기다려 조정에서 필요한 인재를 뽑아서 등용할 것이다. 자제(子弟)가 있는데도 가르치지 않는 집안에 대해서는 그 부형들에게 죄를 논할 것이며, 혹 가르침을 따르지 않고 하는 일 없이 놀기만 하는 자제들에 대해서도 일체 죄를 논할 것이다." 1906년 3월「고종 황제의 조칙」

4) 대구 지역의 근대학교에 대해서는 강태원,「대구근대학교 이야기」(1), (2), (3), 『2·28 횃불』75, 76, 77호, 2·28민주운동기념사업회, 2019~2020을 참조하였다. 『경상북도 조사재료』(1910)에 의하면 공립대구보통학교(설립인가일 1905.9, 소재지 서상면 남일동), 사립수창보통학교(1910.5.12, 서상면 쇄한동), 사립일신학교(1909.8.6, 화원내면 현내동), 사립인수학교((1909.8.9, 인흥면 본리), 속성일어학교(1909.8.21, 서상면 달성리), 사립계남학교(1909.8.25, 서상면 남산동), 사립성립학교(1909. 9.6, 서상면 계산동), 사립달서여학교(1909.9.6, 서상면 쇄환동),

- 대구부 공립소학교(1896.1)
  - → 경상북도 관찰부 공립소학교(1896.8 대구부 공립소학교가 지방 제도 개편으로 인한 명칭 변경)
  - → 공립대구보통학교(1908년 보통학교령으로 명칭 변경)
  - → 대구공립보통학교(1910.9월 2학기부터)

- 사립 달성학교(1899.7.9 관찰부에서 근무하던 하급관리 출신들이 다수의 발기인, 관찰사와 현직군수 등 찬성인으로 취지서 및 교칙 제정하여 학부의 설립인가 받음.)
  - → 달성학교 심상과는 〈대구공립보통학교〉로, 고등과는 1909년 이후 〈협성학교〉로 통합됨

- 사립 대구협성학교(1906년 3월 고종의 조칙에 따라 1907년 관찰사 이종구가 낙육재의 옛 재산을 정리하여 협성학교를 시작하고, 1908년 6월 개교식을 거행(교장 서상하)하였으나 1910년 설립 인가를 받아 1916년 대구고등보통학교가 설립될 때까지 운영됨.)
  - → 협성학교 추진인사들: 장순헌, 강일, 권석우, 채헌식, 안택호, 이덕구, 김진수, 강신우, 조창룡 등(경북의 향교 유림들과 애국계몽단체 대한협회 대구지회 참여 인물들이 대부분임.)
  학교 입학대상: 20세 전후의 소학교 졸업생
  - → 폐교 후 협성학교 학생들은 대구공립보통학교와 대구공립고등보통학교로 옮겨감.

사립협성학교(1910. 3.8, 동상면 용덕리), 사립명신여학교(1910.8.26, 서상면 남산동), 사립기독대남학교(1909.4.7, 서상면 남중동), 사립달남학교(1909.4.12, 상수면 서용계동), 사립신명여학교(1909.4.2, 서상면 남중동), 사립계성소학교(1909.4.24, 수동면 지산동), 사립홍화학교(1909.9.6, 조암면 하동), 대구농림학교(1910.3.14, 동상면 삼덕동) 등의 학교가 대구지역에 설립되어 운영되고 있었음을 보여주고 있다.

사립 대구협성학교는 대구부 공립소학교나 사립 달성학교에 비해 민족적 색채가 강한 학교였다. 먼저 협성학교에 참가한 운영 및 교사진에 애국계몽론자들이 많았다는 점이 주목된다. 협성학교에 참가한 운영 및 교사진은 홍주일, 안확 등 민족운동에 참여한 인물들과 이종면, 서병규, 최재익, 이일우 등 대한협회 대구지회에서 활동했던 부르주아 자산가 또는 지역 명망가 등으로 나누어 볼 수 있다. 한편 협성학교 교사였던 홍주일(洪宙一)과 안확(安廓)은 1915년 결성된 조선국권회복단의 주요 인물로 활동한 민족운동가였다.

> 대정 4년 음 정월 15일 경북 달성군 수성면 안일암에서 겉으로는 시회(詩會)라 칭하고 집회하여 조선국권회복단 중앙총부라 칭하는 비밀결사를 조직하고 통령(統領)에 윤상태(尹相泰), 외교부장에 서상일(徐相日), 교통부장에 이시영(李始榮)·박영모(朴永模), 기밀부장에 홍주일(洪宙一), 문서부장에 이영국(李永局)·서병룡(徐丙龍), 권유부장에 김규(金圭), 유세부장에 정순영(鄭舜永), 결사부장에 황병기(黃炳基)를 천거하였다. 또 경남 마산에 지부를 설치하고 안확(安廓)을 그 지부장으로 하며, 이형재(李亨宰)·김기성(金璣成)을 역원(役員) 등으로 각 부서를 정하고 단군대황조(檀君大皇祖)를 받들어 제사지내고 신명을 바쳐 국권회복운동에 종사할 것을 서약하였다[5]

이상은 경상북도 경찰부가 편한 『고등경찰요사』의 조선국권회복단의 결성에 관한 기록이다. 조선국권회복단이 만주, 노령지방 등지와 3·1운동, 상해 임시정부까지 연결되는 것을 볼 때, 이 단체가 1910년대의 중요 항일 비밀결사 조직의 하나였음을 알 수 있다. 조선국권회복단의 기밀부장이 홍주일이고, 마산지부장이 안확인데,

---

5) 경상북도경찰부, 「조선국권회복단중앙총부 사건」, 『고등경찰요사』, 1934, 183쪽.

이들은 모두 협성학교 교사로 항일 민족주의적 성향을 지닌 인물이었다.

홍주일은 조선국권회복단 사건 이후 감옥에서 나와 대구 명신학교를 설립하고 대한광복회 등의 독립운동에 가담하였으며, 김태련, 이만집, 이갑성 등과 대구 3·1만세운동을 계획하던 중 예비 검속되어 다시 옥고를 치렀다. 출옥 후 김영서, 정운기와 함께 교남학교(嶠南學校)를 설립하고, 천도교 경북교구장을 맡았으며, 신간회 대구지회 설립준비위원으로 활동하다 1927년 8월 1일 영면하였다.

안확은 어린 시절 수하동 소학교, 독립협회 등에서 토론, 연설 등을 하면서 성장하여 교육계몽운동에 뛰어들었던 인물이다. 독립협회가 해산(1898)된 후 융희 4년(1910년)까지 애국계몽운동이 교육문화운동으로 확산되면서 전국에 많은 학교가 세워졌는데, 이를 안확은 "범(凡) 10년간에 기수(其數)가 삼천 여에 달"하였으며, 자신도 "서북방에 주유하면서 학교를 개(開)함이 수처(數處)요, 직접 교수하기도 다년에 긍(亘)한지라"[6]라고 회고하고 있다. 안확이 대구의 협성학교에서 교사 생활을 한 것은 1910년이다. 이후 안확은 일본 유학을 감행하여 일본 유학생 기관지 『학지광(學之光)』에 여러 편의 글을 싣는 한편, 1910년대 중반 안확은 마산 창신학교(昌新學校) 교사로 교육계몽 활동에 힘썼다. 1915년 당시 안확은 조선국권회복단 중앙총부 마산지부장 역할을 맡았고, 1918년 우당 이회영(李會榮) 등이 주도한 고종 해외망명 유치 계획에도 이름을 올리는 등 독립운동 활동에 활발히 참여하였다. 또한 1920년 6월 오상근, 장덕수, 장도빈 등의 주도로 결성된 조선청년연합회의 기관지 『아성(我聲)』(1921년 3월 창간)

---

6) 안확, 『조선문학사』, 한일서점, 1922, 122쪽.

의 편집인을 맡으면서, 이 잡지에 민족운동에 관한 여러 편의 논설을 발표하기도 하였다. 1920년대 초반 부터는 사회활동을 접고 오직 국학연구에만 전념하였는데, 안확은 자산(自山)이란 호를 쓰면서 『조선문법』(1917), 『자각론』(1920), 『개조론』(1921), 『조선문학사』(1922), 『수정 조선문법』(1923), 『조선문명사』(1923), 『조선무사영웅전』(1940), 『시조시학』(1940) 등의 많은 국학 관련 연구서를 저술하였다. 단행본 발간 이외에도 한글 정리, 국악, 미술, 향가, 시가, 시조, 한문학, 유학 등 다방면에 걸친 국학 관련 논문, 논설 등을 발표하였다.

한편 안확은 앞서 언급한 두 권의 문법서 이전에 이미 1910년에 『중등교육 대한문법』을 발간하였는데, 여기서 그가 대구협성학교 교사로 근무한 실마리를 찾아볼 수 있다. 『중등교육 대한문법』(1910)은 현재 국립한글박물관에 소장된 책으로, "안확의 전체 논저 가운데서도 최초이며, 국어 관련 논저 가운데서도 시발점을 이루는 문법서라고 규정"[7]할 수 있다. 이 책은 "유길준의 『대한문전』을 자료로 하여 책을 저술했지만 그대로 따르지 않고 자신의 독자적인 견해를 세운"[8] 초창기 문법서로서의 의의를 가진다. 『중등교육 대한문법』은 철필로 글씨를 써서 만든 유인본(油印本)의 형태로 "중학교, 사범학교 급(及) 기타 상당한 교육에 적용하기 위하야"[9] 저술한 것이다. 이 책의 마지막 장에 간기(刊記)가 나와 있어 그 발행 경위를 알 수 있다.

---

7) 이은경, 「안확의 『중등교육 대한문법』(1910)에 대하여」, 『국어학』 79, 2016.9, 34쪽.
8) 국립한글박물관 홈페이지 소장자료 상세 설명 부분.
9) 안확, 「범례(凡例)」, 『중등교육 대한문법』, 협성학우회, 1910.

융희 4년 8월 14일 인쇄
융희 4년 9월 1일 발행

중등교육 대한문법
정가 금이십전
저자 대구협성학교 교수 안확
인쇄자 정경조
발행소 협성학우회[10]

"저자: 대구 협성학교 교수 안확, 발행소: 협성학우회"라 명기되어 있는 위의 간기(刊記)는 안확이 1910년에 대구의 협성학교 교수로 근무하였다는 확실한 증빙 자료가 된다. 이 당시 협성학교의 동료로 함께 근무했다는 홍주일의 증언도 있다.[11] 1910년대의 안확이 마산 창신학교를 중심으로 활동한 것으로 알려져 있지만, 사실 대구협성학교, 조선국권회복단 등 대구의 장소와 연관된 교육계몽 내지 독립운동에 상당히 관여하고 있음이 확인된다. 이처럼 근대계몽기의 대구의 각급 학교에는 애국계몽의식이 충만한 인사들이 학교 운영이나 교사진으로 나서 교육을 통한 민족 계몽에 나서고 있었다.

한편 이들 학교와 달리 동서양 지식의 서고(書庫)이자 담론과 교유의 공간 역할을 수행하고 있던 우현서루(友弦書樓)를 주목해 볼 필요가 있다. 우현서루는 서고이자 도서관으로서 동서양 지식 파급의

---

10) 안확, 『중등교육 대한문법』 간기, 협성학우회, 1910.
11) 안병희 교수는 3·1운동 무렵 예비 검속된 대구 협성학교 교사 홍주일이 심문 (審問) 도중 6, 7년 전 안확과 동료로 근무하였다는 사실을 바탕으로 안확이 일본으로 가기 직전 대구에서 잠시 교수로 있었거나 창신학교 교사와 겸직하였던 것으로 추측하고 있다. 안병희, 「안확의 생애와 한글 연구」, 『어문연구』, 31-1, 한국어문교육연구회, 2003, 326쪽.

그림 1. 우현서루 터(현 대구은행 북성로 지점)

장소였으며, 교육기관의 역할까지 겸하였다.

우현서루는 시인 이상화의 백부인 소남(小南) 이일우(李一雨)가 세운 근대식 서고이자 담론 공간이라 할 수 있다. 이일우는 당시 대구지역의 대지주이자 명망가였다. 지주였던 이일우는 1910년을 전후하여 상공업 분야에 뛰어들어 대구은행, 농상공은행 등의 주식을 소유한 대구 지역의 자산가로 성장하였다. 이일우는 우현서루를 세우고 우현서루 내에 대구광학회(大邱廣學會)를 창립하는 한편, 국채보상운동에도 참여한 대구지역의 애국계몽론자라 할 수 있다. 대구 대한협회지회 총무[12]를 지내기도 한 이일우는 정재학(鄭在學), 이병학(李炳學, 고월 이장희의 부친) 등과 더불어 대구지역 농상공업계를 주도하였다. 정재학이나 이병학 등이 중추원 참의를 거친 데 비해, 이일우는 일제의 중추원 참의를 맡지 않았다. 먼저 이일우의 「행장(行狀)」을 통해 우현서루의 설립 경위부터 살펴보기로 하자.

> 갑진년(1904)에 서울을 유람하였다. 세상은 크게 변했고, 풍조(風潮)가 진탕(振盪)하야, 서구의 동점지세(東漸之勢)를 통찰하였다. 스

---

12) 『황성신문』, 1910.4.9.

스로 생각하니 선비가 이 세상에 나서 옛 것만 잡고 있을 수 없다고 생각했다. 돌아와서 부친께 아뢰고 넓은 집을 하나 세워서 육영(育英)의 계(計)로 삼아, 편액하기를 우현(友弦)이라 하였다. 대개 옛 상인(商人) 현고(弦高)가 군사들에게 음식을 베풀어 위로하고 나라를 구하려는 뜻에서 취한 것이다. 또 동서양 신구서적 수천 종을 구득하여 좌우로 넓게 펼쳐놓았다. 총명하고 뛰어난 인재를 살펴 (그 교육의) 과정(課程)을 정함에 있어 구학(舊學)을 바탕으로 삼고 신지식으로 빛나게 해서 의리에 함뿍 젖게 하고, 법도를 따르게 하였다. 원근(遠近)의 뜻 있는 선비들이 소문을 듣고 일어나는 자가 날로 모여들어 학교(우현서루)가 수용할 수 없을 정도가 되었으니 일대에 빛나고 빛난 모습이었다.[13]

이일우의 「행장」은 우현서루의 설립 동기와 그 과정을 명확히 보여주고 있다. 「행장」에 의하면 이일우는 갑진년(1904)에 서울에 가서 시대의 변함을 보고 각성한 바가 있어 그의 부친인 금남(錦南) 이동진(李東珍)의 후원 하에 육영 사업의 하나로 우현서루를 세웠다고 한다. '우현(友弦)'이란 『춘추좌씨전』에 나오는 상인(商人) 현고(弦高)의 고사(故事)에서 가져온 것이다. 춘추전국시대 정(鄭)나라 상인 현고가 주(周)나라에 장사하러 가던 도중 진(秦)나라 군사가 정나라를 침입하는 것을 목격하고, 정나라 목공(穆公)의 명이라고 하면서 먼저 부드러운 가죽 4개와 소 12마리를 보내어 진나라 군사들을 위로하는 잔치를 벌이게 하였다.

그림 2. 금남 이동진과 소남 이일우의 문집 『성남세고』

---

13) 「行狀」, 『城南世稿』, 卷之二, 二十一~二十二面 해당 부문 번역.

한편 정나라 목공에게 이러한 사실을 보고하여 진나라 침입에 미리 대비하게 하였다. 군대를 이끌고 온 진나라의 장수는 정나라가 진나라의 침입에 이미 충분히 대비되어 있다고 보고 군사를 물리었다. 이는 결국 상인 현고의 지혜가 위기에 처한 정나라를 구했다는 이야기이다. 우현 즉, 상인 현고를 벗삼는다고 하였으니, 우현서루란 동서양의 제 서적을 통해 나라 구할 지혜를 구하는 서책이 마련된 누각 내지 공간을 뜻한다고 하겠다. 동서양 신구서적 수천 종을 구득하여 뛰어난 인재를 맞이하여 교육한 우현서루는 근대계몽기 도서관 서고 내지 교육기관의 모습을 띠고 있었던 것으로 생각된다.

이 당시 발간된 「대한자강회월보」나 「해조신문」의 짧은 기사를 좀 더 눈여겨 볼 필요가 있다. 아래는 『대한자강회월보』 4호에 실린 「본회회보」이다.

其時에 大邱廣學會 會員 金善久氏가 該會 講師로 謙請한 事에 應諾이 有ㅎ야 二十五日治行祭程할새 本會顧問大垣丈夫氏와 金善久氏로 作伴하여 大邱停車場에 到着ㅎ매 當地有志紳士數十人이 金善久氏의 預先通知홈을 因하야 停車場에 出迎ㅎ야 廣學會事務室로 前導하니 卽所謂友弦書樓요 該書樓는 當地有志 李一雨씨가 建築經營흔빅이니 東邊에 書庫가 有ㅎ야 東西書籍 數百種을 儲實ㅎ고 圖書室資格으로 志士의 縱覽을 許ㅎ야 新舊學問을 隨意硏究케 흔 處이라.[14]

이상의 단신(短信)을 통해 우현서루에 관한 네 가지 사실을 알 수 있다. 첫째, 우현서루가 대구의 유지인 이일우 씨가 설립, 운영하였다

14) 「본회 회보」, 『대한자강회월보』 4, 1906.10.25.

는 것이고, 둘째, 우현서루에 큰 서고(書庫)가 있어 동서 서적 수백종
을 구비하고 있었으며, 셋째, 우현서루가 지사들의 열람을 허락하는
동시에 신구 학문을 수시로 연구하게 한 장소이고, 넷째, 우현서루
가 대구광학회(大邱廣學會) 사무소를 겸하고 있었다는 것이다. 우
현서루에 대한 당대의 기록으로 또 하나 주목되는 것은 1908년 러
시아 블라디보스토크에서 발간된 「해조신문(海潮新聞)」의 기사 내
용이다.

> 대구 서문 밖 후동 사는 이일우씨는 일향에 명망 있는 신사인데 학
> 문을 넓히 미치게 하고 일반 동포의 지식을 개발코자 하여 자비로 도
> 서관을 건축하고 국내에 각종 서적과 청국에 신학문책을 많이 구입하
> 여 일반 인민으로 하여금 요금 없이 서적을 열람케 한다 하니 이씨의
> 문명사업은 흠탄할 바더라.15)

> 대구 서문 밖에 있는 유지신사 이일우씨는 일반 동포를 개도할 목
> 적으로 자본금을 자당하여 해지에 '우현서루'라 하는 집을 신축하고
> 내외국에 각종 신학문 서적과 도화를 수만여 종이나 구입하여 적치하
> 고 신구학문에 고명한 신사를 강사로 청빙하고 경상 일도 내에 중등학
> 생 이상에 자격되는 총준 자제를 모집하여 그 서루에 거접케 하고 매
> 일 고명한 학술로 강연 토론하며 각종 서적을 수의 열람케 하여 문명
> 의 지식을 유도하며 완고의 풍기를 개발시키게 한다는데, 그 서생들의
> 숙식 경비까지 자당한다 하니 국내에 제일 완고한 영남 풍습을 종차로
> 개량 진보케 할 희망이 이씨의 열심히 말미암아 기초가 되리라고 찬송
> 이 헌전한다니 모두 이씨같이 공익에 열심 하면 문명사회가 불일 성립
> 될 줄로 아노라.16)

---

15) 「이씨문명사업」, 『해조신문(海潮新聞)』, 1908.3.7.
16) 「우현미사(友弦美事)」, 『해조신문』, 1908.4.22.

『해조신문(海潮新聞)』은 1908년 러시아 블라디보스토크에서 국문으로 발간되었던 신문으로, 이후 발간된『대동공보』나『권업신문』보다 앞서 발간된 노령(露領) 땅 재외동포 신문이다.『해조신문』은 '해삼위(海蔘威: 블라디보스토크)'에 근무하는 조선인들의 신문이란 뜻이다. 노령 지방 교포들의 계몽 및 상실된 국권의 회복이란 목표를 가지고 있었던『해조신문』은 1908년 2월 26일자로 창간되어 5월 26일자로 폐간되었다. 그렇다면『해조신문』에 왜 대구의 이일우와 그의 우현서루의 소식이 실려 있는가? 이는『해조신문』이「잡보」란을 두어 그 중심에「본국통신」을 전하고 있기 때문이다. 위의 두 기사도「본국통신」란에 실려 있는 국내소식이다. 해외 동포신문에까지 대구의 우현서루가 소개된 것을 보면 1908년 무렵 우현서루가 나름대로 교육기관 내지 서고로서 전국적 명망을 획득하고 있었음을 알 수 있다. 한편 1905년 을사늑약 당시「시일야방성대곡」이란 사설로 황성신문사를 물러났던 장지연이 22호(1908년 3월 22일자)부터『해조신문』의 주필로 있었음이 확인된다. 1905년부터 1910년 사이 장지연은 국내외를 넘나들며,『황성신문』,『해조신문』같은 매체를 바탕으로 언론 활동을 하였다. 장지연이 우현서루에 드나든 시기가 언제인지는 정확히 추정하기 어렵지만, 여러 사실로 미루어 볼 때 그가『해조신문』주필 이전이든 이후이든 우현서루와 관계를 맺은 것은 사실이다.

근대계몽기의 경우 정치, 경제 등은 물론이고, 천문학, 물리학, 법학, 경제학 등의 제 서적들이 다량 간행되었는데, 이들은 근대계몽기 각종 근대 교육기관의 교재로 주로 사용되었다. 이들 서적들 중 상당수는 중국이나 일본에서 발간된 책자들을 역술(譯述)한 경우가 많았다. 번역 내지 번안은 일본 또는 중국을 통로로 하여 서구사상이나 근대문명을 학습시키는 주요한 방법이었다. 일본이나 중국은 서구사

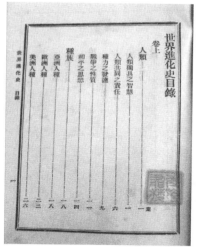

그림 3. 『세계진화사』 목록　　　　『세계근세사』 내지

상이나 근대문명이 이입되어 오는 중개자로서의 역할을 수행하는 장소였다. 일본이나 중국에서는 이미 서양의 근대지식(近代知識) 내지 근대문명 소개와 관련 있는 다양한 책자들이 발간되고 있었다. 이러한 책자들은 조선으로 직수입되거나 아니면 역술(譯述)이란 과정을 거쳐 근대계몽기의 교육, 계몽 도서로 재발행되고 있었다.

우현서루는 국내에서 출판된 개화기 서적은 물론이고, 서양 근대지식을 소개하는, 미처 번역되지 않은 일본이나 중국에서 출판된 근대지식(近代知識) 관련 서적들을 교육의 주 교재 내지 참고도서로 사용하였던 것이다. 우현서루에 입고된 이러한 서적들은 근대계몽기 대구지역 지식인들의 신문명 수용에 대한 열망을 충족시켰으며, 우현서루에 드나들었던 지식인들은 1910년 전후 대구의 지적, 문화적 풍토를 진작시키는 데 앞장섰다고 할 수 있다. 을사늑약 이후 지식인들에게 서양의 근대문명을 바탕으로 한 소위 근대지식(近代知識)의 습득은 이제 선택의 문제가 아니었다. 신구학문의 조화 위에 새로운 시대를 향하여 나아가지 않으면 안 되는 형국이었다. 이러한 정세 속에 우현서루는 동서양의 신구 학문을 습득할 수 있는 영남지역의 교육기관 내지 서고(書庫)로서 그 역할을 충실히 수행하였다고 할 수 있다. 개화기의 지식인들은 전통적인 한학의 소양을 바탕으로 일본이나 중국에서 수입되는 신문명을 습득함으로써 새로운 시대에 적응해 나가고자 하였다. 우현서루는 뜻 있는 지사들이 신구문명을 배우고 전파하는 서고(書庫)와 교육기관의 역할을 동시에 수행하고 있었던 것이다. 우현서루에 장지연, 박은식, 이동휘 등이 드나들었고, 일본 이중교(二重橋) 폭파 사건의 김지섭 의사 등도 수학한 것으로 전해지고 있어,[17] 이를 증빙해 보인다.

3 상업출판사의 등장과 애국계몽의 기획: 재전당서포와 광문사

근대계몽기 대구·경북의 출판계를 주도한 출판사는 재전당서포(在田堂書鋪)와 광문사(廣文社)라 할 수 있다. 칠성당서포(七星堂書鋪)도 있었으나 두 출판사에 비해 뚜렷한 성과를 내놓지는 못하였다. 조선후기 경상도 지역에서는 영남감영이나 사찰, 문중 등을 통해 활자본, 목판본 등이 지속적으로 생산되고 있었다. 그러나 관(官)이나 사찰, 문중 주도의 이러한 출판은 근대적 의미의 출판과는 다소

---

17) 백기만 편, 『상화와 고월』, 청구출판사, 1951, 141쪽.

거리가 있었다고 할 수 있다. 개인의 포부를 실현하거나 영리를 목적으로 하는 출판사업이 좀 더 근대적인 것에 가깝다면, 방각본(坊刻本) 발간이 대구 근대출판의 연원을 찾는 데 일단 주목의 대상이 된다.

방각본은 민간출판업자가 상업적 이익, 즉 영리를 목적으로 목판에 새겨 찍어낸 서적을 말한다. 그러므로 방각본 간행의 주체는 관이 아닌 민간업자들이다. 대구지역의 방각본 출간은 시장성이나 제반 환경에 비해 타 지역보다 상당히 늦었는데, 이러한 원인을 몇 가지 차원에서 생각해 볼 수 있다. 첫째, 영남감영(嶺南監營)이 다른 지역의 감영보다 많은 출판을 다양하게 지속해 왔다는 점이다. 소위 영남감영에서 간행된 서책인 영영판(嶺營版)의 성행이 그것이다. 둘째, 영남 유림들이 산재해 있던 이 지역에서는 영리를 목적으로 한 방각본 출판보다도 문중이나 개인, 사찰 중심의 족보나 문집, 불경이 중심을 이루었다는 점이다. 셋째, 서울(경판본), 전주(완판본), 안성(안성판본) 등지에서 방각본 고소설이 주로 발간되었는데, 영남지역 독자층의 경우 방각본 고소설의 필요성을 크게 느끼지 않았을 것이라는 사실이다. 한 조사는 대구·경북의 향유층이 방각본 발행이 용이한 춘향전, 홍길동전 같은 전책(傳冊)보다 유씨삼대록, 창선감의록 같은 록책(錄冊)을 선호하였다는 점을 들고 있다.[18] 경상북도 북부 지역 고전소설의 독자들은 대부분 보수적인 양가(良家)의 여인들이었으며, 이들 상층계급 여인들은 자연스레 가문 중심의 장편고전소설을 선호하였고, 장편대하소설은 필사본으로 유통되고 있었음을 염두에 둔 것이라 할 수 있다. 넷째, 근대 이전이나 이후 대구가 교통 교역 도시의

---

18) 이원주, 「고전소설 독자의 성향 – 경북 북부 지역을 중심으로」, 『한국학논집』 3, 계명대학교 한국학연구원, 1980, 560-562쪽.

중심이라는 환경 내지 경제지리적 특성에서 찾아볼 수도 있다. 근대에 접어들면서는 서울 부산 간 경부선 철도의 중심지로서의 대구의 지리적 특성과 근대의 왕성했던 출판유통 환경과도 관련이 있을 수 있다. 이는 다른 지역에서 출간된 방각본의 유입을 용이하게 하는 동시에 대구가 딱지본 출판과 유통이 성행하는 장소로 기능하는 데 한 원인이 되기도 했다.[19]

그림 4. 재전당서포 주인 김기홍

대구·경북 지역에서의 방각본 출판은 재전당서포(在田堂書鋪)에 와서야 활성화되었다. 재전당서포(在田堂書鋪)는 1910년 이전부터 대구의 김기홍(金琪鴻)이 경영한 출판사로 서적의 발간 및 판매를 겸하였다. 재전당서포는 1900년대 초부터 대구에서 방각본 간행을 시도한 출판사였다. 재전당서포를 중심으로 한 대구의 방각본 출판은 1920년대를 넘어서면서 연활자(鉛活字)로 그 영역을 확장하고, 딱지본 고소설까지 생산하게 된다. 재전당서포는 유학서나 초학 교재류, 의학서, 방각본 고소설 등의 출판에 힘을 쏟았는데, 이는 다른 지역의 방각본 출판사의 출판 목록과 별반 다름이 없었다.

재전당서포는 영리적 목적을 위해 목판본은 물론이고 연활자본 발

---

19) 박태일, 「대구 지역과 딱지본 출판의 전통」, 『현대문학이론연구』 66, 2016, 144-145쪽.

간까지 시도하였다. 또한 재전당 서포에서 발간한 책자가 아니더라도 다른 출판사의 판목을 구매하거나 빌려와 찍기도 하였다. 전라도 태인(泰仁)에서 발간한 방각본을 복각하여 발행하기도 하였으며, 영남감영에서 간행한 책들도 인출, 판권지를 재전당서포로 붙여 판매하기도 하였다. 재전당서포는 그들이 발간한 서책을 대구뿐만 아니라 서울 등지의 여러 곳에 발매소를 두고 판매하고자 하였다.

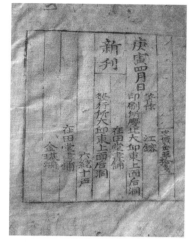

그림 5. 재전당서포 판권지

이러한 사실은 재전당서포가 근대적 영업 전략을 시도한 출판사였음을 보여준다. 재전당서포는 출판사와 발매소를 겸하고 있었기에 재전당서포의 도장이 찍힌 책자가 대구지역 대학의 도서관이나 대구 인근의 고서점에서 자주 발견된다. 이들 책자들은 재전당서포가 간행한 책자라기보다는 재전당서포에서 판매했던 책자라 보면 더 정확할 것이다.

융희 연간에 발행된 재전당서포의 『출판발매목록』을 보면 '신구학문대혈가판매총목(新舊學文大歇價販賣總目)'이란 이름하에 역사지리류, 관민용법(官民用法)류, 교과서류, 지도류, 요용잡서급소설(要用雜書及小說), 어학(語學), 산술, 의학, 지리급역도문(地理及易道門), 일용예문(日用禮文)류, 경자서(經子書)류 등의 책을 발매하고 있었음이 확인된다.[20] 대구광문사에서 발행한 서적들도 일부 보인다. 『출판발매목록』은 발매소로서의 재전당서포의 모습을 밝혀줄

그림 6. 재전당서포 출판 발매 목록

수 있는 자료이다. 판매목록을 살펴보면 재전당서포는 자신들이 출판
한 서적 발매 외에도, 경향(京鄕) 각지에서 출판한 근대계몽기의 여
러 서적들을 판매 대행하던 서적상이었음을 알 수 있다. 목록의 '출판
발매'란 표기는 재전당서포가 출판사와 발매소를 겸하고 있었음을 보
여주는 증좌라 할 수 있다. 판매목록 항목의 분류가 정확하지는 않으
나 이를 통해 볼 때 재전당서포는 개화기의 교과용 도서는 물론이고
『혈의 누』, 『귀의 성』 같은 신소설류 및 『애급근세사』, 『이태리독립
사』, 『월남망국사』, 『보법전기』, 『애국부인전』, 『중국혼』, 『파란말년전
사』 같은 다량의 역사전기문학까지 판매하고 있었다. 출판사로서의

20) 재전당서포, 『내외국서적 출판발매목록』, 융희 년 월 일. 표지에 '경상북도 대구
군 동상(東上) 후동(後洞) 서포 김기홍 재전당 실가어매(實價御賣)'란 표기가
되어 있다.

재전당서포는 방각본을 중심으로 구독자를 겨냥한 구식출판을 지향하고 있었다. 그러나 판매대행소로서의 재전당서포는 신구(新舊) 서적을 가리지 않고 판매하는 근대적 의미의 서점이었다고 할 수 있다.

1900년대 중·후반 대구지역에서 재전당서포에 맞설 수 있는 출판사는 광문사(廣文社)였다. 광문사는 주로 전통적 유학서나 실용서적을 출판하고 있던 재전당서포나 칠성당서포(七星堂書鋪)와 달리 개화기의 주류 담론이었던 신교육이나 신문명과 관련된 계몽서적을 발간하였다. 대구광문사의 사장은 김광제(金光濟)였다. 김광제는 충남 보령 출신으로, 광문사와 대동보사(大同報社) 사장으로 있으면서 광문사 부사장 서상돈(徐相敦)과 함께 각종 계몽서적을 발간하는 한편, 국채보상운동을 주도한 인물이다. 대구의 광문사는 "1906년 1월, 한때 황국협회의 기관지였던 『시사총보(時事叢報』를 접수하여 시대에 맞도록 개화자강 노선에 따라 개편한 출판사"[21]였다. 이들은 대구광문사 안에 '대구광문회'란 문회를 두어 신교육과 자강운동을 추진하게 하였다. 국채보상운동의 시작은 1907년 1월 29일 문회(대구광문회)의 회명을 대동광문회라 개칭하는 특별회의가 끝나고 부사장인 서상돈이 국채보상운동을 제안하면서 시작되었다.

국채보상운동의 취지가 『대한매일신보』, 『황성신문』, 『제국신문』 등을 통해 보도되면서, 이 운동은 대구를 넘어 전국 각지로 퍼져 나갔다. 경술(庚戌) 국치(國恥) 이전의 대구는 국채보상운동을 주도해 나가는 중심지로, 민족계몽의식이 충만한 장소였다. 대구광문사가 대동광문회(大東廣文會)를 통해 국채보상운동의 발원지 역할을 한 것을 볼 때, 광문사가 단순히 상업적 영리만을 추구하던 출판사가 아님을

---

21) 『책임을 다하다 국채보상운동』, 국채보상운동기념사업회 편, 2015, 23쪽.

알 수 있다. 광문사의 주요 사업을 "도내 각 군에 대한 교육을 확대하고 사회를 발전시키는 것"[22]이라는 사장 김광제의 연설은 광문사의 설립 목적을 잘 보여주는 것이라 하겠다. 광문사는 김광제, 서상돈 같은 의식 있는 개화지식인이 주축이 된 출판사였다. 그들은 출판을 통해 근대지식 보급과 민족 계몽의 선도적 역할을 수행하고자 하였던 것이다. 민족계몽운동을 주도해 가는데 출판사로서 광문사가 한 역할 또한 적지 않았다. 광문사는 처음부터 교과용 도서나 애국계몽 서적을 중심으로 한 신식출판을 표방한 것으로 보인다. 지금까지 필자가 확인한 광문사가 발간한 서적들은 다음과 같다.

- 『유몽휘편(牖蒙彙編)』 상하 1책, 달성광문사, 1906.
- 『만국공법요략(萬國公法要略)』, 달성광문사 중간, 1906.
- 『월남망국사(越南亡國史)』, 현채 역, 달성광문사, 1907.
- 『중국혼(中國魂)』 상·하, 음빙실주인 편집, 대구광학회 동인, 대구광문사, 1907. ; 국한문본, 1908.
- 『중등산학(中等算學)』, 이원조 찬, 김광제 교열, 대구광문사, 1907.
- 『상업학(商業學)』, 장지연 역, 달성광문사, 1908.
- 『경제교과서(經濟敎科書)』, 이병태 역, 대구광문사, 1908.

광문사에서 출판된 위의 서적들을 살펴보면 전통적인 유학서인 문집이나 경서(經書)류의 책들은 거의 제외되어 있다.[23] 이로 미루어

---

22) 김광제, 「국채보상발기회 연설」, 『책임을 다하다 국채보상운동』, 국채보상운동 기념사업회 편, 2015, 26-27쪽.

23) 광무 5년(1901) 정약용의 『흠흠신서(欽欽新書)』(전 4권)나 『목민심서(牧民心書)』(전 4권)가 '광문사(廣文社) 신간(新刊)'이란 표제로 발간되었는데, 이는 대구광문사와 완전히 다른 출판사이다. 대구광문사는 1906년 설립되었으며, 김광제가 주도하던 광문사는 대구광문사, 달성광문사란 표기를 반드시 쓰고

볼 때 광문사는 처음부터 교과용 도서나 애국계몽서적을 중심으로 한 신식출판을 표방한 것으로 보인다.

아동용 교과용 도서인 『유몽휘편』은 광문사 이전에 이미 1895년 대한제국 학부 편집국에서 목활자로 발간한 바 있다. 『국민소학독본』, 『소학독본』, 『숙혜기략』, 『신정심상소학』 등과 함께 발간된 『유몽휘편』은 학부의 교과용 도서 중의 하나였다. 그런데 1906년 달성광문사에서 『유몽휘편』 상하 1책을 다시 목판본으로 발간하였는데, 이는 영남지역에서 교과용 도서 수요가 많았음을 입증하는 것이라 할 수 있다. 『유몽휘편』은 현재 발견된 광문사 책 중 유일하게 한지 바탕에 목판으로 찍은 구출판 방식의 책자였다는 점에서 주목된다. 그러나 이후 『만국공법요략』, 『월남망국사』, 『중국혼』, 『중등산학』, 『상업학』 등 나머지 도서들은 모두 신식 연활자 인쇄방식을 따랐다. 이중 『상업학』이나 『중등산학』, 『경제교과서』 등은 신식 학교에서 사용되는 전형적인 교과용 도서인데 반해, 『월남망국사』나 『중국혼』 등은 국가의 위기를 극복하기 위한 애국계몽 서적의 일종이라 할 수 있다. 이를 통해 볼 때 광문사는 두 가지 출판 전략을 구사하였다고 할 수 있다. 한편으로는 신식학교의 교과용 도서를 기획하는 계몽의 전략을, 다른 한편으로는 국가의 위기상황을 극복하기 위한 애국계몽의 전략을 구사하였다. 이는 방각본을 바탕으로 구식 출판을 시도하고 있던 재전당서포와는 그 시작부터 출판 방향이 달랐다고 할 수 있다. 『중국혼(中國魂)』이나 『월남망국사(越南亡國史)』는 비록 번역서이기는 하나 당시의 국내 독자들에게 경종을 울리고자 한 책자이다.

역사전기물인 『중국혼』이나 『월남망국사』의 출간은 김광제의 출판

있음이 확인된다.

그림 7. 광문사 발행, 『월남망국사』　　판권지

사업이 애국계몽 활동이나 국채보상운동과 밀접히 관련되어 있음을
보여주는 사례라 하겠다. 『월남망국사』는 원래 월남의 애국지사인 망
명객 소남자(巢南子) 판 보이 쩌우(潘佩珠, 1867~1940)가 일본에 망
명한 양계초를 방문하여 월남이 프랑스에 망한 이야기를 술(述)하고,
그것을 들은 중국의 양계초(梁啓超)가 찬(纂)한 것이다. 양계초가 찬
하거나 저술한 『월남망국사』나 『중국혼』은 서양제국주의 침략에 속
수무책으로 당할 수밖에 없던 근대계몽기 동아시아의 대응과 방책을
제시한 책이라 할 수 있다. 1900년대 후반은 조선의 앞날을 한 치도
내다볼 수 없던 혼돈의 시기였다. 많은 지식인들은 베트남과 조선의
상황이 별반 다를 바 없다는 생각을 하였을 것이고, 조만간 "망국을
상상"24)할 수밖에 없던 시기였다. 그 결과 『월남망국사』는 그 당시
"독서계의 주목"과 "출판탄압의 표적"25)이 되었던 것이다. 『월남망

국사』나 『중국혼』은 광문사가 외세
의 침탈, 즉 제국주의의 야욕장이
되어버린 위기의 현실 앞에 민족의
주체적 대응을 촉구하고자 기획한
도서라 할 수 있다. 광문사는 출판을
통해 근대계몽기의 지식인 또는 민
중을 계몽하고자 하였다. 광문사의
출판활동은 앞에 제시된 출판목록
에서 본 바와 같이 1906에서 1908년
사이 활발하게 이루어졌다. 김광제,
서상돈이 국채보상운동을 주도하던
시기가 1907년임을 감안할 때 『월남

그림 8. 광문사 발행, 『중국혼』

망국사』나 『중국혼』의 출간은 국채보상운동과 밀접한 연관이 있음을 알
수 있다.

　광문사는 역사전기물 이외에도 다양한 출판을 시도하였는데 주로
서양의 근대지식 전파와 관련된 도서들이다. 이들 도서를 살펴보면
개화기에 세워진 신식학교에 사용되는 교과용 도서들이다. 이 당시
교과용 도서들은 주로 서울 지역의 출판사에서 많이 시도하였는데,
대구의 광문사에서도 『중등산학』(1907), 『상업학』(1908), 『경제교과
서』(1908) 등을 발간하였다. 광문사는 처음부터 유학과 관련된 구식
출판이 아니라 새로운 시대의 정신을 담아내는 신식출판을 시도하고

---

24)　정선태, 「번역이 몰고 온 공포와 전율-월남망국사의 번역과 '말년/망국'의 상상」,
　　『한국근대문학의 수렴과 발산』, 소명출판, 2008.
25)　최원식, 「아시아의 연대 -『월남망국사』 소고」, 『한국근대소설론』, 창작사,
　　1986, 215쪽.

근대로 진입하는 대구의 교육과 출판　**39**

있었다고 할 수 있다.

근대계몽기 지식인의 주요 과제 중의 하나는 새로운 문명을 배우고 그것을 보급하는 일이라 할 수 있다. 그런데 유교적 관념론과 명분론에 빠진 조선 후기의 유학자들과 정치사상가들은 과학지식으로 무장한 서구 근대문명을 기민하게 수용하지 못하는 우(愚)를 범했다. 서양 근대문명이 제국주의자들과 더불어 동아시아로 밀려들어오기 시작하는 근대계몽기에 접어들어서야 비로소 근대 과학문명과 실학(實學)의 중요성을 깨닫기 시작했다. 개화기의 신식학교에서는 역사, 정치, 법률, 경제, 지리, 생물, 산술, 천문학 등 제 분야의 교과용 도서를 교재로 사용하기 시작하였다. 수학에 관한 새롭고도 적합한 교재의 발간이 시급한 때 김광제는 해외에서 공부한 박학지사(博學之士)인 이원조가 쓴『중등산학』을 발간하였던 것이다.『중등산학』같은 근대지식을 전파하는 교과용 도서의 연속 출간은 김광제가 근대 출

그림 9. 광문사 발행,『중등산학』　　　광문사 발행,『경제교과서』

판인으로서의 역할과 출판의 방향을 정확히 잡고 있었다는 것을 말해 준다. 다시 말하면 김광제는 시대의 조류를 정확히 파악하고 그것에 적합한 도서들을 공급한 애국계몽론자였다고 할 수 있다. 『경제교과서』와 『상업학』도 그러한 결과의 산물이라 할 수 있다.

4 맺음말

근대문학은 학교, 출판사, 동인지, 잡지, 등단 같은 제도와 만나면서 그 폭과 깊이를 더하게 된다. 근대계몽기 대구는 근대문학이 형성될 충분한 배경을 갖춘 도시였다. 먼저 동서양의 근대지식을 담은 책자를 보관하던 서고이자 애국계몽기 지식인들이 모여든 담론공간이었던 '우현서루', 대구지역 방각본 출판의 중심이 되었던 재전당서포, 애국계몽서적과 근대지식을 담은 서적을 주로 출판했던 출판사 광문사 등은 근대문학 탄생의 직접적 배경이 되었다고 할 수 있다.

교육과 출판이란 제도가 근대를 형성하는 중요한 요인이라 할 때, 특히 우현서루와 광문사는 1910년 전후 대구지역의 문학 장에서 중요한 역할을 수행한 존재였다. 우현서루는 교육기관의 역할 이외에도 신지식 보급의 서고(書庫)로서, 광문사는 근대와 관련된 각종 계몽서적을 출판함으로써 영남지역의 근대지식 유통과 보급에 큰 기여를 하였다. 다시 말하면 이들은 1910년 전후 대구지역의 지적, 문화적 전통을 계승하는 동시에 새로운 문학 장(場)의 탄생에 영향을 미친 기관이라 할 수 있다. 1910년 전후 대구지역의 문학 장은 교육과 출판 중심으로 형성되었으며, 이러한 문학 장은 이후 1920년대 초기 동인지 문단을 주도했던 이상화, 이상백, 현진건, 백기만, 이장희 등이 탄생할 수 있는 기반을 제공하였다고 할 수 있다. 1910년 전후 대구란 장소가 만들어내는 독특한 지적, 문화적 전통은 이 시기 지식인들뿐만 아니라 유소년기를 보내던 작가들의 삶 내지 문학의 방향성에 큰 영향을 미쳤다고 할 수 있다.

▋참고문헌

강태원, 「대구근대학교 이야기」(1),(2),(3), 『2·28 햇불』 75, 76, 77호, 2·28민주운동기념사업회, 2019~2020.

경상북도 경찰부, 『고등경찰요사』, 1934.

국채보상운동기념사업회 편, 『책임을 다하다 국채보상운동』, 2015.

김윤식, 『한국문학의 근대성 비판』, 문예출판사, 1993.

박용찬, 「근대계몽기 대구의 문학 장(場) 형성과 우현서루」, 『소남 이일우와 우현서루』, 경진출판, 2017.

박용찬, 「근대계몽기 재전당서포와 광문사의 출판과 그 특징 연구」, 『영남학』 61, 경북대 영남문화연구원, 2017. 6.

이은경, 「안확의 『중등교육 대한문법』(1910)에 대하여」, 『국어학』 79, 2016. 9.

최원식, 「안자산의 국학」, 『민족문학의 논리』, 창작과비평사, 1982.

최호석, 「대구 재전당서포의 출판활동 연구」, 『어문연구』 34-4, 2006.

Th. W. 아드로노 & M. 호르크 하이머, 김유동 옮김, 『계몽의 변증법』, 문학과지성사, 2005.

기억 서사로 본 베이징 도시공간과 도시문화

박정희

1 베이징, 도시(공간)의 변화

베이징은 3천여 년의 도시사와 8백여 년의 도읍사를 가진 도시다.[1]
"원대도(元大都)의 도시계획 설계는 베이징 도시 건설에 중대한 영
향을 끼쳤고 명·청 시대의 계승과 발전은 현재 수도의 중요한 발판
이 되었다."[2] 고대 동양사회에서는 자신들의 세계관을 도시구조를

---

  * 이 글은 부산대학교 중국연구소 주최 '신新 중국학 기획 학술회의'(2020년
    10월 17일)에서 발표한 「베이징에 대한 도시학적 시선들」과 대구대학교 인문
    과학연구소 주최 '2020년도 동아시아 도시인문학 학술대회'(2020년 11월 21일)
    에서 발표한 「경미(京味)문학 속의 베이징 도시문화」를 보완·수정한 것임.
 ** 중국도시문화연구소 소장
1) 侯仁之, 「关于古代北京的几个问题文物」, 『文物』, 文物出版社, 1959年09
   期, p.1. 베이징은 용(辽), 금(金), 원(元), 명(明), 청(清) 등 다섯 왕조의 제국도
   시이자, 연(燕), 요(辽), 금(金), 원(元), 명(明), 청(清), 중화민국(中华民国),
   중화인민공화국(中华人民共和国) 등의 수도이다. 춘추(春秋)시대는 연국(燕
   国)의 국도(国都)로 계(蓟)로 불렸으며, 요대(辽代)에는 배도(陪都)로 연경(燕
   京)으로 불렸다. 금조(金朝)에는 중도(中都)로, 원조(元朝)에는 대도(大都)로
   불리었다. 명조에 들어서는 영락제(永乐帝)부터 베이징을 수도로 삼으면서 경
   사(京师)로 칭해졌고, 청조의 수도, 중화민국(中华民国)시기 북양정부(北洋政
   府)의 수도 그리고 1949년부터 현재까지 중화인민공화국의 수도이다.

통해 형상화했다. 베이징은 이러한 특징이 가장 명확하게 표현된 도시 중 하나였다. 베이징의 전체 형태는 정방형을 기본으로 구성되어 있다. 정방형의 형태는 중국 고유의 만다라 구조를 바탕으로 삼았다. 중국의 만다라 구조는 '천원지방(天圓地方)' 즉 하늘은 원형이고 땅은 정방형이라는 것으로 요약된다. 여기서 원은 하늘의 정신세계를 상징하고 정방형은 지상의 물질세계를 상징한다. 땅 역시 하늘을 닮아 원 모양이 되는 것이 이상적이지만, 천상의 원의 질서가 땅으로 내려오면 네 방위에 일치하는 정방형이 된다는 것이다. 따라서 중국에서 정방형은, 원의 구조에 내재되어 있는 우주론적 의미와 질서가 땅에 착근된 형태로 이해되어 도시의 계획과 건설에 적용됐다.[3]

베이징의 스허위엔(四合院)과 황성(皇城) 그리고 도시의 전체 모습이 모두 정방형을 기본으로 구성된 것은 이러한 이유에서였다. 량스청(梁思成)은 「베이징: 도시계획에서 비길 데 없이 뛰어난 걸작(北京——都市计划的无比杰作)」에서 "베이징은 우리 민족이 자연에 적응하거나 자연을 통제하고 개조하는 실천에서 얼마나 빛나는 성취를 거두었는지를 우리에게 증명한다"고 강조했다.[4]

신중국 건국 이후 몇 차례의 철거와 재건을 거쳐 봉건제국의 고도는 사회주의 신중국의 수도로 재건되었다. 이런 의미에서 린후이인(林徽因)은 "인민 중국의 수도 베이징은 아주 오랜 도시이기도 하지

---

2) 侯仁之, 「试论元大都城的规划设计」, 『城市规划』, 中国城市规划学会, 1997年 03期, p.10.

3) 손세관, 『넓게 본 중국의 주택』(下), 열화당, 2002, pp.27-28.

4) 梁思成, [北京: 都市计划的无比杰作], 『名家眼中的北京城』, 文化艺术出版社, 2007, p.2. "北京对我们证明了我们的民族在适应自然, 控制自然, 改变自然的实践中有着多么光辉的成就."

만 아주 젊은 새로운 도시"5)라고 했다. 베이징은 정치문화의 중심이자 오랜 역사의 고도였지만 부단한 변화를 겪어야 했다. 1949년 이후 수차례 변화된 베이징 도시 건설과 계획은 중국 정부의 통치방침과 중국 사회·문화·경제의 변화상을 충실히 반영하는 동시에 상징적으로 대변했다.

급격한 성장과 변화에도 불구하고, 베이징은 고대 중국인의 우주관이 공간적으로 실천·구현된 양상을 여전히 유지하고 있다. 거대 도시사적 측면이 아니라 미시적인 일상사적 측면에서도 통시적 공통성을 발견할 수 있는데 그 대표적인 예 중 하나가 생활 주거양식이다. 베이징의 대표적인 주거양식은 후통(胡同)의 스허위엔이었다. 지금도 여전히 베이징의 생활 주거양식인 스허위엔은 원대부터 시작되어 명·청시대에는 베이징의 주요한 특징이 되었다. 스허위엔에는 중국인의 사회구조와 가족구조 등 생활과 문화가 그대로 투영되어 있는데, 이 주거양식은 내부적으로는 풍요와 질서를 함축하면서도 외부적으로는 침입과 간섭을 극도로 배제하는 폐쇄성을 특징으로 한다.

베이징에 스허위엔이 본격적으로 건축된 것은 원대 이후의 일이지만, 현재 남아있는 스허위엔은 대부분 청대 귀족, 관료, 부호 등 당시 상류계층의 주택으로 건축된 것이며 일부는 중화민국 시대에 건축된 것이다. 청대 말기에는 도시의 인구집중으로 중산계층을 위한 소규모 스허위엔도 상당수 건축됐다. 베이징의 스허위엔은 하나의 중정이 있는 소규모 저택, 두세 개의 중정이 있는 중규모 주택, 그리고 다섯에서 아홉 개의 중정이 있는 따자이먼(大宅门)에 이르기까지 그 규모

---

5) 林徽因, 『林徽因讲建筑』, 九州出版社, 2005, p.207. "人民中国的首都北京, 是一个极年老的旧城, 却又是一个极年轻的新城."

가 다양했다. 다섯 개 이상의 중정이 있는 따자이먼에는 주로 왕족이나 귀족이 거주했다.

1949년 신중국이 건국되면서 베이징 인구는 급격히 팽창하게 된다. 혁명에 참가했던 공산당 간부와 지식인들이 전국 각지에서 베이징으로 이동했는데 이들을 위해 따위엔(大院)이 건설된다. 베이징에 따위엔이 출현한 시기는 1950-60년대였고 이 양식은 특정 시기 사회구조와 도시경관, 당시 사회의 주류문화를 대변했다. 사회주의 중국은 거주지 부족 문제를 해결하기 위해 단독주택이었던 스허위엔을 분할하여 따자위엔(大杂院)으로 만들었다. 원대 이후 베이징의 전통적인 주거 양식인 후통·스허위엔과 베이징인(北京人), 그리고 신중국 건국 이후 조성된 따위엔과 신베이징인(新北京人)이 베이징의 각기 다른 생활양식과 문화공간을 구성해간 셈이다.

도시 자체가 거주민들의 집합적 기억이라 할 수 있는데, 모든 기억이 그러하듯 집합적 기억 역시 대상·장소와 결합되어 있다.[6] 이런 점에서 도시와 거주민의 관계는 그 도시의 지배적인 이미지를 구축하며, 도시는 집합적 기억이 생성되는 장소가 된다. 수많은 기억들이 중층적으로 축적되면서 도시의 역사와 형태가 구축된다. 그런데, 고도 베이징에서 진행된 거주조건의 대대적인 변화만큼 문화형태를 강제적으로 변화시킨 사례는 찾기 힘들다.[7] 베이징의 일상거주 공간은, 존속과 강제된 변화라는 모순된 양상이 병행되었을 뿐만 아니라 이에 대한 다채로운 기억의 편린들이 누적된 공간이다.

이 글은, 베이징에 대한 기억을 주요 서사로 삼고 있는 글들을 텍스

6) A. Rossi, *The Architecture of the City*, Cambridge, Mass, 1982, p.130.

7) 赵园, 『北京: 城与人』, 北京大学出版社, 2002, p.94.

트로 삼아, 베이징의 후통·스허위엔, 따위엔, 따자이먼이라는 세 가지 공간양식과 그 곳에 거주하는 사람을 통해 베이징의 도시문화와 그 변화상을 살핀다.

2 스허위엔·후통문화와 베이징인

후통과 스허위엔은 라오베이징(老北京)의 기본 구조였기에 라오베이징 문화를 후통문화 혹은 스허위엔문화라고 한다. 스허위엔은 봉건사회가 지닌 내부의 엄격함과 외부에 대한 폐쇄성이 건축으로 표현된 거주 양식이다. 스허위엔은 내부에 모든 것이 갖추어진 안전하고 편안하고 조용한 작은 세계인데 중국의 보수적인 전통적 관념이 이런 폐쇄적이고 자족적인 건축양식을 만들었다. 그리고 이런 폐쇄성을 보완하는 것이 스허위엔들을 이으며 뻗어나가는 좁은 골목 즉 후통이다. 후통은 스허위엔과 마찬가지로 원대(元代)에서부터 만들어졌지만 개혁개방 이후 도시개발로 철거되면서 많이 소실되었고 그 자리엔 현대식 건축군이 대신하여 들어서게 되었다. 그러나 근래에는 그 역사적 문화가치를 재발견하여 낡은 후통을 무조건 철거하기보다는 수리, 개조하여 보존하는 추세이기도 하다.

신중국 건국 이전 베이징의 후통과 스허위엔은 중국 현대사의 역사적 명인들이 많이 거주한 곳이었다. 스허위엔과 후통은 베이징 시민의 일상생활 공간일 뿐만 아니라 그들의 사상까지도 시각적으로 보여주는 베이징 도시문화의 상징적인 공간이다. 그래서 작가 왕증치(汪曾祺)는 "후통, 스허위엔은 베이징 시민의 주거양식이자 베이징 시민의 문화형태이다. 통상 베이징 시민문화는 후통 문화를 가리킨다

고 말한다. 후통 문화는 설혹 베이징 문화에서 가장 주요한 것은 아닐
지라도 중요한 일부이다"[8]고 말한다.

1980년대 류신우의 소설『종구러우(钟鼓楼)』는 당시의 베이징 후
통문화를 그린다. 이 소설은 종러우(钟楼)와 구러우(鼓楼) 부근의 후
통, 스허위엔을 배경으로 베이징 지역문화와 민속풍습을 묘사한다.
작가는 이런 내용이 베이징인의 민족풍습과 전통문화의 역사를 이해
하는 데 중요하다고 여겼다. 베이징 전통문화에 대한 류신우의 이 같
은 인식은 작품 전체를 관통한다. "한 편의 장편소설을 통해 소시민
의 집성지를 의도적으로 해부함으로써 베이징 시민계층의 생활경관
과 문화경관을 드러내고자 했다"[9]는 평가에서 알 수 있듯 이 작품에
는 베이징 후통과 스허위엔 문화를 역사의 변천 속에서 고찰하려는
작가의 의지가 작동하고 있다.

류신우가 종구러우를 통해 표현하려 한 것이 베이징의 역사와 전
통이라면 일상생활의 무대인 스허위엔을 통해서는 베이징 전통의 변
화와 현황을 그리고자 했다고 할 수 있다. "스허위엔, 특히 명청시대
에 건축된 베이징의 전형적인 스허위엔은 중국 봉건문화가 번성한
시기의 산물로 높은 문화적 가치를 지닌다. 어떤 측면에서, 그것은
시민사회의 가정구조, 생활방식, 심미관, 건축예술, 민속의 변화, 응집
된 심리, 인간관계 및 시대 분위기를 연구하는 데 아주 좋은 자료"[10]

---

8) 汪曾祺,「胡同文化」,『汪曾祺全集』(第6卷), 北京师范大学出版社, 1998,
   p.19. "胡同, 四合院, 是北京市民的居住方式, 也是北京市民的文化形态.
   我们通常说的北京市民文化, 就是指的胡同文化. 胡同文化是北京文化的
   重要组成部分, 即使不是最主要的部分."
9) 刘桌,『市井风情录: 小巷文学』, 辽宁大学出版社, 2000, p.200. "有意通过一
   部长篇, 解剖一个小市民的丛生地, 以此展现北京市民阶层的生态景观和
   文化景观."

였다.

류신우는 스허위엔을 공간적 배경으로 다루는 데서 나아가 "이 책의 주인공"[11]으로 삼았다. 특히 이 소설이 눈여겨본 것은 스허위엔이 따자위엔(大杂院)으로 변화하는 양상 그리고 그에 연동된 정신·문화적 변화 양상이었다. 『종구러우』는 1980년대 초반 즉 스허위엔이 따자위엔으로 변모하는 사회주의 시기 이후 베이징인의 생활에 초점을 맞춘다.

> 지금 우리는 종구러우 부근의 스허위엔에 들어간다. 우리가 실제로 마주하는 것은 20세기 80년대 초 베이징 시민사회의 문화경관이다. 단번에 완벽하게 설명할 수는 없지만, 스허위엔에 사는 다양한 사람들의 희노애락, 생사와 기쁨과 슬픔, 그들 사이의 갈등과 차이 그리고 서로 간의 충돌에 대한 세밀한 묘사를 통해 우리는 상황을 어느 정도 이해할 수 있다. 또한 미래의 베이징 사람을 위해 격식에 구애되지 않는 자료를 남겨놓을 수 있을 것이다. 스허위엔의 생활은 중단 없이 흐른다. 1982년 12월 12일 벌써 오후로 접어들고 있다.[12]

『종구러우』가 묘사하는 스허위엔은 원래는 개인의 단독주택이었지만 이제는 다양한 계층의 사람들이 거주하는 따자위엔으로 바뀐 건축물이다. 스허위엔이 따자위엔으로 변한 이유는 사회주의 시기 베이징 서민의 주거문제를 해결하기 위한 국가 정책 때문이었다. 시대가 바뀜에 따라 대부분의 스허위엔은 따자위엔으로 그리고 대규모

---

10) 邹平, 「一部具有社会学价值的当代小说: 读刘心武的小说『钟鼓楼』」, 『当代作家评论』, 辽宁省作家协会, 1986年02期, p.173.

11) 刘心武, 『钟鼓楼』, 人民文学出版社, 1985, p.173.

12) 刘心武, 『钟鼓楼』, 人民文学出版社, 1985, p.181.

아파트로 바뀌었다. 거주방식과 주거환경의 변화는 결국 베이징 사람의 생활방식 특히 후통문화에서의 인간관계와 인간의 교류방식을 변화시켰다.

류신우는『종구러우』에서 베이징 시민에 대해 다음과 같이 개괄하여 설명했다.

> 여기에서 말하는 시민은 '토박이' 즉, 적어도 3세대 이상 베이징에 거주한 하층의 보통 거주민을 가리킨다. (중략) 그들의 특징을 간략하게 말하면: 1.정치적 위치는 간부가 아니다. 2.경제적으로는 수입이 적은 편에 속한다. 3.문화수준이 전반적으로 낮다. 4.직업은 대다수가 도시의 서비스업이나 기술적 수준이 낮은 육체 노동이다. 5.거주지역은 베이징 시내의 아직 개발되지 않은 자위엔(杂院, 따자위엔)이다. 6.생활방식은 전통적이다.[13]

따자위엔의 일상은 향촌 식의 이웃관계에 상응하는 이웃 간의 인정과 믿음에 바탕을 두고 있다. 비록 고부간의 갈등, 부부 사이의 작은 불화, 이웃 간의 사소한 다툼 등이 있지만 소설은 사람과 사람 간의 이해와 관용 그리고 인정을 그리면서 갈등의 해소를 결말로 삼는다. 베이징 따자위엔에서는 향촌사회처럼 이웃 사이에 친근한 관계

---

13) 刘心武,『钟鼓楼』, 人民文学出版社, 1985, p.109. "这里所说的市民是指那些'土著', 就是起码在三代以上就定居北京, 而且构成了北京'下层社会'的那些最普通的居民 (중략) 概括他们的特点: 一, 就政治地位来说, 不属于干部范畴; 二, 就经济地位来说, 属于低薪范畴; 三, 就总体文化水平来说, 属于低文化范畴; 四, 就总体职业来说, 大多属于城市服务性行业, 或工业中技术性较差, 体力劳动成分较重的范畴; 五, 就居住区域来说, 大多集中在北京城内那些还未及改造的大小杂院之中; 六, 就生活方式来说, 相对而言还保存着较多的传统色彩……"

가 형성되었으며 이웃집의 사정을 서로 잘 알고 있다는 것이다. 따자
위엔으로 변한 스허위엔은 폐쇄성이 더 이상 존재하지 않아 사적인
비밀이 있을 수 없는 공간이 되었다. 이는 개인의 은밀성이 존재할
수 없었던 사회주의 시기의 흔적이기도 하며 따자위엔이라는 특수한
공간의 성격이기도 했다.

하지만 류신우가 그려낸 베이징 토박이 생활과 문화의 변화상은
신중국에서 그리 주목받지 못했다.

> 어느 사회학자도 베이징 시민을 연구한 적이 없는 것 같다. 여기서
> 말하는 시민은 광의적 시민이 아니다―광의적으로 말하면, 베이징에
> 거주하는 사람은 모두 베이징 시민이다. 여기서 말하는 시민은 '토박
> 이'를 가리킨다. 그들은 적어도 3세대 이상이 베이징에 거주하면서 베
> 이징 '하층사회'를 구성하는 가장 평범한 거주민이다.[14]

『종구러우』는 "문학예술에서 그들을 묘사의 대상으로 삼는 경우는
아주 적었으며 어떤 이는 그들을 '소시민'으로 무시하기도 했다"[15]고
언급했다. 1980년대 베이징 스허위엔의 문화경관을 묘사한 류신우의
『종구러우』는 스허위엔과 후통에 거주하는 베이징 토박이들의 문화
심리와 베이징 문화에서 그들이 차지하는 위치와 의미에 적극적으로
가치를 부여했다.

베이징은 1990년대 중반부터 많은 변화를 겪었다. 후통은 철거되
었고 현대식 건물이 새로이 들어서기 시작했다. 후통·스허위엔이라
는 베이징의 문화는 현실에선 어쩔 수 없이 소실되어 갔지만, 이 공간

---

14) 치신우(刘心武), 『钟鼓楼』, 人民文学出版社, 1985, p.109.
15) 치신우(刘心武), 『钟鼓楼』, 人民文学出版社, 1985, p.109.

과 문화들은 여러 매체의 기억과 재현을 통해 유지되면서 끈질긴 생명력을 자랑했다. 예를 들어, TV 드라마 〈수다쟁이 장따민의 행복한 생활(贫嘴张大民的幸福生活)〉(1998)은 류헝(刘恒)의 동명 소설[16]을 원작으로 삼아 후통 생활을 묘사했다. 이 TV 드라마는 후통이 철거되고 아파트로 이주해가던 당시의 시대 상황을 재현함으로써, 아파트로 이주한 후 예전의 후통 생활에 대한 향수를 간직하고 있던 베이징 시민들로부터 많은 호응을 얻었다.

소설「수다쟁이 장따민의 행복한 생활」은 베이징 서민인 장따민(张大民)의 개인사 즉 리윈팡(李云芳)과의 결혼, 방문제로 인한 여러 곤경, 아들의 출생, 젊은 나이에 백혈병에 걸려 죽은 예쁜 여동생, 그리고 후통 철거와 강제 이주 반대로 인한 2주간의 감방살이, 아파트로의 이사, 직장 해고, 보온병 판매 등과 같은 생활의 변화를 그린다. 후통의 서민을 대변하는 장따민은 온갖 고생을 하면서도 가장의 역할을 다하려 하지만, 제대로 이룬 것이 없다는 정신적 위기에 처한다. 하지만 특유의 수다와 유머로 곤경을 극복하며 생을 꾸려나간다.

자신의 소설을 드라마로 개작한 류헝은 이 작품에서 실제에 가까운 베이징 서민의 생활을 표현하려 했다.[17] 그는 어린 시절부터 오랫동안 베이징의 후통에서 살았으며 거주환경도 장따민과 비슷했다. 생존의 최소 조건조차 구비하지 못한 후통 따자위엔의 서민들이 베이징의 전통적인 정신문화를 중시하거나 계승하기란 쉽지 않았다. 그런데도「수다쟁이 장따민의 행복한 생활」은 경미(京味)문학[18]의 특징

16) 刘恒,「贫嘴张大民的幸福生活」,『北京文学』, 北京市文学艺术界联合会, 1997年10期. pp.4-35.
17) 洪博,「平民作家刘恒谈平民兄弟张大民」,『北京广播电视报』, 2000.02.15.
18) 王一川,「与影视共舞的20世纪90年代的北京文学: 兼论京味文学第四波」,

을 뚜렷이 지니고 있다. 장따민의 수다와 유머는 베이징 언어철학의 특징을 잘 보여준다. 베이징 사람들은 특별한 언어재능과 유머감각을 갖고 있어 언변이 뛰어난 것으로 알려져 있다. "라오베이징 사람들은 언어능력이 뛰어나고 구변이 출중하여 예전에는 베이징 뺀질이(京油子), 쏴핀쭈이(耍贫嘴)라고 불렀다. 상성(相声)예술의 발전은 바로 이 재능의 산물이다. 그리고 베이징 언어능력의 또 다른 특징은 유머다."[19] 장따민의 수다와 유머는 베이징 사람의 특징이라는 것이다. 한편 베이징 언어의 특색으로 띠야오칸(调侃)을 거론하기도 하는데 이것은 수다에 풍자와 조소가 더해진 것을 말한다. 장따민의 '수다'에는 베이징의 특색들이 모두 들어 있다.

티에닝(铁凝)의 소설[20] 「영원은 얼마나 먼가(永远有多远)」역시 점차 사라지는 후통과 후통의 정신을 주인공 여성을 통해 서술한다. 비록 현실의 후통은 사라져가고 있지만 문화텍스트는 후통이라는 장소와 후통의 생활을 재현함으로써 후통을 베이징의 전통문화와 생활을 상징하는 문화부호로 존속·발전시킨다.

티에닝도 베이징 후통에서 출생해 유년기와 성장기를 보냈다. 후통

『北京社会科学』, 北京市社会科学院, 2003年01期, p.92. 경미문학이란 베이징 서민의 일상생활, 민간풍습을 표현한 글쓰기이다. 라오서(老舍)의 『낙타상자(骆驼祥子)』등을 대표로 하는 문학으로 베이징 지역경관과 베이징의 인정풍속을 묘사한 글쓰기를 가리킨다. 이 용어의 개념은 유동적이어서 각기 다른 문화적인 맥락에서 각기 다른 의미로 쓰이기도 한다. 1980년대 경미문학은 베이징 현대화 과정에서 주변으로 밀려난 민속문화를 중점적으로 표현했고 대표작가로는 林斤澜, 邓友梅, 刘绍棠 등이 있다.

19) 杨东平,『城市季风: 北京和上海的文化精神』, 东方出版社, 1994, pp.487-488.
20) 铁凝,「永远有多远」,『北京文学』, 北京市文学艺术界联合会, 1999年11期. pp.4-19.

을 떠난 지 20여년 후에 다시 어린 시절의 도시로 돌아왔을 때 그녀는 너무 많이 변해 알아보기 힘든 후통에 서서 과거를 회상한다. "어느 것도 이곳이 베이징임을 알려주지 못했다. 하지만 그것들은 몰랐을 것이다. 후통 입구에 숨겨진 두 단의 낡은 계단이 그렇게 사소하고 또렷한 기억을 불러일으켰다는 것을 말이다."21)

여기에서 기억은 수동적이고 관조적이라기보다 활동적이고 원기가 넘치며 자발적이고 상상력이 풍부한 활동이다. 기억은 과거의 시간과 미래의 시간을 지금, 여기 위에서 통합한다. 후통에 대한 기억은 그것이 아니었다면 여전히 수면 상태로 있었을 과거·현재·미래를 통찰하는 힘을 전부 현재로 끌어올린다. 작가는 「영원은 얼마나 먼가」에서 후통을 기억을 여는 열쇠로 삼는다. 그녀의 후통은 더 이상 베이징 전통문화를 상징하지 않으며 번화하고 화려한 역사의 기억에도 기대지 않는다.

티에닝의 후통은 천젠공(陈建功)이 감개무량해 한 "숲과 같은 고층건축의 틈새에서 목숨을 겨우 유지하는 스허위엔"이 아니다. 오래되어 파손된 푸른 계단과 낡은 회색 기와와 지붕이 일찍이 여기서 생활한 적이 있는 사람에게 이곳이 후통이라는 것을 깨닫게 하고 이전의 기억들을 되돌려준다. 이러한 정경은 후통의 기억과 문화가 현대 대도시 베이징에서 어떤 역할을 담당하고 있는지를 상징적으로 드러낸다.

「영원은 얼마나 먼가」는 베이징 후통의 형상을 재구성함으로써 후통의 문화정신을 탐색한다. 베이징 문화기억과 생활기억이 구체적으

---

21) 铁凝,『永远有多远』, 解放军文艺出版社, 2000, p.5. "他们谁也不能让我知道我就在北京, 它们谁也不如这隐匿在胡同口的两级旧台阶能勾引出我如此细碎, 明晰的记忆."

로 의탁한 장소 즉 후통은 소실되었지만 거기에 응집된 문화정신은 특정 인물 안에 보존되어 훼멸되지 않고 끈질기게 이어지는 생명의 상징이 된다. 베이징 후통에서 성장한 주인공 바이다싱(百大省)은 영원히 착한 사람으로 열정적으로 남에게 베풀기만 할 뿐 어떤 대가도 바라지 않는 애정의 기교를 모르는 사람으로 묘사된다. 인의(仁义)라는 단어로 설명되는 그녀의 성품은 곧바로 후통의 성격이기도 하다. 바이다싱이 좌절을 겪는 과정은 현대화, 세계화의 미명 속에서 후통과 그 정신문화가 점차 사라져가는 과정과 겹친다. 개인의 기억은 베이징을 정신적 고향의 이미지로 상상하는 데 있어 내재적인 동인 역할을 하고 있다.

3 신新베이징인과 따위엔 문화

숱한 왕조의 교체와 역사적 변천으로 인해 천년고도 베이징의 문화는 늘 변화의 과정 속에 있었다. 베이핑(北平)22) 시기는 전란이 빈번하여 혼란스러웠음에도 불구하고 라오베이징(老北京) 문화는 오히려 성숙되어가는 시기였다. 군주제가 붕괴했음에도 베이징에 대한 황실의 영향력은 축소되지 않았고 도리어 황실문화·관료문화·평민문화가 상호융합되어 라오베이징의 문화를 더욱 성숙하게 만들었다.

그러나 역사적 여운을 지닌 고도의 이 문화는 신중국 건국 이후 극심한 충격을 받게 된다. 새로운 도시 건설과정에서 라오베이징의

---

22) 베이핑(北平): 베이징의 옛 명칭. 1928년(민국 17년) 국민당 정부가 난징으로 천도하면서 베이징은 베이핑특별시(北平特別市)·베이핑으로 불리게 되었다. 중화인민공화국 건국 이후 다시 베이징으로 개칭되었다.

상징인 성문, 성곽, 성루(城楼) 등이 가장 먼저 파괴되었다. 신중국 건국 이후 베이징에 유입된 3백여 만의 인구 대부분은 전국 각지에서 온 중앙기관·군부대의 간부 및 그 가족들이었다.[23] 이주민이 대량으로 유입되자 거주문제를 해결하기 위해 베이징 서쪽 지역에 따위엔을 건설했다. 이로 인해 베이징 문화에는 뚜렷한 변화가 일어나게 되었다. 신베이징인의 호방한 기개와 열정이 베이징의 중요한 위치를 점유하면서 라오베이징인은 점차로 뒷자리로 물러나게 되었고 라오베이징의 기존 전통문화 역시 점차 약화되었다.

따위엔에 거주하는 신베이징은 대부분 공산당 간부와 지식인들이었는데, 이들은 사회적·정치적 지위와 문화적 역량 면에서 신중국 건국 이후 가장 중요하고 활동적인 계층을 구성하면서 베이징 도시 문화의 주인공이 되었다. 『北京民俗大全』의 주편인 짜오수(赵书)는 『北京娱乐信报』와의 인터뷰에서 다음과 같이 언급했다. "일반적으로 후통 문화가 베이징 문화를 대표한다고 생각할 수 있지만 조사에 의하면 따위엔 문화가 베이징 문화의 주류이고 그 다음이 베이징 시민이 주체인 따자위엔 문화다."[24] 그는 1950년대 따위엔이 등장한 이래 베이징 문화의 주류는 따위엔 문화라고 단언한다. 짜오수의 말

---

23) 张静, 『北京市流动人口变动的过程, 现状及趋势研究』, 首都经济贸易大学 硕士学位论文, 2015, pp.15-18. 1949년 베이징 상주인구는 약 420만 명이었다. 1950년부터 1960년까지 인구증가 속도는 매년 가팔랐는데 11년간 베이징에서 증가한 인구수는 약 319만 5천 명이었다. 매년 평균 29만 명이 증가하여 1960년에는 베이징시 총인구가 약 739만 6천 명에 이르렀다. 증가한 인구수 300만 명 중 대다수는 외지 이주민이었고 이들 중 대다수는 중앙기관·군부대의 간부 및 그 가족이었다.
24) 胡劲华, 「北京民俗大全已收集40万字"大院文化"成主流」, 『北京娱乐信报』, 2004.02.21.

처럼, 신중국 건국 이후 정치, 사회, 문화 등 모든 분야의 중심에는 공산당 간부와 지식인들이 있었다. 따위엔에 거주하는 이들 신베이징인들은 국가기관과 중앙 소속의 신문사·출판사, 연구소, 대학, 국가급 문화예술단체 등에서 종사하면서 베이징의 가장 핵심적인 계층이 되어 베이징 사회와 도시문화의 주역으로 활동했다. 이들 신베이징인의 문화를 특정하기 위해 따위엔 문화라는 용어가 등장할 정도였다.

따위엔에 거주하는 간부와 지식인은 대부분 베이징시 소속 서비스업에 종사하면서 후통에서 생활하는 라오베이징인과는 거의 교류를 하지 않았다. 따위엔의 출현은 베이징 도시 공간구조를 철저하게 변화시켰고 후통 문화와는 다른 따위엔 문화를 형성하였다. 따위엔 베이징과 후통 베이징은 동시에 병존하는 두 개의 세계였다. 그들 간의 경계는 분명했고, 그 경계선을 기준으로 각기 다른 사회계층과 문화가 형성되었다.

따위엔의 가장 기본적인 특징은 폐쇄적, 독립적, 자급자족이라는 점이다. 따위엔은 주위를 높은 담장으로 둘러싸서 외부와 거리를 두었다. 따위엔은 강당, 운동장, 수영장, 클럽, 상점 등과 유치원, 부속 초·중·고등학교, 병원, 우체국, 은행 등을 담고 있어서 그 자체로 각종 기능이 완비된 작은 사회였다. 따위엔 거주민은 오랫동안 외출하지 않고 따위엔 내에만 머물러도 정상적인 생활이 가능했다.

라오베이징의 생활리듬은 중세사회 특유의 여유와 느린 안정감 위에서 진행되었으며 라오베이징인들은 한가롭고 자유로운 개인 생활을 추구하는 경향이 짙었다. 반면, 기관 따위엔의 생활은 군대의 성격이 농후하여 군사화, 반(半)군사화된 규율을 준수하도록 요구받았으며 상하의 계급관계를 중시했다.

건국 이후 중앙정부와 군대 지도기관, 중앙 각부 위원회 소속의 기관 중 절대다수가 베이징에 집중되었다. 이로 인해 베이징 문화에서 정치적 색채가 강화되어 갔으며 이 정치적 기능이 베이징 문화에서 차지하는 위상은 갈수록 공고해졌다. 이 정치적 위상의 대표적인 표상체는 따위엔이라는 공간·건축이었고, 베이징 문화에 대한 따위엔 문화의 영향력을 극명하게 보여준 이들은 따위엔의 제2세대 거주민들이었다. 따위엔 제1세대는 자신들의 출생지인 각 지역의 문화 특색을 더욱 강하게 지니고 있었던 반면 따위엔의 제2세대는 베이징 주류가 된 부모세대의 세례를 흠뻑 받으며 베이징에서 성장한 명실상부한 베이징인이었다.

따위엔이 폐쇄적이고 자족적인 그들만의 세계를 구축한 것처럼, 따위엔의 제2세대는 후통의 라오베이징과 담을 쌓은 채 생활했다. 따위엔의 자제와 후통의 아이들의 관계는 서로를 부르는 호칭에서부터 드러난다. 따위엔의 아이들은 후통의 아이들을 후통추안즈(胡同串子), 즉 할 일 없이 하루종일 빈둥거리며 노는 후통 사람이라 불렀다. 공산당 간부 집안의 아이들이 보기에 후통 출신의 아이들은 대부분 큰 꿈도 없고 장래성도 없이 후통에서 빈둥거리는 건달로 보였다. 후통의 아이들은 따위엔의 아이들을 야만인(生番), 막돼먹은 아이(野孩子)라고 불렀는데, 이 표현에는 그들이 미개할 뿐만 아니라 규칙을 지키지 않는 외래자라는 조롱이 들어 있다. 따위엔의 아이들은 라오베이징의 예의를 전혀 몰랐기에 전통적인 풍속과 습관과는 거리가 멀었던 것이다.

따위엔 자제들은 일종의 엘리트 의식을 갖고 있었다. 엘리트 의식은 기본적으로 신분적인 우월감에서 나온 것이었다. 그들은 누가 뭐래도 항상 자기 방식대로 조금의 두려움도 없이 자신의 정치적 견해를 피력했다. 그리고 이런 엘리트 의식의 근간에는 따위엔 아이들이 성장과정에서 받은 혁명적 낭만주의 교육이 놓여 있었다. 그들이 섭취한 문화자원은 상당부분 소련의 혁명적 예술이었는데 〈10월의 레닌(列宁在十月)〉, 〈1918년 레닌(列宁在一九一八)〉 등의 영화, 니콜라이 오스뜨로프스키의 〈강철은 어떻게 단련되는가〉 등의 소설이 대표적이었다. 이런 혁명예술 작품과 반복적으로 주입된 혁명적 낭만주의 사상은 따위엔 자제들의 이상적 인격을 형성했다. 또한, 따위엔 자제들의 엘리트 의식에 기여한 것 중 또 하나는 그들이 수학한 중학이었다. 문혁 이전 베이징의 중학은 그 등급이 분명했는데 학교의 명성은 고급간부 자제들의 숫자에 비례했다. 고급간부 자제들이 대부분 집중된 곳은 베이징 하이뎬구(海淀区)와 시청구(西城区)의 몇 개 중학이었다.25) 이들 중학에 입학한 고급간부의 자제들은 정치에 아주 높은 관심을 갖고 있었다. 1950·60년대 중국 정치계의 부단한 변화로 인해 교장과 교사들조차 정치적 상황 변화를 파악하지 못했을 때도 학생들은 중앙정부의 인사이동과 중앙지도부의 각종 연설을 이미 정확하게 파악하고 있었다. 물론 이것은 고급간부인 자신들의 부모에게서 정보를 얻은 때문이었는데, 그런 만큼 그들은 학교의 선생님을 무시하는 태도를 보였다. 문혁 기간 그들의 부모가 비판을 받을 때에도 그들은 문혁의 중심에서 활약했다.

따위엔 자제들은 문혁 이후 각자의 운명을 걸어가게 되었지만 따

---

25) 하이뎬구(海淀区)에는 北京一零一中学, 北大附中, 清华附中, 八一中学, 育英中学 등이 있었다. 시청구에는 北京男四中, 北京男六中, 北京男八中, 北京女一中, 北师大女附中 등이 있었다. 이 중에서 명성이 높은 것은 北京一零一中学, 北京男四中, 八一中学였다. 현재 중국 고위직 간부의 대부분은 北京一零一中学, 北京男四中 출신이다. 중국의 중학(中学)은 한국의 중학교와 고등학교를 합한 것이다.

위엔이라는 배경은 한결같이 그들에게 유리한 환경을 제공했다. 문혁 기간 동안 보통의 사람들은 상산하향(上山下乡), 농촌 생산대 참가, 군입대와 변경(邊境) 주둔 등을 선택의 여지없이 받아들여야 했지만, 따위엔 자제들은 이것들을 면제받았다. 따위엔 자제들은 군대에서 단기간 복무한 후 사회에 복귀하여 부모의 직위에 비례하여 일자리를 제공받았다.

문혁과 개혁개방을 거치면서 중국 사회의 기성세대가 된 따위엔 자제들은 세상의 변화와 담담하게 마주하는 모습을 보이기도 한다. 청소년 시기에 대한 그리움과 동시에 이성적인 시선으로 그 시대를 바라볼 수 있게 된 것이다. 청년시절 특유의 아집과 열정에 감탄하면서도 조금의 의심조차 없었던 신념에 대해 냉철하게 인식하면서 인생과 사회를 좀 더 성숙한 관점을 바라보는 태도를 보인다. 그래서 따위엔 자제들의 문학은 베이징의 따위엔 문화에 접근하는 또 하나의 방법이 된다. 왕쑤오(王朔)의 작품은 그 중 가장 대표적인 예이다.

왕쑤오는 전형적인 베이징 따위엔 자제다. 그는 『무지한 자는 용감하다(无知者无畏)』에서 언급한다.

> 나는 어릴 때 푸싱먼(复兴门) 바깥에서 살았는데 그 일대는 간단히 '신베이징'이라 불렸다. (중략) 내가 사는 곳에는 만주족 색채가 강한 고도의 풍습, 문화전통이 존재하지 않았다. 나의 심리, 기질, 사유방식과 언어습관은 모두 신문화로부터 영향을 받았다. 이런 문화를 혁명문화라고 부른다.[26]

---

26) 王朔, 『无知者无畏』, 春风文艺出版社, 2000, p.111. "我小时候住在复兴门外, 那一大片地方干脆就叫'新北京' (중략) 那种带有满族色彩的古都习俗, 文化传统到我这儿齐根儿斩了. 我的心态, 作派, 思维方式包括语言习惯毋宁说更受一种新文化的影响. 暂且权称这文化叫'革命文化'罢."

베이징 푸싱루(复兴路), 폭이 좁고 긴 그 골목길 일대 주변의 10여km가 내가 자란 고향이다(비록 그곳에서 태어나지는 않았지만 말이다). 이 일대는 과거 '신베이징'으로 불렸고 베이징 구도심의 서쪽에 자리 잡고 있다. (중략) 한순간에 끝나버린 라오베이핑의 번성한 문화와 7백여 년의 전통은 나와 아무런 관계가 없었다. 나는 이 일대를 '따위엔 문화 할거지구(大院文化割据区)'라고 부른다. 나는 그곳 출신이고 내 몸의 습성은 모두 이곳에서 비롯되었다. 나는 그곳의 오랜 습성이 지금까지 내 성격에 지워지지 않는 흔적을 남겼다고 생각한다. 어떤 일에 부딪히면 그 습성이 뼛속에서 솟아나온다.[27]

따위엔 자제라는 신분은 왕쑤오 작품의 근원적인 성격을 결정했다. 왕쑤오 작품은 따위엔에 대한 추억과 그리움을 표현하는 한편 자조와 조소를 능숙하게 표현했다. 전자의 특징이 전형적으로 표현된 작품은 소설 「사나운 짐승(动物凶猛)」이다. 이 소설은 군부대 따위엔 자제들에 대한 묘사를 통해 따위엔이 그들의 성장기에 매우 중요한 작용을 했다고 서술한다. 왕쑤오에게 있어 1991년 『수확(收获)』에 발표한 중편소설 「사나운 짐승」의 의의는 특별하다. 그는 "나의 작품들 중 나에게 가장 감동적인 작품은 「사나운 짐승」이라고 고백했다.[28]
역시 군부대 따위엔 출신의 영화감독 지앙원(姜文)은 1992년 이

---

27) 王朔, 『无知者无畏』, 沈阳: 春风文艺出版社, 2000, p.119. "北京复兴路, 那沿线狭长一带方圆十数公里被我视为自己的生身故乡(尽管我并不是真生在那儿). 这一带过去叫'新北京', 孤悬于北京旧城之西 (중략) 与老北平号称文华鼎盛, 一时之绝的七百年传统毫无瓜葛. 我叫这一带'大院文化割据区'. 我认为自己是从那儿出身的, 一身习气莫不源于此. 到今天我仍能感到那个地方的旧习气在我性格中打下的烙印, 一遇到事, 那些东西就从骨子里往外冒."

28) 王朔, 『我是王朔』, 国际文化出版公司, 1992, p.30. "我的作品中最令我激动的是《动物凶猛》."

소설을 각색하여 영화 〈햇빛 쏟아지던 날들(阳光灿烂的日子)〉을 만들어 성공을 거둔다. 영화감독 쑨저우(孙周)는 "베이징 영화계·문화계는 이 영화에 충격을 받았다. 이 영화는 근래 본 중국 영화 중에서 가장 좋은 영화로 기존의 중국 영화에 존재하던 가식적인 것을 싹 쓸어버리고 생명의 매력과 광채를 보도록 해 준다"29)고 평가했다.

〈햇빛 쏟아지던 날들〉이 포착한 것은 "생명의 매력과 광채"이고 그 영감은 소설 「사나운 짐승」이 가진 진실성에 근거를 둔다고 할 것이다. 따위엔 아이들에게 따위엔은 모성적 색채를 가지고 그들의 맹목적인 청춘을 요람처럼 너그럽게 받아주었다. 영화에서 언급했듯이 "하늘은 영원히 푸르고 나무도 영원히 푸르고 그때의 매순간은 햇빛 쏟아지던 날들이었다."30)

그리고 왕쑤오의 작품은 조소에 아주 능하며, 모든 엄숙하고 숭고한 사물을 웃음거리로 변하게 하는 특징을 갖고 있다. 이런 특징 역시 그의 따위엔 출신이라는 데서 그 원인을 찾을 수 있다. 왕쑤오와 같은 연령대의 따위엔 아이들은 쾌활하고 어떤 불안도 없었다. 그들의 고민은 생활의 중압감에서 오는 것이 아니라 정신적으로 기탁할 곳이 없다는 데 기인했다. 이런 특징은 그들이 문학예술에 종사하면서 더욱 분명히 드러났는데 그들은 침울이나 엄숙과는 거리가 멀었다. 왕쑤오 소설의 이런 조소는 주류문화에 대한 해체로 이해되기도 했다. 그러나 왕쑤오의 작품을 두고 주류문화의 해체 혹은 "정치담론의 해

---

29) 姜文, 『一部电影的诞生』, 华艺出版社, 1997, p.69. "北京电影界, 文化界被这部电影震撼了. 这是近几年来看到的中国电影中最好的一部. 它一扫过去中国电影中常见的做作的东西, 让人看到了生命的魅力和光彩."

30) 姜文, 〈阳光灿烂的日子〉(1995), "天永远是蓝的, 树永远是绿的, 那时的每一天都是阳光灿烂的日子."

체"라고 평가한다고 해서,[31] 그것을 실제 정치권력에 대한 비판으로 이해해서는 안 되는 이유도 여기에 있다. 정치에 대한 그의 반어적 풍자는 그의 우월감을 드러내는 것이며 바로 이 특권적 지위 덕분에 그는 유머를 깃들인 풍자를 시도할 수 있다. 그의 소설 속 따위엔 자제들의 행동은 일반 서민으로서는 흉내조차 내기 힘든 유희적인 것이다.

그의 작품은 1990년대 베이징에서 중요한 문화현상이 되었는데, 이것은 따위엔 문학의 광범위한 수용집단이 베이징에 있다는 것과 왕쑤오의 소설이 당시 베이징인의 깊은 심리에 부합했다는 것을 증명한다.

따위엔 자제인 마웨이두(马未都)와 지앙원(姜文)은 어느 방송에서 당시 사회적 이슈였던 "왜 군대 따위엔의 자제들이 베이징 문화권에서 선두에 서고 성공하고 있는가"[32]라는 문제에 대해 각자의 의견을 피력했다. 그들은, 부모세대가 자신들에게 남겨준 최대의 유산은 따위엔 자제라는 신분이 아니라 무수한 전쟁에서도 살아남을 수 있었던 총명함이라고 말했다.[33]

이들 항변의 설득력이야 어떻든지, 분명한 것은 현재 베이징 사회와 문화의 중심에는 따위엔의 제2세대가 자리하고 있다는 사실이다. 중국 각지에서 이주해온 그들의 부모세대와 달리 그들은 베이징에서

---

31) 叶李, 「解构背后: 对王朔文本的一种意识形态分析」, 『学习月刊』, 第20期, 中共湖北省省委党校·湖北省行政学院, 2007年20期, pp.33-34.

32) 国企教师3, 「撑起半个京城文化圈的部队大院子弟到底凭什么?」, 2020.04.18. http://m.kdnet.net/share-13676738.html(검색일: 2020.07.29.)

33) 马未都·姜文, 「圆桌讲究派 第2集 选择: 一壶浊酒喜相逢」, https://www.youtube.com/watch?v=hnHXXyTsbBE&t=3264s(검색일: 2020.12.28.)

태어나고 성장한 진정한 의미에서의 신베이징이다. 그들은 신문화의 창조자·계승자로서 베이징 당대 도시문화의 주역이라 할 만한다.

4 공간 기억으로 소환된 따자이먼 문화

1990년대 이후 따자이먼(大宅门)의 이야기가 1980년대 스허위엔 이야기를 대신하게 되었고 베이징 문화기억의 주요 부분으로 부각되기 시작했다. 1980-90년대 문화텍스트가 따자위엔의 베이징 후통문화에 중점을 둔 데 반해, 1990년대 이후 문화텍스트는 귀족과 고관의 저택인 따자이먼의 스허위엔 문화를 부각한다. 이 텍스트들은 현실에서는 이미 사라진 따자이먼 문화를 기억을 통해 부활시킨다. 따자이먼 문화는 중국의 독특하고 특유한 문화현상으로 황족(皇族)의 문화와 베이징 지역문화를 교묘하게 배합한 것이다. 짜오위안(赵园)은 "만주족(满族) 문화, 궁정문화는 베이징 문화의 조성에 지대한 영향을 미쳤지만 경미소설에서 따자이먼에 관한 작품이 오히려 적다"[34]고 언급한 바 있다. 경미소설에서 따자이먼을 배경으로 한 작품의 수는 비교적 적었고 특히 귀족생활을 묘사한 작품은 거의 없었다.

라오베이징의 따자이먼이 주요 서술공간인 예광친(叶广芩)[35])의

---

34) 赵园, 『北京: 城与人』, 北京大学出版社, 2002, p.116. "旗人文化, 宫廷文化对于造成北京的文化面貌为力甚巨, 京味小说却少有写大宅门儿的作品."

35) 叶广芩(1948-): 1948년 베이징 출생. 1968년 시안(西安)으로 상산하향. 화산(华山) 주변의 농장에서 지식청년 생활을 함. 문혁 후 시안에서 간호사, 『陕西工人报』에서 편집과 기자 생활을 함. 1990년부터 2년 동안 일본 지바(千叶)대학 법경학부에서 수학. 1995년 이후 시안시 문련에 소속된 이후 전업작가로 활동. 작품으로는 『老虎大福』, 『黑鱼万岁』, 『日本故事』, 『青木川』, 『逍遥津』, 『豆

『차이상즈(采桑子)』가 처음 출판된 1999년만 해도 이 작품은 황족을 다루었다는 이유로 조심스럽게 출판되었다. 『차이상즈』는 예광친의 생활 체험과 문학 상상이 결합된 작품으로 작가의 가족사를 그린 자전적인 소설이다.

따자이먼이라는 건축물은 높고 위엄이 있어야 하며 침범할 수 없는 장엄함과 신비감을 갖고 있어야 한다는 의식 아래 만들어졌다. 즉 이 저택 앞에 서면 자연스레 왜소해지는 느낌에 젖도록 의도된 것이다. 『차이상즈』의 화자인 작가는 어려서부터 집안사람들에 의해 자신의 가문은 남다르다는 생각을 주입받았다. 작가는 집안이 몰락한 이후에도 어린 화자에게 존엄을 유지케 하고 위안을 제공한 따자이먼의 외관을 「비도 내리네(雨也蕭蕭)」에서 다음과 같이 묘사한다. "다른 사람 집의 대문은 검은색이고 높은 계단이 없고 문과 뜰의 담장 높이가 같아서 근검절약하는 겸허함이 있다면, 우리 집의 문은 홍색이고 높은 계단과 노둣돌이 있고 대문에 들어서면 반 칸 정도의 방이 있어 사람을 뒤로 반걸음 물러서게 하는 내세우지 않는 위엄이 있다."[36] 예광친은 만주족으로 성씨는 예허나라(叶赫那拉)였지만 신해혁명 이후 성을 예(叶)로 바꾼다. 많은 비평가들이 언급하듯이, 그녀는 중국현대사의 특수한 사정으로 인해 자신을 빈곤, 죽음과 싸워야 하는 사회 하층, 평민 출신으로 자칭하면서 출발할 수밖에 없었

汁记」,『叶广芩短篇小说选: 山鬼木客』,『状元媒』,『本是同根生』,『全家福』,『乾清门内』,『没有日记的罗敷河』,『琢玉记』,『红灯停绿灯行』,『谁说我不在乎』 등이 있음.

36) 叶广芩,『采桑子』, 北京出版社, 2009, p.80. "论宅门, 他们家的大宅门是黑的, 没有高台阶, 门与院墙相齐, 有种克勤克俭的谦恭; 我们家的门是红的, 有高台阶, 有上马石, 大门闪进半间屋子, 给人一种退后半步, 引而不发的威严."

다.37) 중국 현당대사에서 황족은 사회적으로 비판받는 계층이었기 때문이다. 그러나 이 소설은 2009년에 드라마로 각색되어 상영되었을 뿐만 아니라 재판되기까지 했다. 물론 이것은 시대와 담론의 변화로 인한 것이다. 예광친은 1980년대부터 적지 않은 작품을 창작했지만 지난날 황족이었던 자신의 가족에 대한 기억은 당시의 분위기에서는 자유롭게 표현할 수 없는 것이었다. 예광친이 언급했듯이 1990년대 이전에는 "개인의 가족문화적 배경을 회피하는 것이 나의 무의식이 되었고 그런 고통스런 느낌으로 인해 실제로 사람을 두려워 했다."38)

『차이상즈』는 황족인 진(金)씨 집안의 만주족 풍습, 일상생활, 건축형태와 라오베이징 문화의 정수인 경극 관람을 라오베이징 문화기억의 중요한 부분으로 기술한다. 이 소설에서 개인의 기억과 라오베이징 도시의 기억은 긴밀하게 연결되어 있다. 중국 현대사에서 베이징의 변천사는 황족의 쇠락과 소멸과정이라 할 수 있는데『차이상즈』의 작가가 지닌 기억은 몰락한 만청(滿淸) 귀족 자제의 기억이다. 따라서 그의 기억과 작품은 어느 누구의 기억이나 작품보다 황성으로서의 베이징의 변화를 충실히 담아낸다. 황성의 몰락한 귀족집단에 대한 예광친의 글쓰기는 고향으로서의 라오베이징에 대한 기억을 진술하는 행위이며 따자이먼의 문화전통과 문화기억에 대한 재구성 작업이라 할 수 있다.

따자이먼 문화는 수백 년 고도 베이징 경미문화의 중요한 부분으로 궁정문화, 관료문화, 후퉁문화가 결합하여 형성된 문화다. 따자이

---

37) 小雨,「叶广芩: 从社会地层走出来的贵族作家」,『小说评论』, 陕西省作家协会, 1998年04期, pp.92-93.

38) 叶广芩,『没有日记的罗敷河』, 吉林人民出版社, 1998, p.234. "回避个人家族文化背景成了我的无意识, 那些痛苦的感受实在地让人感到可怕."

먼을 공간적 배경으로 한 창작물은 당시 중국 민족문화의 발흥과 밀접한 관련을 맺고 있었다. 사회주의 시기의 계급투쟁과 계급대립 의식이 약화된 후, 중국 정부는 경제건설 중심의 정책을 전개하면서 민족정신과 문화의식을 통해 국민을 결집시키고자 했다. 중국의 전통문화와 베이징 민속문화의 발굴은 베이징을 오랜 문화전통을 가진 황성의 도시로 자리매김하기 위한 토대가 되었으며 황성으로서의 베이징은 오랜 역사와 찬란한 문화를 가진 중국을 상징했다. 민족문화의 발굴은 현재의 중국을 건설하는 데 필요한 작업이었기에 민족문화를 재현하는 대중매체와 문화텍스트는 중요한 문화적 역할을 수행한 셈이다.

라오베이징 귀족집안의 가족사를 그린 예광친의 소설 『차이상즈』는 그 내용이 연관되거나 독립적인 9편의 중편으로 구성되어 있다.39) 이 소설은 만주족 귀족 진씨(金氏) 집안 14명 자제의 흥망성쇠를 통해 20세기 신해혁명 이후 중국현대사에서 중국 전통문화와 베이징이 변화하는 양상을 그린다. 즉 이 소설의 중심은 중국현대사에서 따자이먼이 쇠락해가는 과정이다. 급변하는 시대 변화 속에서 진씨 집안 14명의 자손들이 선택하는 인생은 대략 세 가지로 구분된다. 시대의

---

39) 이 9편의 소제목은 각각 「누가 악부의 슬픈 곡을 펼치느냐(谁翻乐府凄凉曲)」, 「바람도 부네(风也萧萧)」, 「비도 내리네(雨也萧萧)」, 「메마른 등화가 또 밤을 지새우네(瘦尽灯花又一宵)」, 「근심 걱정 아무도 모르네(不知何事萦怀抱)」, 「깨어 있음도 무료하네(醒也无聊)」, 「취함도 무료하네(醉也无聊)」, 「꿈에서라도 언제나 시에다리에 갈 수 있으려나(梦也何曾到谢桥)」, 「긴 탄식을 노래하네(曲罢一声长叹)」인데, 작가는 『차이상즈』의 책 제목뿐만 아니라 마지막 소제목을 제외한 8편 소제목을 예허나라 친족 중 저명한 인물인 납란성덕(纳兰性德)의 사(词) 「차이상즈·누가 악부의 슬픈 곡을 펼치느냐(采桑子·谁翻乐府凄凉曲)」의 제목과 구절에서 빌어 왔다.

변화에 앞장서는 사람, 시대가 어떻게 변할지라도 원래의 생활을 그대로 유지하려는 사람 그리고 시대의 변화에 따라 변절하는 사람이 그것이다.

첫째 유형의 인물로는 큰아들과 셋째 딸을 들 수 있다. 큰아들은 국민당에 입당하여 국민당 간부가 되고 셋째 딸은 베이징의 공산당 지하당원이 된다. 두 번째 유형의 인물은 높은 담장에 둘러싸인 대저택에서 시대의 폭풍우를 무시한 채 따자이먼의 원래 문화와 생활방식을 유지하며 살아간다. 「누가 악부의 슬픈 곡을 펼치느냐(谁翻乐府凄凉曲)」에서 서술하고 있는 첫째 딸 진순진(金舜锦)의 삶은 경극적이다. 소설이 묘사하듯 청말과 민국 연간의 라오베이징에서는 모두가 경극을 즐겼다. 급속하고도 거대한 시대 변화 앞에 진씨 집안 자녀들은 이전의 생활방식을 유지할 수도 없었지만 새로운 변화에도 적응하지 못했다. 그러기에 오히려 생활방식과 인생에 대한 이전의 태도를 더 완강하게 고수했는데, 이 같은 태도는 소설 속 많은 인물들의 인생을 결정했다. 「깨어있음도 무료하네(醒也无聊)」의 다섯째 아들 진순페이(金舜镨), 「취함도 무료하네(醉也无聊)」에서 묘사하고 있는 다섯째 딸 진순링(金舜铃)의 첫 번째 남편인 완잔타이(完占泰), 그리고 「긴 탄식을 노래하네(曲罢一声长叹)」에서 언급되는 일곱째 아들 진순취엔(金舜铨)이 이에 해당한다. 그러나 시대의 변화에 따라 사회적 분위기도 변하면서 진씨 집안 역시 변화의 자장에서 빗겨날 수 없었다. 셋째 유형을 대표하는 인물은 셋째 아들 진순지(金舜鎭)다. 그는 젊은 시절 가풍의 영향으로 상업에 종사하는 것을 아주 미천하게 여겼으나 노년에 이르러서는 이익을 위해서라면 거짓을 일삼는 골동품 감정사로 변모한다. 소설은, 중국 현대사의 급변으로 따자이먼의 부유하거나 침잠하거나 고수하거나 변화하는 각양각색의 인생을 통해서 격심한 변화 속의 베이징인을 그린다.

경극(京剧)은 베이징을 무대로 발달했다. 경극은 라오베이징 문화의 형성에 중요한 작용을 하였고, 경극의 발전에는 라오베이징인의 적극적인 참여가 결정적인 역할을 하였다. 『차이상즈』에는 라오베이징 문화의 정수인 경극과 따자이먼의 일상문화가 잘 어우러져 녹아 있다. 청대 통치민족이었던 만주족은 한족(汉族)과는 달리 신분 고하를 막론하고 통속문학을 즐겼다는 것이 청대에 경극이 탄생하고 발달할 수 있었던 중요한 원인이었다. "경극의 탄생과 발달에 대한 청대 만주족의 공헌은 비단 심미적인 차원에만 한정된 것이 아니라 경극의 완성과 혁신, 연출에도 직접 참여할 정도로 대단한 것이었다. 당시 경극을 즐기는 아마추어 배우(票友)들이 아주 많았는데 그들은 경극을 전파하고 경극의 영향력을 확대하는 데 중대한 공헌을 했다. 청대 아마추어 배우의 대다수는 만주족이었고 여기에는 왕족과 귀족들도 많이 포함되어 있었다."[40]

황실, 귀족 집안 즉 따자이먼의 일상에서 경극은 필수적이었다.[41] 따라서 경극에는 만주족의 언어 등 통치민족으로서 만주족의 문화가 많이 반영되어 있었다. 청대 만주족 특히 귀족 출신과 경극의 불가분의 관계는 『차이상즈』에서 진씨 집안과 경극의 관계로 고스란히 옮겨온다. 소설은, 진씨 가족 모두가 경극을 즐기는 것은 특이한 일이 아니었으며 이는 원래 만주족 귀족집안의 유행문화였다고 말한다. "청말과 민국 시기의 분위기는 황실과 팔기군, 귀천, 빈부, 상하를 막론

40) 北京艺术研究所·上海艺术研究所组织, 『中国戏剧史』(上卷), 中国戏剧出版社, 1999, pp.50-72.
41) 金启·张佳生 主编, 『满族历史与文化简编』, 辽宁民族出版社, 1992, pp.260-261.

하고 모두 경극을 할 줄 아는 것을 능력으로 여겼다."[42]

『차이상즈』의 따자이먼에 거주하는 청대 만주귀족의 후예(八旗子弟)들은 드넓은 생활공간에서 자유로운 생활을 누린 듯 보이나 그들의 사유공간은 오히려 화려하게 장식된 경극 무대에 고정되어 있었다. 경극의 배역으로 분장을 하고 무대에 등장한 만큼 따자이먼 진씨네 자제들의 운명도 경극적이었다.

「누가 악부의 슬픈 곡을 펼치느냐」는 따자이먼의 일상에서 경극이 얼마나 중요한 위치를 차지하고 있었는지를 보여준다. 경극은 만청 귀족들의 생활에서 필수적인 오락이었다. 장녀 진순진에게 있어 경극은 가장 중요했다. 그녀는 자신의 혼인생활에 대해서도 현실생활에 대해서도 전혀 관심이 없었다. 진씨 가족이라는 축소판을 통해 예광친이 표현한 것은, 따자이먼에 거주하는 청말 만주족 귀족 후예들의 생활에서 경극은 심미적으로나 실생활에서 가장 중요한 것이었다는 것이다.

경극이 이런 위치를 차지하게 된 이유는 청대 만주족 귀족의 생활은 제약이 아주 많고 엄격했기 때문이다. 그들에게는 어떠한 상업 활동도 허락되지 않았고 한족관료와의 교제도 허락되지 않았으며 베이징 40리 밖을 벗어나는 것도 허락되지 않았다. 협소한 공간과 행위만이 허락된 상태에서 그들이 할 수 있는 일은 극히 적었다. 이런 상황에서 따자이먼의 만주족 귀족 자제들은 저택을 벗어나는 실제 세상을 체험하기 보다는 경극과 근거 없는 풍문을 통해 외부세계를 상상했다. 이후 세상에 나서게 되었을 때에도 그들은 경극의 내용을 빌어

---

42) 叶广芩, 『采桑子』, 北京出版社, 2009, p.7. "清末和民国间的风气, 宗室八旗, 无论贵贱, 贫富, 上下咸以工唱为能事."

그들 자신과 세상을 표현했다. 이로 인해 그들은 유달리 유치하고 세상물정에 어두운 사람들로 받아들여졌다.

『차이상즈』는 따자이먼의 일상과 경극을 밀접하게 관계 짓는다. 의심할 여지 없이, 청조 귀족의 후예에게 있어 만청 이래의 중국 사회는 극적인 요소로 충만해 있었다. 황권의 해체, 위안스카이(袁世凱)의 복벽, 군벌의 혼란, 국공 양당의 대립, 사회주의 제도의 수립, 문화대혁명, 시장경제의 성행 등 근 100년의 중국현대사는 말 그대로 파란만장한 것이었다. 특히 청대 통치민족이었던 만주족에게 있어 중국현대사는 그 부침(浮沈)이 극심한 경극 그 자체였다. 만주족 귀족이었던 진씨 집안의 흥망성쇠, 가족 일원의 운명은 중국현대사의 극심한 변화와 정확히 상응하고 있으며, 그래서 『차이상즈』 자체가 경극적이라 할 수 있다.

예광친은 『차이상즈』에서 따자이먼에 거주하는 경극적 인물과 경극적 사건을 통해 따자이먼 문화를 재현해냈다. 진씨 집안을 청대 귀족의 전형으로 평가할 수 있는 이유는, 인물 성격과 서사 모두에서 경극이라는 문화적 매개체가 결정적으로 작용하고 있기 때문이다. 소설은, 몰락의 표상으로 전락한 이후에도 경극은 만주족 귀족에게 있어 여전히 삶 그 자체였다고 말한다. 그리고 진씨 집안 이야기를 경극적인 방식으로 전개함으로써 따자이먼 만주족 귀족의 개성을 드러내고 청대 만주족 특히 귀족과 경극의 긴밀한 관계를 묘사했다.

이 소설은 따자이먼을 공간적 배경으로 한 자전적 가족사 소설을 넘어서 중국현대사의 일면을 다층적으로 그려낸 소설로 평가받는다. 『차이상즈』는 중국현대사의 급격한 변화에 따른 인간성의 굴절상을 묘사할 뿐만 아니라 베이징 도시의 변화, 중국 고대건축과 공간의 해체와 같은 중국 전통문화 공간의 소실에 대한 비판적 성찰을 견지한다.

예광친은 『차이샹즈』에서 본가의 따자이먼이 위치했던 시러우후
통(戏楼胡同), 순지가 분가해서 거주한 간미엔후통(干面胡同), 허우
하이(后海)에 위치한 거니엔후통(歌年胡同), 구러우따졔(鼓楼大
街), 징얼후통(镜儿胡同) 등 동청구(东城区)의 실제 지명을 그대로
사용한다. 『차이샹즈』는 베이징 동청구가 소설의 공간임을 분명하게
밝히면서 현실과 허구의 경계를 무너뜨린다. 이로써 중국 전통문화가
현재의 공간적 실천에서 일정한 역할을 담당해야 한다는 작가의 발
언은 그 진정성을 획득한다.

5 도시의 역사와 공간의 기억

이 글은 베이징에 대한 기억을 주요 서사로 삼고 있는 작품들을
텍스트로 삼아 베이징의 후통·스허위엔, 따위엔, 따자이먼이라는 세
가지 거주공간양식과 도시문화를 살펴보았다. 이 글은 도시 주요 거
주공간의 변화에 대한 베이징 도시문화의 변화를 탐색하는 작업인
동시에 제국도시 베이징에서 사회주의 수도 베이징으로 변모해가는
양상, 그리고 기억서사를 통한 중국 전통문화 공간을 복원하는 움직
임 등을 살핀다.

1950년대 공산당 간부와 그 가족들을 주축으로 한 신베이징인의
거주를 위해 따위엔이 등장한 이후 지금까지 베이징 문화의 주류를
차지하고 있는 것은 따위엔 문화다. 일반적으로 후통 문화가 베이징
문화를 대표한다고 생각할 수 있지만 조사에 의하면 따위엔 문화가
베이징 문화의 주류이고 그 다음이 베이징 시민이 주체인 따자위엔
문화다. 따위엔의 출현은 베이징 도시 공간구조를 철저하게 변화시켰

고 후통 문화와는 전혀 다른 따위엔 문화를 형성하였다. 1949년을 경계로 베이징은 전통문화가 각인된 스허위엔·후통 문화에서 사회주의 혁명문화를 중심으로 하는 따위엔 문화로 전환되었고 그것의 문화적 영향력은 지금도 막강하다.

베이징에서 전개된 거주조건의 대대적인 변화만큼 강제적으로 문화형태를 변화시킨 사례는 찾기 힘들다. 베이징의 일상거주 공간은 존속과 강제된 변화라는 모순된 양상이 병행되었을 뿐만 아니라 이에 대한 다채로운 기억의 편린들이 누적된 공간이다. 도시는 거주민들의 집합적 기억의 공간이고 그 기억은 도시의 공간과 결합되어 있다. 베이징 도시의 역사에는 엄청나게 많은 상념들이 축적되어 베이징 도시에 각종 감정과 인식을 투사한다.

스허위엔·후통과 따위엔이라는 두 개의 이질적인 도시경관이 어떻게 서로 상응하면서 새로운 도시 정체성을 구성해가고 있는지에 대한 질문을 제기해야 할 차례다. 그리고 이에 대한 대답은 베이징 혹은 중국이 과거와 현재를 미래 속에서 화해시키는 방식에 대한 탐구와 연관될 것이다.

▌참고문헌

손세관, 『넓게 본 중국의 주택』(下), 열화당, 2002.

北京艺术研究所·上海艺术研究所组织著, 『中国戏剧史』(上卷), 中国 戏剧出版社, 1999.

姜文, 『一部电影的诞生』, 华艺出版社, 1997.

金启·张佳生 主编, 『满族历史与文化简编』, 辽宁民族出版社, 1992.

洪博,「平民作家刘恒谈平民兄弟张大民」,『北京广播电视报』,
　　2000.02.15.

侯仁之,「关于古代北京的几个问题文物」,『文物』, 文物出版社, 1959年
　　09期.

侯仁之,「试论元大都城的规划设计」,『城市规划』, 中国城市规划学会,
　　1997年03期.

胡劲华,「北京民俗大全已收集40万字"大院文化"成主流」,『北京娱乐
　　信报』, 2004. 02. 21.

梁思成,「北京: 都市计划的无比杰作」,『名家眼中的北京城』, 文化艺术
　　出版社, 2007.

林徽因,『林徽因讲建筑』, 九州出版社, 2005.

刘恒,「贫嘴张大民的幸福生活」,『北京文学』, 北京市文学艺术界联合会,
　　1997年10期.

刘心武,『钟鼓楼』, 人民文学出版社, 1985.

刘桌,『市井风情录: 小巷文学』, 辽宁大学出版社, 2000.

国企教师3,「撑起半个京城文化圈的部人大院子弟到底凭什么?」, 2020.04.18.
　　http://m.kdnet.net/share-13676738.html(검색일: 2020.07.29.)

马未都·姜文,　「圆桌讲究派　第2集　选择:　一壶浊酒喜相逢」,
　　https://www.youtube.com/watch?v=hnHXXyTsbBE&t=3264s(검색일:
　　2020.12.28.)

铁凝,「永远有多远」,『北京文学』, 北京市文学艺术界联合会, 1999年11期.

铁凝,『永远有多远』, 解放军文艺出版社 , 2000.

汪曾祺,「胡同文化」,『汪曾祺全集』(第6卷), 北京师范大学出版社, 1998.

王朔,『无知者无畏』, 春风文艺出版社, 2000.

王朔,『我是王朔』, 国际文化出版公司, 1992.

王一川,「与影视共舞的20世纪90年代的北京文学: 兼论京味文学第四波」,
　　『北京社会科学』, 北京市社会科学院, 2003年01期.

杨东平, 『城市季风: 北京和上海的文化精神』, 东方出版社, 1994.

叶李, 「解构背后: 对王朔文本的一种意识形态分析」, 『学习月刊』, 中共
　　　湖北省省委党校·湖北省行政学院, 2007年20期.

叶广芩, 『采桑子』, 北京出版社, 2009.

叶广芩, 『没有日记的罗敷河』, 吉林人民出版社, 1998.

小雨, 「叶广芩: 从社会地层走出来的贵族作家」, 『小说评论』, 陕西省作
　　　家协会, 1998年04期.

张静, 『北京市流动人口变动的过程, 现状及趋势研究』, 首都经济贸易
　　　大学 硕士学位论文, 2015.

赵园, 『北京: 城与人』, 北京大学出版社, 2002.

邹平, 「一部具有社会学价值的当代小说: 读刘心武的小说『钟鼓楼』」,
　　　『当代作家评论』, 辽宁省作家协会, 1986年02期.

A. Rossi, The Arcbitecture of the City, Cambridge, Mass, 1982.

『조선시보』대구지국 독자우대 대연극회를 통해 본 1910년대 대구의 공연 문화

윤경애

1 『조선시보朝鮮時報』와 1915년의 연극 공연

1915년 2월 2일, 일본어 신문인 『조선시보(朝鮮時報)』 3면에는 「대구지국 발전 제2회 독자우대 대연극회 개회(大邱支局發展第二回讀者優待 大演劇會開會)」 광고가 3단에 걸쳐 크게 게재되었는데, 그 내용을 요약하면 다음과 같다. "대구지국 설립 11주년 기념 대연극회 개최. 작년 제1회 애독자우대 상연회에서 상연시 대만원을 이룬 이로하회(いろは會)에 출연 요청. 장소는 니시키좌(錦座). 공연 예제(藝題)은·「열두달(十二ヶ月)」·「사쿠라다 유키치(櫻田勇吉)」·「未定」."

『조선시보』 대구지국 설립 11주년을 기념하는 이 연극은 2월 27일부터 3월 1일까지, 삼 일 동안 공연되었고 공연이 끝난 이튿날까지 극장의 모습, 공연 목록, 관람 열기 등을 전하는 자세한 기사가 게재되었다. 공연 제목과 공연 장소, 일시 등만을 전한 것이 아니라 출연

* 영남대학교 강사

자, 배역, 줄거리, 준비 과정, 심지어 공연 당일 관객들에게 나누어 준 사은품까지 소개하고 있어, 지방의 연극사 자료로서 뿐만 아니라 1910년대 공연문화에 대한 귀중한 사료적 가치를 갖고 있다.

한 달에 걸쳐『조선시보』에 게재된 대연극회 기사는 1915년 2월 10일부터 3월 2일까지 14회, 대연극회 광고는 2월 2일부터 2월 27일까지 20회, 기부자 명단은 2월 16일부터 3월 3일까지 7회에 이른다.『조선시보』에 게재된 대연극회 기사를 일자별로 요약하면 다음과 같다.

- 1915년 2월 10일 「지국발전 연극회 휘보」: 지국발전 제2회 애독자 우대연극회도 17일 남아, 지국원 모두 밤낮을 가리지 않고 준비에 힘써. 공연 예제 확정
- 2월 11일 「지국발전 연극회 휘보」: 첫날 연습 끝나. 첫날 예제인 「마쓰야마오로시(松山颪)」는 어제 10일 한 차례 연습을 끝냈고 오늘 11일부터 둘째 날 예제인 「마쓰카제무라사메(松風村雨)」 연습에 착수. 안내장 발송. 입장 무료. 공연 둘째 날과 셋째 날에 예정된 연극이 끝난 후 희극 1막을 이틀에 걸쳐 공연할 예정.
- 2월 16일 「지국발전 연극회 휘보」: 대구양복상유지조직(大邱洋服商有志組織)으로 구성된 독자우대연극회 출연자 '이로하회(いろは會)'는 전년도 1회 연극회에서도 상찬을 받은 전문가(玄人) 못지않은 기량을 가졌으며, 둘째 날 예제인 「마쓰카제무라사메」 연습을 종료하고 셋째 날 예제인 「다마기쿠도로(玉菊燈籠)」 연습에 착수. 대구 시내 및 경북 일대 1700 독자에게 20일까지 안내장 발송 예정
- 2월 17일 「지국발전 독자우대연극회」: 미나카이 포목점(三中井吳服店)이 무대 장막을 기증, 장내에 신선한 이채를 줄 것. 연극회 입장객을 위해 신발위탁료(下足賃), 화로(火鉢), 방석(座蒲團) 무료 대여.
- 2월 18일 「지국발전 독자우대연극회」: 대구 시내 및 김천, 왜관, 하

양, 경산, 경주 방면에 525통의 안내장 발송. 3일 간 공연 및 극장을 관리할 담당자 선정. 작년 1회 연극회도 성황을 이루었고 올해도 그에 못지 않을 것이므로 6시 정각인 개연 시각에 늦지 않도록 주의하며 우천에도 연극회가 순연되지는 않을 것.

- 2월 20일 「지국발전 독자우대연극회」 : 하양과 동촌에서 단체로 관람할 예정이라며 개연시간 등을 문의하니, 본 연극회가 대구 뿐만 아니라 지방에서도 크게 호평 받을 것임을 알 수 있다.

- 2월 21일 「지국발전 독자우대연극회」 : 출연자 명단 공개. 배역과 줄거리는 내일 지면에서 공개 예정

- 2월 23일 「우대연극회」 : 개연 시일은 27일(토요일), 28일(일요일), 3월 1일(월요일) 3일간 니시키초(錦町) 니시키좌에서 오후 6시에 개연. 입장료는 물론 신발위탁료, 화로, 방석까지 일절무료. 회장 내외 장식. 개연 순서. 입장자 주의사항. 배역과 장면 소개.

- 2월 24일 「우대연극회」 : 개연까지 이틀 남은 현재 시내 곳곳에 연극회 소문이 퍼져 당일 분명 공전의 성황을 이룰 것. 대구지국 발전 축의를 표하기 위해 다무라 상점(田村賣品館)이 기증한 최근 대구명소구적(最近大邱名所舊蹟) 그림엽서를 첫날 입장객에게 증정할 예정. 사원과 지국 소재지의 유지들이 25일부터 공연장인 니시키좌에 모여 제반 장식에 착수할 예정. 회장 내 기둥을 홍백의 천으로 감싸고 주위에 벚꽃을 늘어뜨리며, 천장에는 만국기를 달고 곳곳에 홍등을 매달아 장식. 니시키좌 앞길에 만국기를 달고 공연장 입구에는 우리 회사 이름을 쓴 제등을 장대 높이 달아 둘 것.

- 2월 25일 「우대연극회」 : 셋째 날 공연 예정인 「다마기쿠도로」를 「열두달」로 변경. 「다마기쿠도로」가 아직 대구에서는 한 번도 공연된 적 없는 극이고 그 내용이 매우 복잡하여 어쩔 수 없이 「열두달」로 변경하여 첫날 공연하고, 둘째 날 「마쓰카제무라사메」, 셋째 날 「마쓰야마오로시」를 공연. 미나카이 포목점이 기증하기로 한 무대 장막이 어제 오사카에서 도착. 첫날 공연될 「열두달」의 줄거리 소개

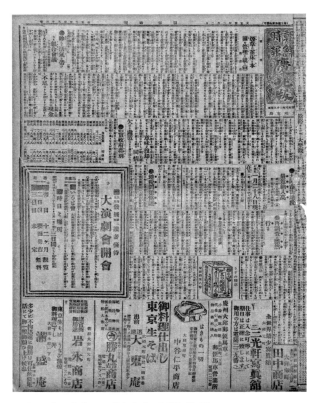

그림 1. 『조선시보』 경북판과 대연극회 광고

- 2월 26일 「내일 개회할 대구지국 우대 대연극회」: 내일 개연 시각을 엄수하여 6시 정각에 시작할 것이며, 입장권을 반드시 지참할 것. 입장권 없이는 절대 입장 불가. 신발위탁료, 화로, 방석 일절 무료로 제공되나 수가 한정되어 있어(니시키좌에 구비된 것은 모두 제공) 혹 부족할 수도 있으니 특히 가족동반 입장객은 되도록 깔개 지참을 희망. 「열두달」의 배역과 장면 소개
- 2월 27일 「독자우대 대연극회 오늘 27일 첫날 니시키좌」: 갑작스런 예제 변경 사과. 「마쓰야마오로시」 줄거리 소개.

- 2월 28일 「대성공, 대성공」: 어제 첫 공연 회장 내외 광경. 3시 지나면서부터 입장객이 보이기 시작해 4시에 이미 200여명 몰려 6시에는 만장 입추의 여지 없이 장내가 꽉 차. 6시 대구지국장의 개회사와 사장의 인사 직후 개연. 오늘 두 번째 공연 예제인 「마쓰카제 무라사메」는 공연자인 이로하회의 18번이고 오늘이 일요일이라 일찍부터 입장객이 몰릴 우려. 연극회 금품 기증자에게 감사
- 3월 2일 「대구 관극회 성황」: 27, 28, 3월 1일 3일간 대구 니시키좌에서 개최된 연극회는 27, 28일의 우천과 강설로 날씨가 좋지 않았음에도 만원 성황을 이루었고 3월 1일에는 쾌청한 날씨에 성황을 이루었다.

위와 같은 기사가 실린『조선시보』는 일본에서 발행된『규슈일일신문(九州日日新聞)』의 종군특파원이었던 아다치 겐조(安達謙蔵)가『부산상황(釜山商況)』을 인수하여 1894년 11월『조선시보』라는 제호로 재 창간한 일본어 신문이다. 부산에 거점을 두고 경성, 인천, 대구, 원산, 구포, 삼랑진, 진주, 동래, 목지도, 함흥, 마산 진해, 통영, 울산, 방어진, 밀양, 경주, 부산진, 하동, 여수, 김천, 포항, 삼천포, 상주, 신의주, 감포 등에 국내 지국을 두고, 만주의 안동현과 일본의 도쿄, 오사카에도 지국을 설치하여 운영하였다.[1] 1940년까지 발행되었는데, 대구지국을 중심으로 한 '경북판'을 발행하여 당시 대구와 경북의 사건, 사고 기사와 더불어 잠업과 미곡을 중심으로 한 농산물의 생산과 수이출 현황 등 당시의 상황(商況)을 시리즈로 기획하고 상세하게 보도하였다. 또한 광고란이 활성화 되어 있어 당시 상업 경제의 흐름과 생활상을 추정해 볼 수 있는 중요한 자료를 제공해 주고 있다. '문화면'에서도 「곤지키야샤(金色夜叉)」라는 당대를 휩쓴 소

---

1) 김유경, 2018, p.388.

설과 신파극을 만든 오자키 고요의 주요 문하생인 야나가와 슌요(柳川春葉), 오구리 후요(小栗風葉), 마에다 쇼잔(前田曙山) 등의 소설이 연재소설로 실려있다, '연예란' 등을 통해서는 당시 연예인격이었던 기녀에 대한 소개와 더불어 각종 공연을 소개하고 있는데 특히 1915년 대구지국의 '독자우대 대연극회'는 지방 지국의 개국을 기념하는 연극회임에도 〈그림 1〉과 같이 한 달에 걸쳐 매일 광고를 크게 게재한 것으로 보아 신문사의 중요 문화 행사였다는 것을 짐작할 수 있다.

2 니시키좌錦座와 1910년대 대구의 공연 문화

1893년 일본인의 이주가 시작된 이래 대구에는 내륙도시임에도 불구하고 이른 시점부터 일본인의 정착이 이루어졌다. 당시 대구의 인구는 1915년 조선인이 24,653명, 일본인이 7,948명이며 1920년에는 조선인 32,451명, 일본인 11,942명에 달하였다.[2] 대구거주 일본인의 증가는 대구에 일본문화가 유입되는 요인으로 작용하게 된다. 특히 일본인 거류지 형성과 더불어 오락 기관을 증설할 필요성이 제기되는데 그 중심에 있던 것이 유곽[3]과 극장이다. 1910년대를 전후하여

---

2) 김일수, 2004, p.137.

3) 1910년 전후로 경성에는 신정유곽(新町遊廓)과 도산유곽(桃山遊廓)을 시작으로 개운루(開運樓), 화월루(花月樓), 조일루(朝日樓), 팔판루(八坂樓), 고도옥(高島屋) 등의 예기(藝妓) 및 창기(娼妓)가 있던 요리집, 예기가 소속되었던 중검번(中檢番)이 존재했다. 『경성신보』의 문예란에는 극장의 공연 기사와 더불어 유곽, 검번, 화류(花柳), 창기, 예기에 대한 기사나 정보가 거의 매일 게재되고 있어, 이에 대한 높은 수요를 짐작케 한다(이지선, 2015, pp.146-147).

대구에 설립된 극장으로는 니시키좌(錦座, 1907), 대구구락부(大邱俱樂部, 1911), 칠성관(七星館, 1916), 대구좌(大邱座, 1917) 등이 있으며 이후 조선관(朝鮮館, 1920), 대송관(大松館, 1922), 만경관(萬鏡館, 1923), 대구키네마구락부(1938), 대구공회당(大邱公會堂, 1931) 등이 잇달아 개관하였다.4) 대구 최초의 극장인 니시키좌(錦座)는 1907년 나카무라 기이치(中村喜一)가 니시키초(錦町) 마쓰마에 석조창고(松前石造倉庫)가 있는 위치에 니시키좌라고 이름붙여 4월부터 영업을 시작하였다. 1919년까지 12년간 대구의 대중오락장 역할을 하였다. 나카무라 기이치는 대구 하나야여관의 경영자이자 부산에 있는 요리정 화월의 주인이었다.5)

1910년대 초부터 대구에서는 이들 극장에서 연극과 신파극 등 다양한 행사와 공연들이 개최되었다. 구체적으로 살펴보면 1912년 창립된 이기세의 유일단(唯一團)이 1913년 12월 대구에서 공연한 것을 시작으로 이듬해 1914년 6월 28일 윤백남이 이끄는 문수성(文秀星)이 대구에 와서 「단장록」, 「눈물」 등의 작품을 공연하였다. 1915년 5월에는 임성구가 이끄는 혁신단(革新團)의 대표적 인기 신파극 「눈물」(이상협 작)도 대구에서 공연되었으며, 이들의 공연은 『매일신보』 기사를 통해 보도될 만큼 크게 흥행하였다

> 신파극 유일단 일행의 연극에 대한 좋은 평판은 경향에 이미 유명한 바 작년 세말부터 대구에서 수십일을 흥행하여 비상한 환영을 받았고 그 후 부산으로 내려가 초량좌(草梁座)에서 매일 흥행하는 중 일반인사가 극히 그 일행을 환영하고 심히 그 연극을 찬성하여 밤마다

---

4) 김석배. 2011. pp.395-398.
5) 河井朝雄, 1931, pp.196-197.

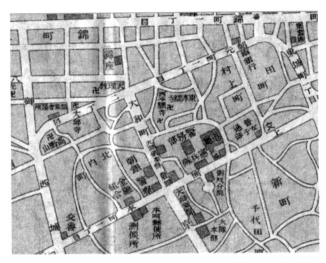
그림 2. 1912년경 대구 니시키초(錦町)와 니시키좌(錦座)의 위치

만원의 성황을 이룬다는데 특히 대구와 부산은 신파연극이라는 것이 처음인고로 그 토지의 사람은 한층 더 기이히 여기며 일행의 기예를 칭찬하더라(「유일단의 좋은 평판」, 1914.2.3, 『매일신보』, 3면).

그리고 무라타 마사오(村田正雄)의 만선순례공연(滿鮮巡業)과 신파극, 가부키, 조루리와 같은 일본의 전문 공연 단체의 공연, 애국부인회와 적십자 대구지부의 연합 연예회(演芸会), 대구학교조합회의가 주최하는 교육극 등 조선인과 재조일본인의 소인극(素人劇) 공연이 니시키좌에서 잇달아 공연되고 대성황을 이루었다는 기사로 보아 당시 니시키좌는 대구 공연문화의 중심지였다고 할 수 있을 것이다[6]. 극장의 위치도 〈그림 2〉에서 확인할 수 있듯이 대구

---

6) 「村田劇を見て」, 1915.2.13, 『부산일보』, 3면; 「教育劇開演準備: 大邱錦座に於て」, 1915.7.17, 『부산일보』, 3면 등.

시내와 대구역에서의 접근성 또한 당시에도 매우 좋았다고 볼 수 있다.[7]

이러한 니시키좌에서 개최된 대구지국 대연극회는 1914년 『조선시보』 대구지국의 설립 10주년을 기념하는 독자우대 대연극회로 시작하여 1915년 2회 공연이 개최되었는데,[8] 그 기획 의도는 지국설립 특별호에 게재된 「발전 자축의 사(發展自祝の辭)」에 다음과 같이 자세히 기록되어 있다.

> 작년 대구지국 설립 10주년 이후 발생한 구주대동란은 동양에도 파급을 미쳐 전시경제로 세계무역에 영향을 끼치고 조선까지 어려움을 겪고 있다. 정쟁으로 중의원이 해산되어 예산이 성립되지 않아 조선경영에 저해를 주고 있는 것이다…공전의 대전란은 재계에도 미증유의 대공황을 불러왔다…그러나 우리 지국이 역할을 다하고 지방지국으로서 올해 가장 긴 역사를 갖게 된 것은 독자제군의 덕분으로…이에 만분의 일이라도 보답하고자…(1915.2.26, 『조선시보』, 3면)

1차세계대전의 발발 이후 어려운 상황에서 11주년이라는, 지방 지국으로서는 가장 긴 역사를 기념하는 기념일을 맞아 대대적으로 준비하고 광고한 것으로 보인다. "입장료는 모두 무료이며 신발위탁료, 화롯불, 방석 대여료(下足賃, 火鉢, 座布団) 일절 무료, 지국에서 지불"이라며 독자 관객을 위한 특혜를 크게 선전하였다. 당시 극장의 객석은 지금처럼 의자가 아니라 다다미나 멍석이 깔려 있었다. 의자는 아래층 복판에 나무로 된 벤치가 있었을 뿐이고 좌석도 남자석과

---

7) 김석배, 2020.1. 월간 대구문화 (권상구 제공 사진)
8) 『조선시보』 1914년 발간분의 경우 11월에 발간된 것만 남아있어 2월에 개최된 1회 대연극회에 대한 기록은 찾아볼 수 없다.

여자석으로 구분되어 있었다. 따라서 신발을 벗어 맡기는 비용(下足
賃)이 입장료에 포함되기도 하였고, 겨울철이면 방석과 화롯불을 따
로 돈을 받고 빌려줬는데 당시 방석은 5전, 화롯불은 10전이었다.[9]

공연 목록은 독자들의 요청을 받아 2월 10일 확정되어 2월 27일
첫날은 「마쓰야마오로시(松山颪)」, 둘째 날은 「마쓰카제무라사메(松
風村雨)」, 셋째날은 「다마기쿠도로(玉菊燈籠)」를 상연하며 셋째 날
의 「다마기쿠도로(玉菊燈籠)」는 전장 4막으로 오후 11시경 종료될 예
정이나 곧바로 희극 「고이노에이분(戀の英文)」 2막을 추가하여 삼일
동안 총 네 편의 작품을 공연할 계획이었다. 오후 11시에 극이 끝난
이후 연이어 다시 2막의 희극을 공연한다는 기사를 통해 당시 극장에
서 새벽 1, 2시까지 공연하는 것이 일상적이었다는 것을 알 수 있다.
"한성안 각 연희장에서 밤 열두시가 지나도록 연희를 하는고로 구경
하는 자들과 그 이웃집에서들 잠자는데 방해됨이 많은지라 각 경찰
서에서 위생경찰규칙을 의지하여 매일 밤 열두시 후에는 연희를 못
하게 하고 만일 어기는 자가 있으면 벌에 처하기로 하야 일체 엄금한
다더라"[10]는 기사와 같이 통감부는 1907년부터 '연극규칙' '위생경찰
규칙' 등을 제정하고 '풍속단속'을 이유로 극장 공연을 단속하였으나
밤 늦게까지 이어지는 공연 관습은 1910년대에도 계속된 것이다.

3 **신파의 시대—독자우대 대연극회의 공연 레퍼토리**

2월 2일 첫 번째 광고와 2월 9일 두 번째 광고에서 공연 예제(藝

---

 9) 이필동, 1995, p.54.
10) 「연회과시금지」, 1908.6.23, 『대한매일신보』, 2면.

題)는 첫날 「열두달(十二ヶ月)」, 둘쨋 날 「사쿠라다 유키치(櫻田勇吉)」, 셋째 날은 '미정'으로 발표하였다. 2월 10일 2면 예제확정 기사에 따르면 셋째 날 공연 예제를 정하지 못하고 '미정'으로 광고가 나가자 독자들로부터 상연 예제(藝題) 주문이 다수 있어 이를 수용하기로 하였다고 한다. 독자들이 요청한 작품은 「곤지키야샤(金色夜叉)」, 「마쓰카제무라사메(松風村雨)」, 「지쿄다이(乳姉妹)」, 「나사누나카(なさぬ中)」, 「마쓰야마오로시(松山嵐)」, 「다마기쿠도로(玉菊燈籠)」 등으로, 일본에서 가부키나 신파극으로 공연되어 크게 히트한 작품들인데 주로 가정소설을 각색한 것들이다.

일본에서 가정소설의 기원은 오자키 고요의 『곤지키야샤(金色夜叉)』(1897~1902, 요미우리신문)와 도쿠토미 로카(德富蘆花)의 『호토토기스(不如帰)』(1898~1899, 고쿠민신문)로 보는 것이 일반적이다. 가정소설의 정의에 대해 기쿠치 유호(菊池幽芳)는 『지쿄다이(乳姉妹)』의 서문에서 가정생활을 제재로 한 소설이라는 의미가 아니라 가정에서 단란하게 읽을 수 있는 읽을거리라는 의미라고 설명하고 있다. '가정에서 단란하게 읽을 만한 것'이니만큼 소재와 내용에 한계가 존재하며 따라서 당시 일본 주류 문학의 흐름이었던 심각소설, 비참소설과 달리 등장인물도 사회에서 가장 고통 받던 하층민이 아니라 중상층 인물로 설정되어 있다. 이와 같이 『곤지키야샤(金色夜叉)』와 『호토토기스(不如帰)』에서 출발한 가정소설은 교육의 보급과 식자율의 향상, 언문일치 운동의 진전에 의한 인쇄문화의 발달에 힘입어 큰 인기를 얻었으며 신파극으로 각색되어 폭발적으로 유행하게 되었다. 특히 저렴하게 판매된 가정소설은 문학에 특별히 관심 없던 사람들에게도 인기를 끌며 독자층의 저변이 확대되는 계기를 마련하였다[11]. 소설에서 출발해 신파극으로까지 이어진 일본의 가정소설은 1910년대에 이르러 한국에도 유입되었다.

1910년대 『매일신보』를 중심으로 수용되기 시작한 가정소설에는 기쿠치 유호(菊池幽芳)의 『오노가쓰미 (己が罪)』, 오자키 고요(尾崎紅葉)의 『곤지키야샤 (金色夜叉)』, 야나가와 슌요(柳川春葉)의 『나사누나카 (生さぬ仲)』, 구로이와 루이코(黑岩淚香)의 『스테오부네 (捨小舟)』등의 작품이 있으며, 각각 '쌍옥루' '장한몽' '단장록' '명부원' 등의 제목으로 『매일신보』에 번역되어 연재되었다. 그 중 '장한몽'은 연재소설로서 뿐만이 아니라 '이수일과 심순애'라는 제목의 신파극으로 각색되어 오랫동안 큰 인기를 누렸다. 이러한 가정소설, 신파극의 유행이 1915년 『조선시보』 대구지국 독자우대 연극회의 작품 선정에도 영향을 미쳤던 것이다.

『조선시보』의 대구 독자들이 요청한 작품들 가운데 첫째 날 「마쓰야마오로시(松山颪)」, 둘째 날은 「마쓰카제무라사메(松風村雨)」, 셋째 날은 「다마기쿠도로(玉菊燈籠)」를 상연하기로 결정하였다. 그러나 셋째날 공연 예제였던 「다마기쿠도로(玉菊燈籠)」는 결국 취소되고 「열두달(十二ヶ月)」로 바뀌었으며 공연 순서도 바뀌어 최종적으로 첫째 날은 「열두달」, 둘째 날 「마쓰카제무라사메」, 셋째 날 「마쓰야마오로시」를 공연하였다. 공연을 이틀 앞두고 갑작스럽게 예제가 바뀐 이유에 대해 2월 25일 기사에서는 "「다마기쿠도로」가 대구에서는 한 번도 공연된 바 없고 내용이 상당히 복잡하여 어쩔 수 없이 예제를 바꾸게 되었다"고 설명하였다. 아마도 아마추어 연극단으로서 처음 시도해 보기는 하였으나 공연하기 어려운 작품이었던 것으로 추정된다. 작품의 예제가 이렇게 바뀌었지만 2월 27일까지의 광고에서는 여

11) 関肇, 1997, pp.189-190.

그림 3. 2월 2일 첫 번째 광고와 27일 마지막 광고

전히 첫째 날 「마쓰야마오로시(松山嵐)」, 둘째 날 「마쓰카제무라사메(松風村雨)」, 셋째 날은 「다마기쿠도로(玉菊燈籠)」를 공연한다고 게재되었다.

이렇게 공연 목록의 갑작스러운 변경이 가능했던 이유는, 당시 신파극 공연이 완성된 대본을 바탕으로 정교하게 연출된 것이 아니라, 대강의 줄거리를 가지고 배우들이 동작과 말을 맞추어 연기하는 구치다테(口立て)라는 형식으로 연기했기 때문이다. 따라서 내용을 보다 잘 전달하기 위해 단장이 개막인사 중에 혹은 막과 막 사이에 줄거리를 설명해 주었고, 얼마나 재미있게 줄거리를 소개하느냐에 따라 당일 공연의 성패와 호응이 달라지기도 했다.

대구지국 대연극회의 공연 예제는 경북판 기사를 통해 제목과 그 줄거리가 소개되었는데, 첫날 공연된 「열두달(十二ヶ月)」의 줄거리

(書筋)는 다음과 같이 소개되어 있다. 자작 집안의 장남 이쓰로(逸郎)는 장년이 되도록 유곽을 즐겨 찾다 예기(藝妓) 하루키치(春吉)에게 빠지고, 그녀의 정부 구마조(熊蔵)의 간계로 친부의 은행에서 수천원을 훔쳐 유곽에 몸을 의탁한 채 시간을 보낸다. 돈이 떨어지자 하루키치로부터 절연을 당하고 어려움에 빠져 후회하지만 동생 스에오(季郎)의 도움으로 함께 악한 구마조를 벌한다는 권선징악적인 내용이다. 둘째 날 공연된 「마쓰카제 무라사메(松風村雨)」는 헤이안시대 스마(須磨, 현 효고현 고베시)에 살았다고 전해지는 마쓰카제와 무라사메 자매의 이야기이다. 두 자매가 소금을 얻기 위해 바닷물을 뜨러 나왔다가, 천황의 노여움을 사 스마에 내려와 있던 아리와라노 유키히라(在原行平)와 우연히 만나 사랑에 빠진다. 그러나 유키히라는 이후 사면되어 수도로 돌아가고, 두 자매는 비구니가 되어 유키히라가 살던 집에 암자를 짓고 그를 그리워했다고 한다. 두 자매의 비련의 이야기는 널리 알려져 속요로 만들어지고 이후 조루리와 가부키, 근대에 들어서는 영화로도 제작되었다.[12]

　　셋째 날 공연된 「마쓰야마오로시(松山嵐)」는 히로쓰 류로(広津柳浪)가 1907년 류분칸(隆文館)에서 출판한 소설을 원작으로 하고 있으나 대구지국 대연극회에서는 내용이 상당히 개작되었다. 원작에서는 주인공 가나에와 히사코가 각각 유부남 유부녀로 불륜을 저지르다 결국 가나에가 휘두른 칼에 여주인공이 살해되고 본인도 자살한다는 내용이다. 결말에 문제의식을 느꼈는지 2월 27일 기사에서 "「마쓰야마오로시」가 시대에 뒤떨어진 작품이라고 하지만, 어떻게 연기하느냐에 따라 새로워질 수 있으며 우리는 그런 면에 자긍심을 갖고 이 작품을

---

12) 神戸女子大学史学研究室編, 1990.

연기할 생각"이라고 밝히고, 이어서 소개한 줄거리에서도 주인공의 신분이 각각 여학교 교사와 여학생으로 바뀌고 교사 가나에가 히사코를 연모하여 히사코가 졸업 후 결혼한 후에도 구애를 하는 등 부적절한 행동을 하다 결국 참회한다는 내용으로 각색되어 있다.

여기서 가정소설의 소재에 대한 세누마 시게키(瀬沼茂樹)의 설명을 살펴 보면, 그는 가정소설의 소재를 '건전한 도덕' 이라는 개념과 관련하여 설명한다. 당시의 일본 문학은 청일전쟁 이후 새롭게 성장하는 사회의 뒷면에 가려진 서민들의 어두운 현실을 보여주었다. 하지만 작품 속에 그려진 '하층사회'의 어두움이란 근대사회의 근간인 '개인'의 의식적 자각을 억제하는 전통적 도덕의식이 뒤틀리며 빚어낸 치정극과 같은 패륜적인 내용에 지나지 않는 것이었다. '집'이라는 현실적 공간에서 전통적 도덕은 사회의 악을 흡수하여 개인을 유린하였으며 그 희생양은 직접적으로는 여성이고 여성을 통한 남성이기도 하였다. 따라서 그것은 도덕적 수준의 저하 정도가 아니라 전통적 도덕이 범한 악행인 것이다. 때문에 가정소설은 현실의 '하층사회'에서 벗어나 '중상류층 사회'에서 '가정도덕' 즉 가정에서 읽을 만한 건전한 도덕을 추구하게 된 것이라는 지적이다[13]. 따라서 「마쓰야마오로시」의 다소 순화된 각색도 이러한 맥락에서 이해할 수 있을 것이다.

독자우대 연극회에서 공연된 세 작품은 이와 같이 비련의 애사(哀史), 권선징악, 여학생과 교사의 사랑이야기 등 당시 가정소설에서 주로 다루는 주제로 관객의 흥미를 충족시키는 내용이면서도 서사를 이끌어가는 등장인물의 수가 적고 배경이 단순하여 '이로하회'와 같은 아마추어 연극단이 공연하기에 용이한 작품이라고 할 수 있다.

---

13) 瀬沼茂樹(1957), pp.1420-1421.

4 소인극단素人劇団 **이로하회**いろは會**와 대구 상공업자의 후원**

대구지국 대연극회 공연은 이로하회(いろは會)가 담당하였다. '대구양복상유지조직(大邱洋服商有志組織) 이로하회'라는 명칭으로 보아 대구지역 양복상 조합의 아마추어 연극단인 것으로 추정된다. 『조선시보』의 여러 기사에서 이로하회를 소개하였는데 특히 23일과 25일 기사에서 "그 기술은 거의 전문연극인(玄人)도 만족할 수준"이라고 거듭 극찬하며 "1914년 개최한 1회 연극회의 호평과 성황에 힘입어 2회 연극회에도 공연을 요청"한 것으로 보아 당시 대구의 실력있는 소인극단(素人劇團)이었을 것으로 추정된다.[14] 1918년 대구에 전문 극단인 '신극좌'가 창립되기 전까지 당시 극장에서는 이러한 학생과 직장인으로 구성된 소인극단의 공연이 종종 개최되었고 일본에서 건너온 조루리나 가부키, 신파 극단의 공연이 상연되기도 하였다. "니시키좌의 입구에는 조선시보대구지국발전제2회독자우대대연극회 21자를 크게 써붙이고 천장에는 만국기를 달아" 장식했으며 올해도 전년도 이상의 성황이 예상되므로 개회 30분 전에 입장할 것을 권고하는 것으로 보아 소인극단인 이로하회의 연극은 인기있는 공연이었던 것으로 추정된다.

대구지국 대연극회에는 대구의 다양한 상공업자와 관료, 의사 등

---

14) 일본어로 숙련자, 전문가는 「玄人」, 비숙련자, 아마추어는 「素人」라고 한다. '소인극(素人劇)'은 말 그대로 아마추어 즉, 연극이 직업이 아닌 사람들이 비전문적으로 하는 연극을 지칭하며 일제강점기에 유입된 후 연극계에 정착된 단어이다. 이들에 의해 주도되었던 극단을 소인극단이라 부를 수 있을 것이다. 일제강점기에 등장하여 3.1운동 이후 학생회와 청년회, 그리고 청년종교회 등이 중심이 된 지역 근대극의 기반이 되었다. (임기현. 2018. p.158; 유민영, 1996, pp.514-515)

표 1. 대구지국 대연극회 기증자 명단

이름(상호)	기부금/기부품	이름(상호)	기부금/기부품
三中井吳服店	引幕一張	木村竹太郎	金貳圓
寺田酒店	淸酒大樽一梃	今井武人	金參圓
安賀酒店	金一封	阿部民吉	金壹封
大竹商店	菓子大鑵二鑵	小野梅吉	金同
廣江商會	煙草しらぎ	中村嘉太郎	金同
小山商店	金一封	堺兼吉	金同
佐藤金物店	金一封	大邱商業會議所	金參圓
松屋小太郎	金貳圓	本町郵便所	金壹封
某一吏殿	金五圓	廣內○吉	金壹圓
大塚健治郎	金貳圓	兒玉伊太郎	金貳圓
和田商店	金一封	末富洋服店	金同
龜石商店	金壹圓	伊藤吉三郎	金貳圓
有馬高孝	金參圓	武尾辯護士	金壹封
野村房吉	金貳圓	森本秀治郎	金壹圓
野々上良一	金壹圓	大邱局集配人	金壹封
太田商店	金壹圓	八波	金同
浦項某殿	金四圓	中塚 小頭	金同
東村 松本良太郎	金壹圓	西野 同	金同
中村喜一	金貳拾圓	本田 同	金同
福谷支店	金一封	中谷 同	金同
田村賣品館	檜葉書	中村古着屋	金同
池神重政	金壹圓	第一、二芳の亭	金同
大邱保線區	金壹封	遊廓長崎屋	金同
大邱祭員一同	金壹封	小板橋理髮店	金同
加藤一郎	金二圓	石井運吉	金同
古川驛長	金二圓	加茂儀作	金貳圓
三ヶ尻忠吾	金二圓	坂東延太	金壹封
大邱慈惠醫院	金十二圓	大東庵	金貳圓
大邱警察署員	金五圓	中尾啓之助	金壹封
大邱郵便局	金八圓	福武庄蔵	金壹封
大邱府廳員	金十三圓	膝付益吉	金同

당시 대구의 경제와 문화를 이끌었던 인물과 단체들의 기증이 이어 졌다. 기증자 명단은 2월 16일부터 3월 3일까지 일곱 차례에 걸쳐 게재되었으며 모두 62명에 달한다.

『조선시보』에 게재된 기증자 명단을 정리한 〈표 1〉을 보면, 대구를 중심으로 성장해 경성은 물론 만주와 중국 등에 18개 점포를 전개하는 백화점으로 성장한 미나카이 포목점(三中井吳服店)이 첫 번째로 소개되어 있다. 여기서 제공한 기증품인 무대 장막은 일본에 특별히 주문한 것으로 "다갈색과 흰색 실로 짜여진 장막 중앙에 '축 조선시보 대구지국발전 제2회 독자우대 대연극회' 큰 글자가 쓰여 있고 좌측에 미나카이 본점 점명이, 우측에 오사카에서 저명한 대상점의 이름이 쓰여 있어 매우 훌륭하며, 분명 회장 내에 이채를 자아낼 것"이라며 몇 차례에 걸쳐 주문과 도착 일시까지 기사를 통해 자세히 소개하고 있다. 미나카이 포목점이 당시에 이미 대구에서 중요한 상점으로 성장했다는 것을 알 수 있다.[15]

다무라 상점(田村賣品館)은 대구의 명승 고적지 그림엽서를 기증하였는데, 이 엽서는 대연극회 공연 첫날 관객들에게 배부된 것으로 당시에 이미 독자와 관객들에게 사은품을 지급했다는 것을 알 수 있다. 이 외에도 니시키좌의 설립자인 나카무라 기이치, 대구 재조일본인 1세대 히자쓰키 마스키치(膝付益吉) 등을 비롯한 대구의 상공업자들과, 자혜의원, 대구부청, 대구상공회의소 등에서도 기부가 이어져 대구지국 독자우대연극회의 위상을 짐작할 수 있다.

이와 같은 후원과 대대적인 광고에 힘입어 공연 첫 날인 2월 27일

---

15) 〈그림 4〉 자료는 국제일본문화연구센터 조선사진그림엽서 데이터베이스(国際日本文化研究センター 朝鮮写真絵はがきデータベース)에서 인용

그림 4. 대구 미나카이 포복점과 대구시장 사진 엽서

에는 6시에 시작하는 공연에 3시부터 입장객이 몰려 4시에 200여명에 이르렀고 개장시각인 6시에는 입추의 여지도 없이 들어차는 대성황을 이루었다고 보도하였다. 공연이 모두 끝난 3월 2일까지 공연의 성공을 자축하는 기사와 관람평이 실리는 등 공연의 성공에 고무된 기사들을 찾아볼 수 있다. 하지만 『조선시보』의 1916년 발간분이 11월부터 존재하여 3회 공연 기사를 찾아볼 수 없고 1917년부터는 지국이 아닌 본사 창립 기념일에 맞추어 기념식을 치루면서 대구양복상유지조합의 소인극단 이로하회의 활동 내역은 더 이상 찾아볼 수 없다. 그리고 1917년 이후 본사 창립 기념일 공연은 가부키 극단을 초청한 공연으로 이루어졌다.

대구지국의 독자우대 대연극회는 1920년대 『동아일보』와 『조선일보』 등 신문들이 창간되면서 각 지방 지국에서 지국 개국일에 맞추어 '독자 위안'이라는 이름으로 지방에서 공연을 주최하거나 후원하는 형식으로 자리를 잡는다. 볼거리가 귀했던 당시, 언론사에서는 구독자를 유지, 확보하는 수단으로 공연을 활용했던 것이다.[16] 대구지국

대연극회의 공연이 단기적인, 아마추어 연극단의 공연이었다는 점에서 이러한 공연의 의의에 대해서는 섣불리 단정하기는 어렵다. 다만 이러한 공연 문화가 지역의 공연문화를 활성화시키고 대중적 오락의 제공에 기여했다는 점은 분명하다. 그리고 시나 소설과 같은 기록 문학과 달리 현장에서 공연을 통해 이루어지는 극 양식의 특성상 자료 수집에 상당한 어려움이 있다는 점에서 이러한 『조선시보』 대구지국의 이 연속 기사는 1910년대 중반 대구 소재 극장과 공연 내용, 연극의 진행 상황과 관객의 반응 등을 상세히 전하고 있어, 당시 대구의 연극사와 공연문화, 생활사와 문화사 연구에 중요한 1차 자료로서의 가치를 지닌다고 할 수 있다. 따라서 이러한 일본인 소인극단 공연 외에 지역 청년들이 중심이 된 소인극단의 공연과 전문 신극단의 공연 현황 등에 대한 연구를 위해서도 『조선시보』와 같은 지역 신문과 기사에 대한 연구가 더욱 필요하며, 당시 지역의 경제사와 문화사 등 보다 폭넓은 연구를 위해 지역 일본어 신문의 한국어 번역작업이 매우 절실한 상황이라 할 수 있다.

▌참고문헌

연회과시금지, 대한매일신보, 1908.6.23., 2면.
유일단의 좋은 평판, 매일신보, 1914.2.3., 3면.
敎育劇開演準備: 大邱錦座に於て, 부산일보, 1915.7.17., 3면.
朝鮮時報, 1915.2.2.-3.3.

---

16) 임기현, 2018, p.406.

河井朝雄, 1931, 『大邱物語』, 朝鮮民報社.

村田劇を見て, 부산일보, 1915.2.13., 3면.

김석배, 2011, 「일제강점기 대구의 극장 연구」, 『국어교육연구』, 49, 393-422.

김석배, 2020.1., 「기획연재 대구의 극장과 극장문화1」, 『월간 대구문화』, 410호 (https://m.blog.naver.com/cu1985/221749916314)

김유경, 2018, 「일제강점기 부산발행 일본어신문에 대하여-『조선시보』를 중심으로-」, 『항도부산』 35, 385-403.

김일수, 2004, 「한말·일제시기 대구의 도시성격 변화」, 계명대사학과 편, 『대구 근대의 도시발달 과정과 민족운동의 전개』, 계명대학교 개교 50주년 준비위원회.

유민영, 1996, 『한국근대연극사』, 단국대학교출판부.

임기현, 2018, 「일제강점기 충북의 연극」, 『영주어문』 38, 157-185.

임기현, 2018, 「일제강점기 청주의 극장 '앵좌'와 극 공연」, 『한국언어문학』 197, 389-418.

이지선, 2015, 「1900년대~1910년대 경성 소재 일본인 극장의 일본 전통예술 공연 양상-『경성신보』와 『경성일보』의 1907년~1915년 기사를 중심으로」, 『국악원논문집』 31, 145-190.

이필동, 1995, 『대구연극사』, 중문출판사.

神戸女子大学史学研究室編, 1990, 『須磨の歴史』, 神戸女子大学.

関肇, 1997, 「『金色夜叉』の受容とメディア·ミックス」, 小森陽一外 編, 『メディア·表象·イデオロギー』, 小沢書店.

国際日本文化研究センター 朝鮮写真絵はがきデータベース (https://kutsukake.nichibun.ac.jp/CHO/index.html?page=1)

瀬沼茂樹, 1957, 「家庭小説の展開」, 『文学』 25(12), 1419-1430.

이청조의 달콤 쌉싸름한 사랑과 인생의 노래
- 변경의 도시문화에서 꽃 핀 사詞

노우정

1 '아름다움'을 보는 이청조와 사

이청조(李淸照, 1084~약 1155년 전후)는 북송(北宋, 960~1127) 말 수도 변경(汴京)에서 사단(詞壇)에 등장한 것을 시작으로, 남송(南宋, 1127~1279)의 항주(杭州)에서 사망하기까지 활동하였다. 이청조는 당시 세계에서 가장 크고 문화의 중심지였던 변경과 항주에서 생활하면서, 상류층에서 서민에 이르기까지 노래로 불리며 대중에게 사랑받은 사(詞)를 창작하였다. 이청조의 문학과 학문에 대한 포부와 열정은 시사(詩詞)의 창작에 그치지 않아, 사 이론서『사론(詞論)』을 저술하였고, 남편 조명성과『금석록(金石錄)』30권을 편찬하여 금석학(金石學) 연구에도 공로를 세웠다. 그러나 이청조의 가장 큰 공로는 사에 있으니, 인간의 감성을 언어로 응축해 사의 본색을 탐색한 사인(詞人)으로 평가할 수 있다.

이청조는 일상의 아름다움에서 인간의 세밀한 감정을 포착하는 능력이 뛰어났다. 인간의 감정은 복잡다단하고 알 수 없는 증폭으로 기

---

* 대구대학교 성산교양대학 자유전공학부 교수

복(起伏)되어 언어로 표현하기 힘든데, 이청조는 눈에 보이지 않고 언어로 포착하기 어려운 미묘한 감정을 독자의 마음 깊숙이 침투시켜 무한한 울림을 준다. 특히 사랑과 인생에 대한 섬세한 감정을 예리하게 관찰하여, 우아하고 아름다운 노랫말에 융화시키고, 대화하듯 자연스럽게 만들어 낸 이야기를 음률에 조화되도록 사를 지었기 때문에, 대중에게 악기로 연주되며 노래로 불리면 감수를 깨우고 심금을 울리기에 충분하였다.

이청조의 사는 그녀가 일상에서 아름다움을 관찰하고 감상하는 아름다운 눈을 가진 데서 출발한다. 그래서 지나치기 쉬운 계절의 꽃, 나무, 날씨나 주변의 일상적인 물건으로 우리를 심미적인 세계에 진입하게 한다. 인간이 아름다움을 탐하고 아름다운 눈을 가지는 수양을 해야 하는 이유를 인문적으로 접근해 보면, 인간다움은 무엇이고 인간이 숭고(崇高)한 존재로 고양되기 위해서는 어떻게 살아야 하는지의 문제에 접근하게 된다. 중국의 미학자(美學者) 주광잠(朱光潛, 1897-1986)은 세속적인 가치를 추구하는 세태로 인해 불행한 사건과 사고가 많이 일어날 때야말로 인간은 '아름다움[美]'에 대하여 성찰해야 한다고 말한다. 아름다움을 볼 수 없는 "마음이 악한 사람은 세속적인 냄새가 풀풀 풍긴다. 자기의 이익만을 채울 뿐 목적 없이 하는 행위의 숭고하고 순결한 정신에 대한 기대가 없는 상태, 그것을 세속적이라고 말한다. 세속적인 사람은 심미적 세계에 대한 소양이 없는 사람이다."[1] "아름다움은 그것을 볼 수 있는 '눈'을 가졌을 때만 볼 수 있다."[2] 인간은 삶에서 소유하고 싶은 많은 욕망이 있고, 욕망

---

1) 주광첸, 『아름다움이란 무엇인가』, 이화진 역, 파주: 쌤앤파커스, 2019, 9쪽.
2) 주광첸, 위의 책, 18쪽.

을 넘어 탐욕으로 흐르기도 한다. 이청조의 사는 주변을 감상하여 아름다움을 볼 수 있는 눈을 가지도록 이끌어 주고, 세속을 쫓다 굳어진 마음을 정화하게 해준다.

중국 전통 문학에서 주목받은 여류 사인은 이청조가 거의 유일하다. 사는 송나라 때 전성기를 맞으며 가장 많은 사인을 배출하였지만, 이청조는 '짙푸른 만 가지에 붉은 꽃 한 송이, 사람을 들뜨게 하는 봄빛 많을 필요 있나(濃綠萬枝紅一點, 動人春色不須多)'(왕안석(王安石), 〈영석류화(詠石榴花)〉)의 봄꽃처럼, 짙푸른 만 가지에 핀 한 송이 붉은 꽃으로 출현하여 사람의 마음에 풍성한 감정을 피워주었다. 창작의 영역이 남성을 중심으로 이루어진 시대에 이청조가 문학적으로 성공한 것은 특별한 의미가 있다. 이청조의 사랑과 인생을 노래한 사가 문학적으로 성공하게 된 요인을 변경의 도시문화와의 관계를 중심으로 탐색하고자 한다. 이 과정에서 이청조의 작가 정신과 창작 의식에 대한 새로운 이해를 더할 수 있기를 기대한다.

2 대중예술과 감성 진보의 시대, 대중적 사를 짓다

북송은 경제 번영으로 인구가 증가하여 역사상 처음으로 1억의 인구를 돌파하였고, 수도 변경(汴京, 지금의 개봉(開封)임)은 인구 100만 이상에 당시 세계에서 가장 규모가 크고 인구가 많은 대도시가 되었다. 당(唐)나라의 수도 장안(長安)은 천자의 도시로서 생활 도시를 계획하여, 거주 공간은 계층, 신분, 출신에 따라 확연히 구분하였고, 시장(市場)은 장안의 동서에 동시(東市)와 서시(西市)로 나누어 설치하였는데 통행과 운영 시간을 엄격하게 통제하였다. 이와 다르게

그림 1. 북송(北宋) 장택단(張擇端)의 〈청명상하도(淸明上河圖)〉, 전문 공연장

송나라의 수도 변경은 상업 경제가 비약적으로 발전한 서민 중심의 문화 도시였다. 변경은 수도로서 정치와 군사 중심의 도시 배치에서 문화적 중심지로의 중요한 기능을 더하게 되었다. 경제적으로 풍요로 워진 서민들이 문화를 소비할 공간이 필요해지면서, 대도시 변경과 항 주는 문화의 중심지로 기능하기 위한 도시 구성 체제의 근본적인 변화가 필요해졌다. 인간 정신과 문화의 진보로 새로운 형태의 문화 요구에 맞춰, 서민문화를 위한 각종 상업 시설, 공연장, 오락장을 설치하였고, 변경과 항주 곳곳의 와사(瓦舍)와 구란(句欄)의 상시 오락 밀집 지구가 설치되어 수천 명의 관람객이 만담, 곡예, 인형극, 연극, 무용, 동물 서커스 등의 공연문화를 즐길 수 있게 되었다. 변경은 도시의 외형뿐 아니라 도시 인문에서 세계에서 최고로 도시화 된 사회였다.

송대에 중국 역사상 최초로 일반 민중 중심의 서민 문화가 출현하 면서, 지식인들의 문예 창작도 변화를 요구받았다. 이청조의 주요 활동지는 대도시 변경과 항주이다. 그녀는 일생의 전반기는 수도 변경과 산동성(山東省)의 청주(青州)를 근거지로 창작 활동을 하였고, 후반기는 금(金)이 북송을 침입하자 남도(南渡)하여 항주(杭州, 남송의 수도 임안(臨安))를 근거지로 활동하였다. 이청조는 북송이 남송으로 전환되는 정치적 대혼란의 목격자이자 피해자이며, 금에 함락되기 전의 북송의 경제적 번영과 문화적 융성을 체험할 수 있었던 수혜자이기도 하다. 노래로 불리는 사(詞)가 시(詩)와 어깨를 나란히 하며 제왕, 관료, 문인, 승니(僧尼), 기녀 등 궁중에서 민간까지 지어지고 불리고 대중적으로 사랑받는 장르가 된 요인에는 도시문화와의 발전과 경제 호황을 배제할 수 없다.

당시 세계에서 도시 문화가 가장 번성한 수도 변경은 이청조가 지은 새로운 사를 발표하여 유행시키고 작가적 영감을 배양하기에 최적화된 장소였다. 사는 송대에 광범위한 대중성을 확보하였고, 대중들이 사를 노래 부르며 향유하는 특수한 문화 현상은 북송 초부터 이미 있었다. 유영(柳永, 약984-약1053)이 지은 사가 대중화되어 사람들이 모이는 곳이면 노래로 불리었는데, "우물물이 있는 곳이면 유영의 사를 노래할 수 있었다(凡有井水飲處, 卽能歌柳詞)." 조정에서는 제전(祭典)의 궁중 음악에서 사를 사용하였고, 변경과 항주의 상가와 점포, 공연장, 길거리의 생계를 위한 사람들이 다양한 직종과 업종에서 사의 문예 형식을 이용하였다. 특정 장르가 다양한 직종과 업종에서 상하 계층을 막론하고 대중적으로 광범위하게 사랑받는 문화 현상은 다른 문학 형식에는 전례 없는 것이었다.

이청조는 노래로 부르기 적합한 사를 창작할 것을 주장했는데, 이는 그녀가 대도시 변경에 거주하면서 사를 만들고 노래하는 대상이 귀족과 문인 계층을 넘어 서민 계층에 있음을 경험할 수 있었던 것에서도 기인한다. 이청조는 민간으로부터 사를 배우는 것을 중시하고 민간에서 불리도록 하는 풍조에 호응하였다.[3] 특히 이청조가 활동한 북송 말은 사가 장르적으로 완약파(婉約派) 주방언(周邦彦)에 의해 집대성되고 사의 격률(格律)이 완성된 시기였다. 이청조는 전통의 계승에서는 완약파의 풍격을 계승하여 정제된 언어로 사를 짓는 정통파를 따르면서도, 작가적 창신(創新)에서는 구어를 대담하게 사용하면서 격률에 맞는 사를 짓고자 하였다. 이청조는 그녀가 쓴 전문적인 사 비평서 『사론』에서 시(詩)의 창작 수법으로 사(詞)를 짓는 것을 반대하고 사는 "별도의 다른 체재라서 일가를 이루는 장르임을 알아야 하는데, 그것을 아는 자가 적다(乃知別是一家 , 知之者少)"고 주장하여, 사의 장르는 노래할 수 있도록 창작해야 한다는 것을 사론으로 제기하였다.

사(詞)는 장르적으로 시(詩)와 달라서, 곡(曲)에 따라 노래하는 문학이다. 그래서 가사가 곡의 격식에 부합하여 조화를 이루어야 감정을 이입시켜 감동적으로 부를 수 있다. 그런데 노래할 때 사(詞)와 곡(曲)이 안 맞아버리면 노래로 부를 수 없는 노래가 되어 버리기 때문에, 격률은 사를 지을 때 대단히 중요하다. 이청조는 시적인 면과 음악적인 면이 복합적으로 뛰어나고 음률을 잘 아는 사인이었기 때문에, 격률에 부합하는 사를 지어 사의 예술성과 대중성을 높이고자 하였다. 이청조를 비롯하여 위부인(魏夫人), 오숙희(吳淑嬉), 주숙정(朱淑貞), 손도현(孫道絢) 등의 여성 작가들의 사도 대중적으로 전파되어 널리 암송되었으며, 이름이 있는 작가와 이름이 없는 작가들이 함께 송사의 대중화를 이뤄내었다.[4] 이청조의 민간에서 배우고

---

3) 周篤文, 『宋代의 詞』, 鄭惠璟 · 河炅心 역, 학고방, 2013, 140쪽.

그림 2. 북송(北宋) 장택단(張擇端)의 〈청명상하도(淸明上河圖)〉, 도시 상업

민간에 의지하여 사를 지어야 한다는 창작 의식과 창작 실천은, 그녀가 변경에서 생활하면서 체험한 송대의 서민 문화의 성장과 문화적 요구에 응답한 것이다.

사가 송대에 가장 사랑받는 장르가 된 것은 송대 사람들의 심미성이 높아지고 감성이 진보한 데 따른 것이기도 하다. 시(詩)가 당대(唐代)에 전성기를 이루었다면, 사(詞)는 송대(宋代)에 전성기를 이루었다. 송대에 전통 문학인 시(詩)는 '장중하고 엄중하며' 사(詞)는 '아름답다'는 관념이 생겼고, 송대의 시는 이치(理致)를 말하고 사는 감정(感情)을 말한다고 하며 시와 사를 분리해서 보는 경향이 출현하였다. 이러한 경향의 출현 배경은 문화가 진보하면서 인간의 미와 감성의 인지가 높아진 것과 무관하지 않다. 이 시대에 인간의 다정(多情)

---

4) 周篤文, 위의 책, 247-253쪽.

을 언어와 음악으로 표현한 장르가 전성기를 이루었다는 점에서, 송대는 인간 감성의 아름다움을 보편적으로 탐색하고 노래할 수 있는 감성 진보의 시대에 진입하였다고 해석할 수 있다. 결국 사는 전통적으로 정치, 윤리와 도덕의 공리를 담아내야 하는 시의 장르와 차별성을 확보함으로써, 중국 문학에서 인간의 감정과 감성을 인식하고 자유롭게 표현하며 대중성을 확보한 특별한 장르로 상승하게 되었다.

더구나 송대 변경과 항주는 낭만과 자유의 도시 감성과 인문을 꽃피울 수 있는 문화의 중심지였다. 음악에 배합하여 기녀가 노래로 부르기 적당한 장르인 사(詞)가 문인에게 널리 지어졌다. 술집과 찻집은 접대부와 가수, 배우를 고용한 곳이 많아 새로운 사가 유행하면 변경 곳곳에서 불리었고, 사를 연주하고 노래하여 생계를 유지하는 다양한 직업들이 생겨났다. 밤낮 구분 없이 운영되는 음식점, 술집, 찻집의 곳곳에서는 사의 노래가 들려왔다.

남송 맹원로(孟元老)는 북송이 멸망하자 남송으로 내려간 후 북송의 수도 변경에 살면서 목격했던 도시의 이모저모를 기록해 『동경몽화록(東京夢華錄)』으로 출간했는데, 송대의 사가 대도시 변경에서 어떻게 소비되었는지를 추측할 수 있는 내용이 있다. "새로운 노래와 애교 가득한 웃음이 버드나무와 꽃이 만발한 거리의 상점과 유흥가에 흐르고, 찻집과 술집에서는 악기를 연주하였다(新聲巧笑於柳陌花衢, 按管調弦於茶坊酒肆)."(『동경몽화록·서(序)』) "민머리를 땋아 늘어뜨린 동자는 북치고 춤추는 것만 배우고 반백의 노인은 전쟁을 모를 정도였다(垂髫之童, 但習鼓舞, 班白之老, 不識干戈)."(『동경몽화록·서(序)』) 번화한 거리마다 유행가를 불렀으며, 새로운 노래가 개인 집에서도 유행하여 "개인 집의 기생은 새로운 노래를 다투어 연주하였다(家妓競奏新聲)."(『동경몽화록』 권6) 사람들이 있고 사는 곳이면 어디든 사는 상점과 음식점, 길거리와 일반 가정집에서도 들을 수 있었고, 변경 사람들은 다양한 장소와 시간에 노래를 부르고 들으며 도시의 낭만과 자유를 향유할 수 있었다. 변경에서 성장하고 생활한 이청조는 사가 소비되는 방식과 소비의 대상을 인식하고 있었을 것이다. 이청조는 송대 변경 사람들의 생활문화를 사에 흡수시켜 미적 지향과 낭만 감성을 사에 담으며 민중과 호응하였다.

3 변경에서의 소울메이트와의 달콤 쌉싸름함

이청조는 산동(山東) 제남(濟南) 출신으로, 호(號)는 이안거사(易安居士)이다. 어려서 지낸 산동의 역성(歷城) 유서천(柳絮泉)은 천지(泉池) 사방이 버들로 늘어져 초록의 봄빛을 만들어내, 자연을 관찰하고 감상하며 감수성을 배양하기 좋은 환경이었다. 이청조의 학문, 문학, 예술의 애호는 학술적 분위기가 충만한 집안에서의 성장으로 이루어졌다. 아버지 이격비(李格非)는 예부원외랑(禮部員外郎)을 지낸 문학가이자 정치가로 경학, 불학, 사학에 조예가 깊고 고문에 뛰어났으며, 어머니는 장원(壯元) 왕공진(王拱辰)의 손녀로 문학에 학식이 있었다.

이청조는 창작과 학술에 진지한 가정환경의 영향으로, 일찍부터 문학적 재능을 기르고 창의적인 문학 활동을 할 수 있었으며, 여성도 문학적 재능을 배양하고 시문을 창작할 수 있다는 진보적인 의식을 가질 수 있었다. 이청조는 다른 여성들도 창작에 참여할 것을 권유하였는데, 육유(陸游, 1125~1210)의 사촌 딸 손씨(孫氏, 1141~1193)에게 시문 창작을 가르치고자 하였다. "부인 손씨는 어렸을 때 착하고 성품이 얌전하였다. 건강(建康)의 조명성의 아내 이청조는 문학 창작으로 이름이 난 문학가여서, 이청조의 학식을 손씨 부인에게 가르쳐 주고자 하였다. 당시 손씨 부인은 열 살이 넘었었는데, '시문(詩文)을 배우는 것은 여자의 일이 아니다'라고 말하며 안된다고 거절하였다(夫人幼有淑質, 故趙建康明誠之配李氏(淸照), 以文辭名家, 欲以其學傳夫人.　時夫人始十餘歲,　謝不可曰才藻非女子事也)." (『위남문집(渭南文集)』 권35, 〈부인손씨묘지명(夫人孫氏墓誌銘)〉)

송대 상류층의 여성 교육은 복잡한 인간관계에서 가정경영을 원활하게 하기 위한 어머니, 아내, 며느리로서의 역할에 집중되었다. 송대 사회는 여성이 문학을 창작하는 것을 장려하지 않았고, 유교 질서가 강력해진 남송에 들어서면 시문은 여자의 일이 아니라는 인식이 강화되었다. 여성은 정식적인 관학(官學) 교육이 불가능했기 때문에, 사학(私學)과 가정 교육의 방식으로 여교서 반소(班昭)의 『여계(女戒)』, 기초서 『몽구(蒙求)』, 유교 입문서 『효경(孝經)』, 유교 경전과 역사서 『시경(詩經)』, 『사기(史記)』, 『논어(論語)』, 『맹자(孟子)』, 『춘추(春秋)』를 배웠다. 시사(詩詞)의 창작, 거문고, 바둑, 서예, 회화 등의 문화적 자질과 소양도 필요해졌지만, 여성이 창의적인 사고를 하는 시문을 짓는 것을 과시하거나 드러내지 않도록 자제되었다. 이청조와 손씨의 일화는, 여성의 문학 창작에 대한 이청조와 당시 사회의 인식에 큰 간극이 있었음을 단적으로 보여준다.

이청조가 사인으로 재능을 인정받고 명성을 얻는데 변경에서의 생활과 창작은 의미가 있다. 이청조는 소녀 시절 아버지의 관직으로 북송의 수도 변경으로 이사 왔다. 이청조는 변경에서 〈여몽령(如夢令)〉(1100년 전후)을 발표했는데, 이 사가 변경에 센세이션을 일으키면서 명성을 크게 얻었다.

如夢令 여몽령

昨夜雨疏風驟,	어젯밤 비 살짝 내리고 세찬 바람이 불어
濃睡不消殘酒.	깊은 잠도 남은 술기운 가시게 하지 않네.
試問捲簾人,	발 걷는 아이에게 물어보니
却道海棠依舊.	외려 해당화는 그대로라 말하네.
知否, 知否?	알지 못하겠는가, 알지 못하겠는가?
應是綠肥紅瘦.	푸른 빛은 짙어지고 붉은 꽃은 시들었음을.

중국의 전통 문학인 시사(詩詞)의 일반적인 표현 수법은 계절과 환경에 따라 달라지는 경치와 사물을 묘사해 인간의 정감(情感)을 표현하는 것이다. 이청조가 지은 사는 꽃, 술, 차가 많이 나오는데, 이 사는 '비 온 뒤'라는 찰라의 시간에 변화한 '해당화'를 예리하게 포착하여, 봄이 무심히 지듯 인생이 무심히 흘러가는 서글픔을 묘사하였다. 근심에 술로 잠들었던 사람이 지난 밤 봄비와 세찬 바람에도 해당화가 그대로인지 묻자, 아이는 그대로라고 '무심(無心)'하게 답한다. 하지만 유심(有心)한 이라면 오늘은 어제의 봄이 아니며 올 해의 봄이 자신의 인생에서 멀어져 가고 있다는 것을 안다. 작가는 눈에 보이지 않는 시간의 개념을 비가 살짝 내린 뒤 시든 해당화의 미세한 변화로 독자의 눈에 보이도록 해, 잎이 무성해지면서 해당화가 생멸(生滅)하는 이치(理致)로 생명의 유한성을 인식하게 한다. 송대 호자(胡仔)는 "'녹비홍수(綠肥紅瘦)', 이 표현은 매우 참신하다(綠肥紅瘦, 此語甚新)"(『초계어은총화(苕溪漁隱叢話)』)고 하였는데, 시인은 푸른 잎의 무성함과 붉은 꽃의 시듦을 대비(對比)하여, 잎이 무성해지면서 꽃이 시드는 동시적으로 일어나는 자연현상으로, 인간을 포함한 모든 생명의 존재가 생멸의 과도적 흐름 속에 있다는 이치를 전달해 내었다. 시인은 비 온 뒤의 해당화로도 이러한 이치를 알기에

그 통증을 술로 가셔내고자 하였을 것이다.

點絳脣 점강순

蹴罷秋千,	그네 구르기 마치니
起來慵整纖纖手.	나른해져 일어서서 가냘프고 여린 손 가지런히 하네.
露濃花瘦,	여윈 꽃에 맺힌 투명한 이슬마냥
薄汗輕衣透.	촉촉이 맺힌 땀 얇은 옷에 스며든다.
見客入來,	손님이 들어오는 것을 보고는
襪剗金釵溜,	버선발로 금비녀 흘러내린 채
和羞走.	부끄러워 달아나면서도
倚門回首,	문에 기대어 고개 돌아보며
却把靑梅嗅.	푸른 매실의 향기를 맡아보네.

이청조가 결혼 전(1100년 전후)에 쓴 사이다. 수줍고 호기심 어린 소녀를 생동적으로 묘사하였다. 사는 음악미가 풍부한 장르로, 이청조는 이 사의 상편(上片)과 하편(下片)을 같은 조(調)로 중복하여 쌍조(雙調)로 지었다. 내용도 상, 하편이 이어지며 소녀와 손님의 만남이라는 스토리 라인이다. 소녀의 움직임을 포진하는데 중점을 두어, 연속되는 소녀의 동작과 움직임으로 한 편의 짧은 동영상을 보는 것 같은 효과를 내었다. 그네를 타던 소녀가 손님을 발견하고는 버선발로 문에 숨어 몰래 보다 마주쳤는지 짐짓 매실나무의 향을 맡는 양한다. '그네'는 송대에 유행한 놀이이다. 그네는 북방의 소수민족 지역에서 기원하였는데, 산융(山戎) 민족의 신체적 민첩함과 강인함을 훈련하기 위한 것이다. 남북조(南北朝) 시기에 중국에 수입되어, 주로 미혼 여성들이 색칠한 줄을 나뭇가지에 매달아서 아름다운 옷

을 입고 앉아서 타게 되었다. 그네가 성행하자, 북송 중기에는 잡기(雜技)로 '수중 그네' 공연이 출현하였다. 변경의 유명한 궁원(宮園) 금명지(金明池)에서 음악이 연주되는 가운데 두 배를 묶어 뒤쪽 배에서 그네를 타던 연기자가 앞쪽 배로 넘어오며 다이빙하는 수중 그네 공연이 출현했을 만큼, 그네는 송대에 유행하는 놀이이자 열광 받는 대중공연이었다. 상편의 소녀가 천진하게 그네를 타던 상황이 하편에서는 소녀와 손님이 마주치는 장면으로 전환된다. 이야기의 초점이 소녀에서 손님으로, 소녀와 손님의 관계로 전환되며 몰입도를 높인다. 소녀가 부끄러우면서도 몰래 보는 묘사에서, 손님이 미혼 남성일 것이라 추측할 수 있다. 당시 송대의 혼인은 결혼 전에 맞선을 보는 것이 관례였다. 소녀의 이동과 시선의 변화로 즐거움, 놀람, 당황, 부끄러움, 수줍음, 호기심 등의 심리 상태도 표현해내어, 청춘의 아름다움이 드러난다.

1101년 18살의 이청조는 21살의 조명성(趙明誠, 1081~1129)과 결혼한다. 그녀가 소울메이트 조명성을 만난 것은 변경에서다. 조명성은 산동 제성(諸城) 사람으로, 청소년 때 아버지 조정지(趙庭之)를 따라 변경에 와서 태학(太學)에 입학하였다. 조정지는 이부시랑(吏部侍郎)과 승상(丞相)을 역임하였다. 두 사람은 결혼 전에 만난 적이 있다. 조명성이 이청조의 사촌 이형(李逈)과 원소절(元宵節)에 변경의 상국사(相國寺)에서 연등과 꽃을 감상하다가 이청조를 만나게 되었다. 이청조의 뛰어난 문학적 재능을 알고 있던 조명성은 이청조를 만나고 그녀를 사모하게 되어, 이 일을 아버지 조정지에게 알렸고, 조정지가 이청조의 집에 중매자를 보내 청혼하면서 혼사가 성사되었다.

결혼할 당시 조정지는 국립대학의 태학생(太學生) 신분이었는데,

그림 3. 『금석록(金石錄)』

결혼 2년 후(1103년) 외지로 나가 관직 생활을 시작했다. 조명성은 금석(金石)을 전문적으로 연구해 저술하려는 큰 계획이 있었다. 관직에서 승진하여 경제 상황이 호전되자 부부는 대부분의 돈은 고문서를 수집하는데 사용하였고, 대부분의 시간은 책을 사고 정리하고 제발(提拔)을 쓰고 글을 수정하는데 사용하였다. 수집품이 많아지면서 10여 칸의 방으로 작은 도서관을 세웠다. 송대는 아내가 경제권을 가지고 가정을 경영하였는데, 이청조는 생활은 검소하게 하면서 남편의 학술적 포부가 이뤄지도록 각지를 돌며 자료를 수집하도록 도왔으며, 수집한 자료를 정리하고 금석을 연구하면서 학술적 동반자로서 중요한 역할을 하였다. 조명성과 이청조의 연구 성과는 조명성이 사망한 후 이청조가 항주(杭州)에서 『금석록(金石錄)』 30권으로 출판하였다.

이청조는 결혼 후에도 계속 문학가로서 시사(詩詞)를 창작할 수 있었다. 특히 송대에 남편이 아내를 학술적 동반자로 대우했다는 것은 더욱 특별하다. 그녀는 동반자로서 남편과 학술을 교류하며 문학,

예술, 역사에 대한 지식과 지성을 높일 수 있었고, 사를 창작하여 발표할 수 있었다. 송대는 유교의 이데올로기가 강화되어 사회 제도에서 젠더의 차이가 강조되었다. 유학자들은 상류층 여성이 갖춰야 할 이상적인 내조를 체계화하려고 하였고, 상류층의 결혼한 여성은 현명한 충고자이자 가족을 관리하는 아내와 어머니, 효도하는 헌신적인 며느리로서의 다양한 역할을 해야 했다. 남편 조명성은 사회적 제도와 규율로 여성의 재능을 자제하도록 하는 상류층 가정과 달리 이청조를 인생의 동반자이자 동료 학자로 인정해 주었다. 또한 일반 결혼한 여성은 어머니로서의 헌신으로 행복을 높이고자 했던 반면 이청조는 자식이 없었으므로 문학가이자 학자로서의 삶에 집중할 수 있었다. 이청조가 『금석록후서(金石綠後序)』에서 회고한 신혼 생활은 인생에서 정신적 동반자를 만난 기쁨, 부부가 동등하게 대화와 토론으로 일상을 만들어가는 즐거움을 보여준다.

남편 조명성은 21살로, 태학의 학생이었다. 조명성과 나 이청조는 집안이 어려워 평소 빈곤하고 검소하였다. 매달 초하루와 보름이면 허락을 받고 나오는데, 옷을 저당 잡혀 돈 500전을 만들어 걸어서 상국사(相國寺)에 가서, 비문(碑文)과 과일을 사서 돌아온다. 서로 얼굴을 맞대고 비문을 펼쳐 감상하고 과일을 먹으며, 스스로 갈천씨의 백성이 되었다. 결혼 2년 후 벼슬살이를 하였다. …… 연이어 두 개의 군(郡)을 맡으면서 그 봉록을 다 들여 연구하고 글을 쓰는 데 썼다. 매번 책 한 권을 얻으면, 함께 교감하고 정리하여 책을 만들고 제목을 붙였다. 서화(書畵), 청동 제기, 솥을 얻으면 역시 쓰다듬고 감상하며 펼쳤다 말았다 하며 잘못된 곳을 찾아내었는데, 나는 천성적으로 기억력이 좋았다. 매번 밥을 다 먹고 나면 귀래당(歸來堂)에 앉아 차를 끓여 놓고, 쌓여 있는 서책 더미를 가리키며 어떤 일이 어떤 책 몇 권 몇 쪽 몇째 줄에 있는지 알아맞히는 내기를 하여 차를 마시는 선후를 정하였다. 맞히면 찻 잔을 들고 크게 웃다가 차를 가슴팍에 쏟아져 못 마시고 일어나기도 하였다.(侯年二十一, 在太學作學生. 趙李族寒, 素貧儉. 每朔望謁告出, 質衣, 取半千錢, 步入相國寺, 市碑文果實歸, 相對 展玩咀嚼, 自爲葛天氏之民也. 後二年, 出仕宦.……連守兩郡, 竭其 俸入, 以事鉛槧. 每獲一書, 卽同共勘校, 整集簽題. 得書畵彝鼎, 亦 摩玩舒卷, 指摘疵病, 余性偶强記. 每飯罷, 坐歸來堂烹茶, 指堆積 書史, 言某事在某書某卷第幾葉第幾行, 以中否角勝負, 爲飮茶先 後. 中卽擧杯大笑, 至茶傾覆懷中, 反不得飮而起.)

두 사람은 저녁 식사 후에 차를 마시면서 금문을 연구하고, 책의 내용을 놓고 내기도 하였는데, 공통의 화제를 가진 두 사람이 허물없고 친밀한 관계를 형성하는 것은 특별한 것이었다. 두 사람은 청렴했고 경제적 부가 아닌 정신의 충만과 여유를 인생의 중요한 가치로 둔 점에서도 뜻이 맞았다. 이청조가 학술과 문학에서 재능을 발휘하고 조명성과 금석 연구를 할 수 있었던 요인으로 송대 상류층 여성의 높아진 학식을 고려할 수 있다. 송대의 상류층 남성은 지성과 야심이 높아졌으며, 사회 진출에 대한 욕망이 상승하였다. 여성의 학식이 지식층 남편에 상응하도록 요구되면서 송대는 상류층 여성의 교육이 강화되었다. 송대에 이청조를 위시하여 주숙진(朱淑眞), 당완(唐婉), 오숙희(吳淑姬), 장옥낭(張玉娘) 등의 여성 사인이 활약한 데에는 여성 교육이 높아진 것도 하나의 요인이다. 여성 교육이 강화되었다고 하여 여성이 문학가로서 활동하기가 쉬운 것은 결코 아니었다. 송대에 주목받은 여성 문학가가 적었다는 점, 문학과 예술에서 상당한 평판을 얻었지만 자료로 남겨진 여성이 적다는 점이 이를 말해준다. 이청조는 활동할 당시부터 사단의 조명을 받은 유명한 작가인데도 그녀의 사문집 『이안거사문집(易安居士文集)』, 『이안사(易安詞)』

는 현재는 전하지 않으며, 후인이 편집한 『수옥사(漱玉詞)』 한 권만 전해지는 것에서도 여성 특히 결혼한 여성이 창의적인 글쓰기에 참여하는 것은 특별한 것임을 알게 된다.

이청조는 결혼 2년 후(1103년) 중양절(重陽節, 음력 9월 9일)을 맞아 외지에 부임해 있던 남편에게 〈취화음(醉花陰)〉 한 수를 지어 붙였다. 조명성은 이청조의 〈취화음〉을 받고 이청조보다 뛰어난 작품을 쓰고자 고심하였다. 원(元) 이세진(伊世珍)의 『낭환기(瑯環記)』〈외전(外傳)〉에 그 일화가 전한다.

> 이안(易安)이 중양절에 〈취화음〉 사를 지어 조명성에게 붙였는데, 조명성이 감탄하여 감상하고는, 자신의 실력이 이안에 미치지 못함을 부끄럽게 여겨, 힘써 그 작품을 이겨 보고자 했다. 일체 손님을 사절하고 먹고 자는 것을 잊고 삼일 밤낮에 걸쳐 50결(闋)의 사를 지어, 이안의 작품과 뒤섞어 친구인 육덕부에게 보여주었다. 육덕부는 재삼 그것을 감상한 뒤 말하기를, '다만 세 구절이 절묘하다'고 하였다. 명성이 캐묻자 '넋 나가게 하지 않는다 말하지 마시오, 가을 바람 불어 들어 주렴 걷어보면, 사람이 국화꽃보다 여위었으니.'라는 구절이라 답하였다. 바로 이안이 지은 것이었다.(易安以重陽醉花陰詞函致明誠, 明誠歎賞, 自愧弗逮, 務欲勝之. 一切謝客, 忘食寝者三日夜, 得五十闋, 雜易安作於中以示友人陸德夫. 德夫玩之再三, 曰只有三句絶佳, 明誠詰之, 答曰, 莫道不消魂 , 簾捲西風 , 人比黃花瘦. 正是易安作也.)

조명성과 이청조의 사 창작 대결이라는 에피소드는 지식인 조명성과 육덕부가 이청조의 작품을 품평함으로써 이청조의 작품이 보편성과 독창성을 갖췄다는 것을 확인시켜준다. 송대의 문인들은 이청조를 재능있는 시인으로 인정했고, 남자들의 시사를 평론하는 것처럼 이청조의 사를 자주 평론하고 토론하였다.[5] 이청조가 남성 중심의 글쓰기 영역에서 문학가로 성장한 데에는 문인이자 남편으로서 아내의 문학적 재능과 독창성을 인정해 주고, 이청조가 쓴 작품의 독자이자 평론가로서 역할을 해 주었다는 것도 추측하게 한다. 그녀의 창작 소재와 영감이 남편과의 이별과 재회에서 기인한 것들이 많다는 것에서도, 작가 이청조에게 28년의 결혼 기간은 뮤즈를 만나 새로운 창작의 세계로 진입하여 작가 정신을 강화할 수 있는 시간이었다.

醉花陰 취화음

薄霧濃雲愁永晝,	안개 엷고 구름 짙게 낀 긴긴 낮에 시름에 겨워
瑞腦消金獸.	용뇌(龍腦)의 진한 향기 동물모양의 동(銅) 향로에 사르네.
佳節又重陽,	좋은 시절 또다시 중양절인데
玉枕紗廚,	옥 베개 비단 휘장으로
半夜凉初透.	한밤중 되니 냉기가 막 스며드네.
東籬把酒黃昏後,	동쪽 울타리에서 황혼 넘어까지 술잔 들자니,
有暗香盈袖.	은은한 국화 향기 소매에 가득차오네.
莫道不消魂,	넋 나가게 하지 않는다 말하지 마시오,
簾捲西風,	가을 바람 불어 들어 주렴 걷어보면
人比黃花瘦.	사람이 국화꽃보다 여위었으니.

이 사는 송대에 중양절을 소재로 쓴 사 중에서 명작으로 꼽힌다. 청나라 황종희(黃宗羲)는 시인은 "달, 이슬, 바람, 구름, 꽃과 새와 같은 자연 경물로 자신의 성정(性情)을 만든다(以月露風雲花鳥爲

---

5) P.B.에브레이, 『중국여성의 결혼과 생활』, 배숙희 역, 삼지원, 204쪽.

其性情)"(『경주시집서(景州詩集序)』)고 하였다. 이청조 사의 독창과 참신은 구어(口語)를 정련하여 대화하듯 말하면서도 스토리가 뚜렷하고, 경물에 성정을 녹여내어 기발한 표현을 만든 것에 있다. 이 사는 짙은 고독의 감정을 경물에 융화시키는데 성공하였다. 고독한 인간의 내면은 정신적인 것이라 눈에 보이지 않으므로, 여윈 국화꽃의 자연 경물과 국화꽃보다 여윈 사람의 형상에 응축하여 보여주었다. 시인의 감정의 변화와 성정의 고상함을 동시에 표현하기 위해 용뇌, 향로, 술잔, 소매, 주렴, 국화를 순차적으로 배치하여 규방 여인의 시름, 외로움, 쓰라림, 그리움, 처연함 등의 감정선을 이었고, 마지막에 '인비황화수(人比黃花瘦)'의 참신한 표현으로 강렬한 인상과 여운을 얻었다. 지금이야 통신 기술이 고도로 발달하여 영상통화와 ZOOM으로 얼굴을 보면서 목소리를 듣는 것이 일상이라 외로움과 그리움으로 수척해진다는 것이 이해되지 않을 수 있지만, 송대는 다르다. 남성들은 공적인 영역인 집 밖에서 학업, 자기 수양, 정부의 업무, 사업 경영, 저술과 출판, 사원의 건축과 같은 활동을 하였지만, 송대의 상류층 여성은 공적인 직업이 없었으므로 삶의 공간이 집 안으로 한정되었다. 결혼하더라도 남녀는 집 안에서 분리되어 생활하면서 여성은 낯선 사람들과의 접촉이 자제되었다. 중양절은 야외에 나가 가족, 지인들과 국화와 가을의 청명함을 즐기기에 좋은 가절(佳節)인데, 이런 날도 혼자 지내는 젊은 여인의 마음은 외로움과 허전함이 크다. '용뇌(龍腦)'는 마음이 평온해지는 고급스러운 향이다. 송대에 문인들이 문화적 활동을 할 때 많이 활용하였다. 용뇌는 중국의 용뇌 지역에서 많이 생산되는 진귀한 것이라서, 송대 이전에는 귀족 계층에서 천연 향료와 약재로 사용되기도 하고, 차단(茶團)을 만들 때 용뇌를 섞어서 만들기도 하였다. 용뇌는 송대에 이르러 문헌에 빈번하게 출현하는데, 송대의 문인들은 차를 마시면서 향을 피워서 품차(品茶)의 분위기와 환경을 조성하였다. 분향(焚香)이 송대의 황제, 귀족, 문인 사대부에게 일상의 문화가 되면서, 송대는 분향의 문화가 최고봉에 이르렀다. 특히 용뇌향을 사용하는 것은 고아한 품격을 갖춘 멋을 향유한다는 기표로, 이청조는 용뇌의 '향'으로 우아하고 운치 있는 분위기를 조성하는 동시에 자신의 고상한 품성을 드러내었다. 용뇌를 피우는 도구로 '동물모양의 동(銅) 향로(香爐)'를 사용하였다고 썼는데, 훈로(薰爐)는 분향의 필수 도구로 송대에 향로의 사용이 전성기에 이르렀다. 동물모양의 동으로 만든 향로는 예술적이고 장식성이 강한 향로로 이 또한 송대 문인의 아취(雅趣)를 보여준다. 송대 황실이 복고(復古)를 중시하면서 옛 기물(器物)이 선호되었고 청동으로 만든 그릇이 제조되었는데, 동물모양의 동으로 제작된 향로는 상류 계층의 레트로(Retro)의 문화 취향을 나타낸다. 송대 문인들은 기존의 금기서화(琴棋書畵)의 문화적 취향에, 차를 마시고 향을 피우는 고아한 취향을 새롭게 더해 품격을 높이고자 하였다. 이청조는 이 시대에 유행한 문인의 아취를 나타내는 물상(物象)에 상심과 고독의 정서를 입혀 참신하면서 우아한 사를 써냈다.

4 변경의 도시문화와 낭만 감성을 사에 입히다

이청조가 변경에서 지은 사에는 변경 도시인의 문화와 감성이 융화되어 있다. 이청조는 어린 시절부터 변경에서 살다가 변경에서 신혼 생활을 하였기 때문에 도시의 번화가를 중심으로 새로운 문물이 유입되며 문화가 만들어지고, 새로운 문화가 인간의 감성과 생활을 변화시키는 메커니즘을 이해하고 있었을 것이다. 〈경청조만(慶淸朝慢)〉은 변경 청명절의 답청 풍경과 사람들의 낭만을 묘사하였다.

慶淸朝慢 경청조만

東城邊,	동쪽 성곽 주변으로
南陌上,	남쪽 밭두둑 위로
正日烘池館,	햇볕이 환하게 누대의 못과 동산에 내리쬐니
競走香輪.	장식한 수레가 목단을 구경하러 앞다투며 몰려오네.
綺筵散日,	호화로운 연회에서의 흥이 흩어지는 날이면
誰人可繼芳塵.	또 누가 향기로움으로 목단을 이어 마음을 끌려나
更好明光宮里,	가장 끌리는 것은 명광궁(明光宮)의 목란
幾枝先近日邊匀.	몇 가지가 며칠 앞서 햇살 드는 주변으로 피어났으니
金尊倒,	금 술잔의 술이 쏟아진 데도
扮了盡燭,	등불이 다 타 버린데도
不管黃昏.	해가 지는 황혼이라도 괘념치 않네.

이 사는 청명절(淸明節)에 목란의 아름다움을 다투듯 즐기는 변경 사람들의 설렘과 낭만을 묘사하였다. 송나라 사람들에게 근교 나들이나 먼 여행은 일상의 즐거움 중 하나였다. 청명절(4월 5일 무렵) 전후 3일이 동지(冬至)가 지난 후 105일째 되는 한식절(寒食節)과 겹쳐, 청명절은 조정의 관료가 일주일의 휴가를 허락받을 수 있는 절기이다. 청명절은 화창한 봄날에 들놀이를 가고, 남녀가 만나고, 시장에서 물건을 사고, 상점과 노상을 구경 다니며 답청(踏靑)을 가려는 사람들로 북적인다. 7구의 '명광궁(明光宮)'은 한나라 때의 궁궐로, 여기

서는 변경의 황궁(皇宮)을 가리킨다. 청명절에 변경에서 답청 장소로 인기가 높은 곳은 황궁의 공원이다. 변경에는 사가(私家)의 원림(園林)과 황가(皇家)의 원림이 있는데, 청명절에는 외부인에게 무료로 개방되었다. 황가의 원림 금명지(金明池)와 경림원(璟林苑)이 변경에서 가장 아름다운 원림으로 꼽혔다. 변경의 도시인에게 황궁의 목란을 보러 가는 것은 청명절의 풍류를 즐기는 제일 가는 방법 중 하나였다. 도성 주변의 사람들까지 북적대며 햇빛 좋은 곳에 몇 가지만 먼저 핀 황궁의 목란을 즐기러 온다. '앞다투어 경쟁하며 온다[競走]'에서 사람들의 흥분과 들뜸을, '장식한 마차[香輪]'에서 마차 위 아름다운 의복을 입은 사람들의 기대감을 추측할 수 있다. 청명절을 맞은 변경의 사람들은 황궁의 공원에서 꽃 구경하는 행복과 여유를 술이 쏟아지도록 등불이 다 타도록 황혼이 되도록 만끽하며 인생의 낭만에 취해본다. 『동경몽화록』에도 변경 사람들이 청명절을 맞아 공원에서 술을 마시고 노래하는 장면을 묘사하였는데, "사방의 들이 시장과 같이, 꽃이 핀 나무 아래나 공원 사이를 골라잡고서는, 술잔과 그릇을 늘어놓고 서로 술을 권한다. 도성의 가수와 무녀들이 여기저기 공원

그림 4. 〈청명상하도〉, 청명절을 맞아 변경(汴京)의 가장 번화한 홍교(虹橋) 주변

의 정자 여기저기에 가득하고 저녁이 되어서야 돌아간다(四野如市, 往往就芳樹之下, 或園圃之間, 羅列杯盤, 互相勸酬. 都城之歌兒 舞女, 遍滿園亭, 抵暮而歸)." 『동경몽화록』의 기록을 통해서, 이청 조가 과장 없이 사실에 근거해 청명절 변경 사람들의 생활문화를 묘 사하고, 도시인의 낭만과 감성을 사에 입혔음을 알게 된다. 이청조는 이욱(李煜), 진관(秦觀), 주방언(周邦彦) 등의 완약파(婉約派)를 계 승하여 아름다우면서 고아한 정조를 기조로 하면서, 도시 문화를 향 유하는 사람들의 흥취를 흡수하여 변경의 화려한 시절을 반영하였다. 이청조의 사가 대중성을 확보한 요인 중 하나는 인생에서 낭만을 향 유하고자 하는 도시인의 낭만과 자유분방한 도시 감성을 민감하게 읽어냈기 때문일 것이다.

減字木蘭花 감자목란화

賣花擔上,	꽃 파는 사람이 메고 온
買得一枝春欲放.	피려는 매화 꽃 가지를 사요.
淚染輕勻,	눈물방울마냥 또로록 맺혀
猶帶彤霞曉露痕.	붉은 노을빛에 퍼진 새벽이슬 자국같아요.
怕郞猜道,	낭군께서 말하실까 두려운 말
奴面不如花面好.	제 얼굴이 이 꽃만큼 어여쁘지 못하다고.
雲鬢斜簪.	구름마냥 탐스런 귀밑머리에 비스듬히 꽂아
徒要敎郞比幷看.	그냥 낭군에게 견주어 보라고 해봐야지.

이 사는 머리에 매화꽃을 꽂아 임에게 자신의 사랑스러움과 어여 쁨을 표현해 보려고 한다. 변경에는 궁중부터 서민까지 머리에 꽃을 꽂고 즐기는 문화가 유행하였다. 1-2구에서 시인은 꽃 파는 사람이

메고 온 싱그러운 매화를 샀다. 꽃을 파는 사람들이 변경 주택가나 가도를 돌아다니며 꽃을 팔 만큼, 꽃은 변경 사람들의 애호품이었다. 변경 사람들의 꽃에 대한 사랑은 집안을 꽃꽂이로 장식하거나 신체나 장신구인 머리카락이나 모자에다 꽃을 꽂는 문화의 유행으로 나타났다. 이는 궁도 예외가 아니어서, 황제와 대신, 사대부 남성들도 중요한 연회가 있을 때 머리나 모자에 꽃을 꽂았다. 변경과 같은 대도시는 시장에 꽃 수요가 많아져, 전문적으로 꽃을 파는 상점이 생겼다. 『동경몽화록(東京夢華錄)』권1의 기록에 따르면, "동화문(東華門: 궁성의 동쪽 문으로 입조할 때 이 문을 사용함) 밖 시장이 가장 번화하여 황실의 매매는 이곳에서 했다. 음식, 때마다 피는 생화(生花)와 제철 과일, 물고기, 새우, 자라, 게, 메추리, 토끼, 말리고 저린 고기, 금, 옥, 보석, 옷 등 세상에서 보기 드물지 않은 것이 없었다(北宋東京汴梁城, 東華門外, 市井最盛, 蓋禁中買賣在此. 凡飮食時新花果魚蝦鱉蟹鶉兎脯臘金玉珍玩衣著, 無非天下之奇)." 변경의 시장과 노점에는 계절마다 달리 피는 꽃이 다양하게 판매되었고, 전문 꽃 상점이 생긴 것은 물론 가도(街道)의 노상에도 꽃을 줄지어 파는 진풍경이 출현하였다. 송대의 대규모 꽃 시장의 출현, 꽃 재배와 접목 기술의 발달, 생화 무역의 활성화는 꽃을 사랑한 송대 사람들의 문화에서 비롯되었다. 변경의 사람들이 성별과 계층을 막론하고 머리에 꽃 꽂는 문화를 즐기고 철마다 피는 꽃을 집에 장식한 것에서, 이들의 아름다움을 찾고 감상하는 미적 취향과 삶의 낭만을 보게 된다. 특히 송대는 남성의 미(美)에 대한 시각이 송 이전과 달랐다. 송대의 상류층 남성은 소극적이고 세련된 것을 이상적인 미로 여겼다. 이는 강인과 용맹함을 상징하는 기존의 남성적인 가치와는 배치되는 것이다. 남성에 대한 새로운 이상적 미가 제시되면서, 여성은 남성보다 더 미적이어야 했으므로, 여성의 미의 기준과 전형이 바뀌는 문화 현상이 출현하였다. 당대(唐代)에 신체적으로 풍만한 여성을 미적으로 인식한 것과 비교해, 송대의 여성들은 신체적으로는 왜소하고 가냘프며 태도는 부드럽고 연약하며 내면적으로는 정적이고 조용한 것이 아름답다고 인식되었다. 북송의 수도 변경에 전족에 쓰는 전용 신발이 처음 등장하여, 이 시기 전족이 궁중과 환락가에 유행하면서 일부 특권 계층의 가정에 보급되기 시작한 것도, 여성의 왜소하고 가냘픔이 미적으로 인식된 사회문화적 배경과 관련된다. 이청조의 사나 송사의 여성 묘사가 연약하고 나긋하고 부드럽고 때로는 쓰러질 듯 약한 형상으로 읽히는 것도 일면 송대 사회에 형성된 이상적인 여성미와 내재미의 반영이라고 볼 수 있다.

小重山 소중산

春到長門春草靑,	봄 찾아든 장문궁(長門宮)의 봄풀은 푸르고
江梅些子破,	강에 핀 매화는 더러 맺힌 꽃망울 터트리려 하나
未開勻,	아직 활짝 피지는 않았네요.
碧雲籠碾玉成塵,	바구니에 담긴 초록빛 차단(茶團)을 갈면 고운 가루가 되니
留曉夢,	새벽 꿈에 머물다가
驚破一甌春.	차 한 모금에 봄에서 깹니다.
花影壓重門,	꽃 그림자가 겹겹으로 닫힌 문을 가리고
疏簾鋪淡月,	성긴 주렴에 달그림자가 엷게 드리우는
好黃昏.	아름다운 황혼입니다.
二年三度負東君,	두 해가 지나 세 번째마저 봄빛을 져버리네요,
歸來也,	돌아오세요,
著意過今春.	마음을 다잡고 지금의 봄을 보내렵니다.

그림 5. 북송 조길과 궁중문인 작(作), 〈문회도(文會圖)〉

18세에 결혼하였으나 2년 후 남편은 관직으로 외지에 나갔다. 그녀의 나이 22세 되던 해에 남편이 변경으로 돌아오며 부부는 재회하였다. 이 사는 조명성이 변경으로 돌아오기까지 규방(閨房)에서 독수공방하며 지내던 2년의 기간에서 세 번째 맞이한 봄에 지은 것으로 본다. 생동하는 봄은 잔잔했던 인간의 마음을 동(動)하게 하니 마음에 파동과 기복을 만든 원인은 그리움과 기다림이다. 4구의 차단(茶團)은 송나라 때 생산한 차를 말아 둥글게 만든 것이다. 이청조의 사는 차와 관련된 용어가 자주 출현하는데, 이청조에게 차 마시기는 일상의 루틴(routine)이다. 송대는 차를 마시는 것이 대중화, 일상화되었다. 오늘날의 중국은 커피가 차를 앞서 스타벅스커피와 루이싱커피가 중국의 커피 시장을 장악하였지만, 차를 마시는 습관과 문화가 형성된 것은 송대로 거슬러 올라간다. 송나라는 차를 마시고 품평하는 문화가 황실에 유행했을 뿐만 아니라 서민에까지 대중화되었다. "차는 백성들에게 쌀과 소금과 마찬가지로 하루라도 없어서는 안 된다(夫茶之爲民用, 等於米鹽, 不可一日以無)"(왕안석(王安石), 『의다법(議茶法)』)고 할 만큼 필수적인 것이 되었고, 차의 맛과 향을

겨루는 투차(鬪茶)가 궁정과 거리에서 성
행하였다. 휘종 조길(趙佶)은 궁정에서 투
차 연회를 자주 열어 차를 즐겼는데, 투차
는 차가 필수품에서 미적 취향과 정신적인
단계로 진화하였음을 알려준다. 송대의 문
인에게는 차단(茶團)을 고르고 가는 단계
에서 이미 차 마시기의 풍류와 운치가 시

그림 6. 차단(茶團)

작된다. 취향에 맞는 원두를 골라 원두를 갈아서 물의 온도를 조절하
여 적절한 컵에 원두커피를 따라 마시듯, 이청조는 바구니에 보관한
차단을 꺼내어 차 도구에 갈고 차를 만들어 마신다. 이청조는 이 일련
의 고독을 달래고 원망의 마음을 가라앉히는 힐링의 과정으로, 송대
사람들이 일상을 즐기는 아취(雅趣)를 보여준다. 차는 달고 쓴 맛이
다 있고 이것이 여러 층차로 어우러져 각양각색의 맛과 향을 내니,
차는 인생과 사랑의 달콤 쌉싸름함의 블렌딩으로 비유될 수 있다. 우
리 내 각자의 인생이 달콤과 쌉싸름함의 배합이 다르듯이, 이청조의
마음도 기대감, 실망감, 간절함의 달콤 쌉싸름함이 혼합된 상태일 것
이다. 그러나 어찌할 수 없으니 황혼에 그저 마음은 다잡고 세 번째
봄은 지나가게 두어야 한다.

5 청주와 항주에서의 달콤 쌉싸름함의 이중주

이청조의 인생은 조명성과 산동 청주(靑州)의 옛집에 은거하면서
변곡점을 맞는다. 1107년 조명성의 아버지가 당쟁으로 실각하였다.
아버지가 세상을 떠나자 조명성은 모함을 받아 관직을 박탈당하고 연좌로 산동 청주 고향에서 머물게 된다. 부부는 청주에서 은거한 13년 동안 금석학 연구에 몰두하였다. 선화(宣和) 연간에 조명성은 관직에 복귀하여 잇따라 여러 지역에서 지주(知州)를 맡게 되는데, 내주(萊州)의 지주로 임명받아 3년을 지낸 후, 치주(淄州, 산동성 치박시(淄博市) 남쪽) 지주를 맡았다. 치주에서도 부부는 금석문을 연구하고 수집했는데 백거이(白居易)가 쓴 〈능엄경(楞嚴經)〉을 얻어 기뻐 감상하며 즐거운 시간을 보낼 수 있었다.

그러나 두 사람의 만남은 짧고 잦은 이별은 어김없이 왔다. 1127년 조명성은 강녕(江寧)의 임지로 떠나게 되었고, 이청조는 청주에서 홀로 지낸다. 이별이 반복되자 이청조는 이별의 괴로움을 토로한 사들을 썼다. "이별의 회한과 괴로움의 감정 살아날까 두려워, 수많은 일 말하고 싶어도 멈추어 버린다.……오늘부터 또 더해지는, 한 조각 새로운 시름(生怕離懷別苦, 多少事欲說還休.……從今又添, 一段新愁)"(〈봉황대상억취소(鳳凰臺上憶吹簫)〉), "견우와 직녀가, 이별하는 중이 아닐까, 가랑비 오다가, 잠시 개더니, 다시 비 오다가, 또 바람이 분다(牽牛織女, 莫是離中. 甚霎兒晴, 霎兒雨, 霎兒風)."(〈행향자(行香子)〉) 이별은 감당하기 어려워 잡고 싶지만 말할 수 없다. 이별로 인한 마음의 상태를 말로 하자면 '개었다, 비 왔다, 바람이 불었다'하는 것마냥 혼돈이다.

이청조 인생의 가장 큰 변곡점은 북송의 멸망과 남편의 죽음이다. 북송은 지금의 하남성(河南省) 개봉(開封)에 해당하는 변경(汴京)을 도읍하여 세운 왕조인데, 금(金, 1115~1234)나라의 여진족이 1127년 변경을 공격하여 함락하니 북송 휘종의 아홉째 아들 조구(趙構)는 강남의 항주(杭州, 남송의 지명은 임안(臨安))를 행궁(行宮)지로 결정하였다. 조구가 고종에 오른 1127년 5월 남송(南宋, 1127~1279)이 시작되었다. 이 시기 조명성은 강녕(江寧, 지금의 강소성(江蘇省) 남경시(南京市))으로 가서 지주로 복무했으며, 이청조는 청주에서 수집한 문서와 물건을 지키다가 청주도 금의 공격을 받자 책 15 수레를 싣고 강녕으로 가서, 두 부부가 재회하였다. 이청조는 강녕에서 금군(金軍)에게 백성이 참혹하게 죽고 물자가 금군의 전리품으로 약탈되는 현실을 보며 애국을 주제로 시사를 지었다. 이때가 부부가 함께 보내며 문학적 영감을 나눌 수 있는 마지막 겨울이었다. 조명성이 강녕의 지부에서 관직을 맡다가, 호주(湖州)의 지주(知州)로 부임되는 시점에 강녕의 성 내에 반란이 일어났다. 이 일로 조명성은 강녕 지부에서 파직되어 몇 개월 은거하며 이사를 계획했다. 이사준비로 지양(池陽, 지금의 안휘성(安徽城) 귀지현(貴池縣))에 도착한 시점에, 다시 호주(湖州, 지금의 절강성(浙江省) 오흥현(吳興縣))의 지주로 임명되었다. 이에 부득이 이청조는 지양에 정착하고, 조명성은 1129년 여름 고종을 건강(建康, 지금의 남경)에서 알현하기 위해 혼자 떠났으나, 학질로 열병이 나서 건강에서 사망한다. 이청조는 조명성의 병이 위급하다는 소식을 듣고 배를 타고 건강으로 갔으나 조명성은 중병으로 일어나지 못하고 49세에 병사한다. 이때 이청조의 나이 46세였다. 이청조는 "건안에서 떠도는 신세(人客建安城)"(〈임강선(臨江仙)〉)로, 홀로 금군이 침입하지 않은 남쪽으로 유랑하며 부부가 함께 모았던 책과 골동품, 『금석록(金石錄)』의 원고를 가지고 다녔다. 금의 침략으로 산동에 남겨 둔 책과 골동품은 불에 탔다. 이청조가 사람을 시켜 홍주(洪州, 강서성 남창현(南昌市))에 있는 조명성의 매부에게 이만여 권의 책과 이천여 권의 금석 각본 등을 붙였으나 전란에 잃어버렸다. 가지고 있던 귀중 도서와 골동품 일부는 여진족에게 점령당하지 않은 지역을 돌아다니다 팔아야 했으며, 마지막 남은 골동품은 도둑이 훔쳐 갔다. 남편의 죽음과 북송의 멸망으로 그녀는 재산을 잃고 혼자 세파를 감당하며 남편의 금석 연구를 책으로 출판해야 하는 중대한 일을 완수해야 했다.

금군이 남하하여 항주까지 공격하자 전란을 피해 다니다, 1132년 남송의 왕조가 임안으로 돌아오면서 이청조도 항주(杭州)의 칙국산정관(勅局刪定官)으로 있던 이복동생 이항(李迒)에게 의지해 항주에 정착하였다. 이청조는 심신이 극도로 쇠약해졌다. 이 시기 이청조와 관련된 큰 이슈는 개가설(改嫁說)이다. 학자들의 주장은 재혼했다는 견해와 재혼하지 않았다는 견해로 여전히 나뉜다. 개가설을 주장하는 견해는, 이청조가 건강이 쇠약해진 시기에 장여주(張汝舟)의 호의가 있어 1132년 4월 49세에 개가를 하게 되었으나 100일 만에 이혼하였다는 것이다. 송대의 결혼 제도는 일부일처가 원칙으로, 배우자의 사망이나 이혼 후에 재혼할 수 있었다. 송대는 여성의 재산권이 강하여 여성이 가져온 재산은 가족 경제에 큰 부분을 차지했으며, 지참금은 혼인의 중요한 협상 조건이었다. 장여주는 결혼 후 재산을 목적으로 결혼한 의도를 드러냈고, 이청조는 장여주가 과거시험에서 부정행위를 저지른 사실을 관부(官府)에 고발하여 장여주의 처벌을 요청하면서 이혼이 성립되었다. 송대의 여성은 이혼하면서 남편과 소송을 하면 죄의 유무와 상관없이 2년의 실형을 살아야 했다. 이청조는 이를 무릅쓰고 소송을 하여 이혼하였고, 이청조의 명성과 지인들의 도움 덕에 감옥에서 9일 후 석방되었다. 남송은 신유학이 강화되어 여성의 삶과 직결된 과부의 재혼이 강력하게 비난과 공격을 받기도 했는데, 이청조도 당시의 사회적 시선에서 완전히 자유로울 수는 없었다.

이청조는 항주에 정착한 후, 수집한 탁본의 목록에 주를 달아서 조명성이 남긴 『금석록』의 원고를 편집하였다. 이청조는 남편과 책을 썼던 북송의 시절을 회상하고 남편을 그리워하며 말하길, "오늘 문득 이 책을 읽자니 고인을 만난 것 같다.……매일 저녁 퇴근하면, 바로 2권을 교감하고 1권의 제발(提拔)을 썼는데, 2천 권에 쓴 발문 가운데 제발이 있는 것은 502권 뿐이다. 지금 고인의 자취는 새롭기만 한데 그의 무덤가 나무에는 이미 싹이 텄을 테니, 비통하다(今日忽閱此書, 如見故人.……每日晚更散, 輒校勘二卷, 跋題一卷. 此二千卷, 有題跋者五百二卷耳. 今手澤如新而墓木已拱, 悲夫)."(『금석록후서』) 이청조는 『금석록』의 후서(後序)를 쓰고 『금석록』 30권이 출판되도록 준비해 놓고, 금나라 군대가 항주를 남침하자 1134년 이후 금화(金華)로 피난을 떠났다가 1136년 다시 항주로 왔다.

聲聲慢 성성만

尋尋覓覓,	찾고 또 찾아보아도
冷冷清清,	차갑고 서늘하기만 하고
淒淒慘慘戚戚.	처량하고 쓸쓸하고 슬픔에 애리다
乍暖還寒時候,	잠깐 따스하다 싶으면 다시 차가워지는 시절
最難將息.	쉬려는 것이 왜 이다지 어려운가.
三杯兩盞淡酒,	두세 잔 박주(薄酒)로
怎敵他晚來風急.	저녁에 불어올 세찬 바람 어떻게 견뎌낼까
雁過也,	기러기가 날아가니
正傷心,	마음이 아파오는 건
卻是舊時相識.	옛적에 소식을 전해 주던 서로 알던 기러기여서지.

| 滿地黃花堆積, | 땅에 노란 국화 가득 쌓여 있는데 |
| 憔悴損, | 시들어 초췌하니 |

如今有誰堪摘.	이제 누가 따겠는가?
守著窓兒,	창가에서 우두커니
獨自怎生得黑.	홀로 어떻게 이 어둠 맞을까!
梧桐更兼細雨,	오동잎에 가랑비가 떨어져 맺혀
到黃昏點點滴滴.	황혼에는 똑똑 방울져 떨어지네.
這次第,	이 모든 것을
怎一個愁字了得.	어찌 수(愁) 한 글자로 말할 수 있으랴!

이 작품은 남편 조명성이 사망하고 이청조가 1134년 금화(金華)로 피난 가서 지었다는 견해와 만년에 지었다고 보는 두 가지 견해가 있다. 이청조는 사의 격률을 중시했는데, 인생의 고단과 감당하기 힘든 처지의 처량함과 비애를 깊고 강렬하게 표현하기 위하여, 기구에 14개의 첩자를 연속으로 사용하는 과감한 시도로 필력을 드러내었다. 스산한 가을이다. 마음은 황량하고 허전하다. 집 없이 떠도는 처량한 신세가 가을의 냉기, 찬 바람, 떨어지는 가을비 같다. 비 오는 가을날 암흑으로 물드는 해가 지는 시간에, 희망과 밝음은 소멸하고 절망이 마음에 침잠되는 고통을 시각적으로 '어둡다(黑)'는 한 글자에 함축시켰다. 그리고 청각을 사용하여서, 외롭고 홀로 된 처량한 신세의 감정을 황혼의 적막과 고요 속에 '똑똑 방울져 떨어지는' 빗방울로 들려준다. 똑똑 떨어지는 소리를 통해, 역으로 방울이 떨어지는 간극 사이의 무한한 적막함을 전달해내었다. 마지막 구는, 사랑했던 것을 잃은 깊은 상실감과 제어되지 않는 고통을 '수(愁)'에 응축시켜 기발하게 표현했는데, 청대 유체인(劉體仁)은 마지막 구로 "진정 사의 본색이니 일인자다(眞此道本色當行第一人)."(『칠송당수필(七頌堂隨筆)』)라고 높이 평가하였다.

그녀는 항주에 정착해서도 사를 계속 창작하였다. 항주에서 그녀는 북송에서 지낸 시절을 그리워하며 옛 시절을 아름다운 시간으로 추억한다. 54세(1138년)에 쓴 〈전조만정방(轉調滿庭芳)〉에서 노래하길, "그 당시 함께 만나서 노닐었던 때, 풍기는 향내는 소맷자락에 젖고, 화롯불에 차를 끓여 함께 마셨다. 좋은 말에 앉아, 흐르는 물처럼 빨리 달리는 가벼운 수레를 타고 가면, 거센 바람이 불거나 소나비가 내리는 것도 두렵지 않았다. 이때야말로 지는 꽃그늘 아래서 술을 달여 마시기에 좋았다. 지금은, 가슴속 서러움 풀 수 없고, 지난날의 좋은 시절은 다시 올 수 있을까(當年曾勝賞, 生香熏袖, 活火分茶. 極目猶龍驕馬, 流水輕車. 不怕風狂雨驟, 恰才稱, 煮酒篓花. 如今也, 不成懷抱, 得似舊時那)." 이는 이청조의 아름다운 시절에 대한 회상이기도 하지만, 지난날 화려한 변경의 낭만과 감성을 기억하고 그리워하는 이들을 위한 사이기도 하다.

항주에서 만년에 쓴 〈탄파완계사(攤破浣溪沙)〉는 문학가로서의 자연과 인간과 문학에 대한 삶의 관조를 담담한 어조로 그려내었다.

攤破浣溪沙 탄파완계사

病起蕭蕭兩鬢華,　앓고 나니 희끗희끗 듬성듬성한 양 귀 밑머리
臥看殘月上窗紗.　누워서 조각달 비단 창으로 떠오르는 것 보네.
豆蔻連梢煎熟水,　약초를 가지째 달여서 탕약으로 마시고
莫分茶.　분차(分茶)는 하지 말아야지.

枕上詩書閑處好,　침상에서 시 짓고 책 읽으면 한가하게 있기 좋고
門前風景雨來佳.　문 앞 풍경은 비가 내리며 아름답구나.
終日向人多醞藉,　온종일 사람을 너그럽고 온화하게 하는
木犀花.　계수나무 꽃이여!

그림 7. 계화(桂花)

이청조는 항주에서 20여 년을 보내다가 73세에 사망했을 것으로 본다. 항주 생활에 대해서는 명확하지 않다. 이 사는 만년이 된 이청조가 사랑을 노래하던 시선에서 벗어나, 인간 이청조의 인생을 노래할 수 있음을 보여준다는 점에서 의미가 있다. 이청조는 자신을 있는 그대로 관조한다. 꾸밈도 허식도 없이 나이가 들면 익숙해지는 흰 머리와 약으로 노년의 일상을 서술하였다.

상편의 분차(分茶)는 송대에 유행한 끽다법(喫茶法) 중 하나로, 말차(抹茶)에 뜨거운 물을 붓고 차 수저로 휘저어 거품이 일게 하며 차를 타는 방법이다. 물의 온도에 따라 거품이 많거나 적으므로 온도를 잘 조절하는 공력이 필요하다. 송대의 차 문화는 차관(茶館)에서 차와 관련된 아취를 즐기는 문화도 만들었다. 차관은 호화로운 분위기에 아름다운 음악이 흘렀으며 다구(茶具)를 감상하고 다양한 차(茶)를 품평할 수 있는 공간이면서 문인들이 시문을 교류하고 창작하는 문화 공간이기도 하였다. 차관에서는 색(色), 부(浮), 향(香), 미(味)의 우열을 가리는 투차(鬪茶)뿐만 아니라 분차(分茶)도 유행하였다. 분차는 송나라 초에 시작되었는데 뜨거운 물을 부어 표면에 여러 형상을 그려내는 일종의 다예(茶藝)로 발전하였다. 분차는 오늘날 바리스타가 카페라테의 거품에 다양한 형상의 그림을 그리듯이, 차에 물을 부어 거품에 그림을 그리는 일종의 차 예술이다. 남송에는 차관 이름이 '분차(分茶)'인 찻집들이 생겨날 정도로 분차가 성행하였다. 남송 육유(陸游, 1125-1209)는 "비 갠 창가에서 세밀한 유화로 분차를 즐

긴다(晴窓細乳戱分茶)"(〈임안춘우초제(臨安春雨初霽)〉)고 하였는
데, 당시 문인들에게 분차는 바둑, 서예, 거문고 연주에 더하여 문인
의 고아한 문화 수양으로 인식되었다. 분차 문화는 숙련된 기술이 필
요한 것으로, 송대에 광범위하게 유행하다가 점차 쇠락하였다. 이청조
는 사 〈만정방(滿庭芳)〉, 〈효몽(曉夢)〉에서도 분차를 하였다고 썼을
정도로, 분차를 즐긴 문인이었다.

상편에서 문인의 고아함이 분차로 드러난다면, 하편은 시 짓기,
책 읽기, 계화로 문인의 아정(雅正)을 드러낸다. 이청조는 '자연-인
간', '인간-삶', '일상의 삶-시 창작과 독서'로 채워진 작가적 삶의
풍성함에 만족한다. 계화는 9-10월에 피는 꽃으로 송대에 민간에서
재배되기 시작하였는데, 계화의 아름다움과 향기로움으로 고결한
인격을 상징한다. 계화는 송대 사람들이 사랑하는 꽃이라서 송사에
자주 등장하는데, 이청조가 가장 사랑했던 꽃이기도 하다. 그래서
그녀는 〈자고천(鷓鴣天)·계화(桂花)〉에서 "꽃 가운데 일류다(自
是花中第一流)"라고 찬양하였다. 그녀의 사와 성품이 '너그러움과
온화함이 넘쳐[**多醞藉**]' 은은한 향기를 전하는 계화를 닮았기 때문
일 것이다.

6 한계를 넘어 사인으로 남다

작가의 탁월한 독창성은 자신의 문체(文體)가 있는가로 말할 수
있다. 하나의 장르에서 새로운 세계를 창조하기 위해서는 치열한 창
작 정신과 기존의 틀을 넘어서려는 도전과 용기가 수반되어야 한다.
이청조는 중국 전통 문학에서 '이안체(易安體)'로 일가를 이룬 문학

가이다. 그녀의 사는 구어의 대담한 사용과 대화하듯 전달하는 명료한 내용, 복잡한 정감을 결합한 독특하고 참신한 표현, 정통한 격률과 서정의 조화를 작품에 다 쏟아 융합시켰는데 속(俗)의 자취는 없고 아(雅)의 향기가 가득하다.

이청조는 여성도 창의적인 문학 활동을 할 수 있다는 진보적 의식이 있었으며, 사의 장르가 시대와 문화 소비의 변화에 따라 대중과 호응해야 한다는 작가 정신이 있었다. 이청조의 문학적 재능에 더해진 진보성, 창의성, 대담성은 그녀가 사회적 시선을 넘어 창작을 지속하고 사의 세계를 확장할 수 있는 근원적인 힘이었다. 그 힘을 바탕으로 삶의 체험에서 나온 내면의 감정을 마주해 진실하게 표현하면서도 참신함을 얻었기에 대중의 사랑을 받을 수 있었다. 여성의 어투로 버림받은 여성의 정서를 묘사해왔던 남성 문인들은 이청조의 시문을 토론하며, 남성들이 쓴 전통적인 시사들과 이청조가 쓴 사의 정감이 다르지 않음을 확인할 수 있었고, 대중들은 우아한 상류층의 여성 문인이 사랑과 인생의 이야기에 낭만과 서정의 정서를 묻어 노래로 부를 수 있고 노래로 부르기 좋도록 지은 사로 대중적 예술을 향유할 수 있었다.

이청조의 삶은 시대적 운명과 개인의 운명이라는 파도를 타며 역동적이었다. 이청조는 상류층 여성의 권리나 의무에 스스로를 가두지 않고, 절망의 상황과 운명에 단념하지 않고, 창작과 학술로 자신의 인생을 만들어가는 주체적인 인간이었다. 인간 각자의 삶을 예술 작품을 만들어가는 과정이라고 할 때, 그녀는 사랑했던 것을 얻고 잃으면서 때로는 달콤함을 때로는 쌉싸름함을 노래하며 인생을 만들어갔다. 그래서 그녀가 〈금석록후서〉의 마지막 부분에서 말한 인생의 깨달음이 더욱 진실하게 다가온다. "소유하기 위해서는 잃어버릴 각오가 되어 있어야 하고, 하나로 결합하기를 원한다면 이별을 헤아려야만 하는 것이 세상의 변하지 않는 이치이다. 누군가 활을 잃으면, 누군가는 활을 얻을 테니, 더 말해서 무엇하랴(然有有必有無, 有聚必有散, 乃理之常. 人亡弓, 人得之, 又胡足道).”

쉬즈모의 사랑과 시
- 케임브리지·베이징·상하이를 중심으로

이경하

1 낭만 시인 쉬즈모

쉬즈모(徐志摩)는 두 번씩이나 모든 것을 잃을 각오로 사랑에 뛰어든 로맨티스트로 그의 사랑과 시는 중국인들에게 잘 알려져 있다. 1915년 상하이의 거부 장룬즈(張潤之)의 딸 장유이(張幼儀)와 중매 결혼을 올렸던 쉬즈모는 1920년 영국에서 린후이인(林徽因)을 만나 사랑에 빠지게 되면서, 부모의 반대를 무릅쓰고 1922년 독일에서 장유이와 이혼하였다. 하지만 린후이인과의 사랑은 이루어지지 않았고 실연의 고통에 힘들어하던 중, 량치차오(梁啓超)의 제자로 자신의 선배 부인이었던 루샤오만(陸小曼)을 만나 뜨거운 사랑에 빠지게 되

* 본 글은 2020년 11월 11일 제5회 대구대학교 인문과학연구소 시민강좌 '동아시아 도시의 문학예술과 사랑(5)'에서 발표했던 '베이징(北京)과 상하이(上海) — 20세기 최고의 로맨티스트 쉬즈모(徐志摩)와 그의 뮤즈들'이라는 강연 내용을 초안으로 삼고 있다. 이후 강연 내용을 수정 보완하여 논문(「쉬즈모의 사랑과 시 — 케임브리지·베이징·상하이를 중심으로」, 『중국현대문학』 제97호, 2021, 27-68쪽)으로 발표하였는데, 여기에서는 논문 중 일부 내용을 수정하고 사진 몇 장을 추가하여 작성하였음을 밝힌다.
** 서강대학교 중문과 강사

그림 1. 린후이인   그림 2. 쉬즈모   그림 3. 루샤오만

면서, 결국 그녀를 선배와 이혼시키고, 집안의 반대와 주변의 따가운 눈총 속에서도 결혼을 감행했던 인물이었기 때문이다. 특히 쉬즈모의 사랑과 시를 다룬 20부작 드라마『인간사월천(人間四月天)』이 2000년도에 중국에서 방영되어 큰 인기를 끌게 되면서, 그는 21세기 들어 중국 대중들이 가장 잘 아는 민국(民國) 시기의 대표 문인 중 한 사람이 되었다.

1920년대 중국의 현대 신시가 산문화되는 시대적 흐름 속에서 쉬즈모는 시에서의 격률을 새롭게 고민하던 신월파(新月派)를 이끈 대표 시인이었다. 신월파는 신문화운동 초기의 시들이 지나치게 산문화되면서 절제되지 못한 감정만을 남발하자, 이에 대해 반기를 들며 고전시와 구별되는 현대적 의미의 격률을 추구하면서 신시 발전에 앞장섰지만, 쉬즈모가 불의의 비행기 추락 사고로 짧은 생을 마감하게 되고, 그의 작품 역시 한창 수확할 시기에 갑작스레 막을 내리게 되면서, 신월파 또한 점차 역사의 뒤안길로 사라져 버리게 되었다.

쉬즈모는 살아생전에『즈모의 시(志摩的詩)』(1925)・『피렌체에서의 하룻밤(翡冷翠的一夜)』(1927)・『맹호집(猛虎集)』(1931) 등 세

권의 시집을 발표하였고, 그의 죽음 이후 지인들에 의해 유고(遺稿) 시집 『운유(雲游)』(1932)가 출판되었는데, 그의 시세계는 1926년 루샤오만과의 결혼을 기준으로 초기 작품에서는 이상 추구에 대한 열정과 낙관적인 희망이, 후기 작품에서는 삶에 대한 회의와 사랑에 대한 절망이 주조를 이룬다는 평가를 받는다.[1] 우리는 흔히 쉬즈모를 로맨티스로만 기억하지만, 그는 중국 사회의 병폐와 봉건예교의 속박에 대해서도 문제의식을 느끼며, 중국 현대시의 발전을 위해 시의 형식과 내용에 대해 진지하게 고민하며 해결의 길을 모색했던 시인이었다.[2]

또한 쉬즈모는 일찌감치 우리나라 문단에 현대 중국시를 대표하는 시인으로 주목받았다. 우리나라 중국 문학 1세대 연구자로 꼽히는 정래동은 그의 사망 후 1932년 『신동아』 2월호에 쉬즈모의 시 「떠나요(去吧)」와 「미약함(渺小)」을 번역 소개하였고,[3] 이육사 역시 1941년 6월 『춘추』 잡지에 「중국 현대시의 일단면(一斷面)」이라는 글에서 "중국의 현대시를 시로써 완벽에 가깝도록 쓴 사람"이라고 쉬즈모를 극찬하며, 그의 대표작 「모두 바치리라(拜獻)」와 「다시 케임브리지와 이별하며(再別康橋)」를 번역 소개한 바 있다.[4] 이를 통해 쉬즈모는 낭만적인 시풍과 아름다운 시율로, 우리나라에서도 가장 잘 알려진 중국 현대 시인 중 한 명으로 꼽히게 되었다.

---

1) 허세욱, 『중국 현대시 연구』, 명문당, 1992, 337쪽.
2) 쉬즈모, 이경하 역, 『쉬즈모 시선』, 지만지, 2021, 173쪽.
3) 방평, 『정래동(丁來東) 연구 — 중국현대문학의 소개와 번역을 중심으로』, 서강대학교 대학원 석사논문, 2011, 47쪽.
4) 홍석표, 「이육사(李陸史)의 쉬즈모(徐志摩) 시(詩) 번역의 양상 — 시 창작이 번역에 미친 영향」, 『중국현대문학』 제88호, 2019, 56쪽.

2 '케임브리지'와의 인연

쉬즈모는 본래 문학 전공자가 아니었다. 그는 1915년 항저우제일
중학(杭州第一中學)을 졸업한 후 9월부터 11월까지 베이징대학(北
京大學) 예과에서 공부하였고, 이듬해 상하이에 있는 후장대학(滬江
大學) 예과를 거쳐 본과에 진학한 후, 1917년 초 톈진에 있는 베이양
대학(北洋大學) 예과를 다니다가, 반년 후 법학과에 입학하였다.
1918년 법학과가 베이징대학(北京大學)에 병합되어 베이징에서 학
교를 다니던 중 장유이의 둘째 오빠 장쥔리(張君勵)의 소개로 량치
차오(梁啓超)를 알게 되어 평생 스승으로 모시게 된다. 같은 해 미국
유학길에 오른 쉬즈모는 10월 클라크대학(Clark University) 역사학과
에 진학하였는데, 후장대학에서의 학업 성적을 인정받아 1년 만에 졸
업장을 받으며, 1919년 뉴욕 컬럼비아대학(Columbia University) 경제
학과 석사과정에 진학하였고, 1920년 <중국 여성의 지위(The Status
of Women in China)>라는 논문으로 석사학위를 취득하였다. 이후
서구 문명에 대한 회의와 미국적 가치에 대한 혐오, 그리고 러셀
(Bertrand Russell)에 대한 존경심에서 미국을 떠나 영국행을 선택하
였다.[5]

하지만 러셀은 1920년 10월부터 1921년 7월까지 베이징대학에서
서방철학을 강연 중이었고,[6] 케임브리지대학교 트리니티 칼리지 교
수직도 1차 세계대전 때 그가 이끈 반전 운동의 여파로 인해 1916년
이미 해임된 상태라서,[7] 러셀의 제자가 되려고 했던 쉬즈모의 꿈은

---

5) 쉬즈모, 이경하 역, 『쉬즈모 시선』, 지만지, 2021, 162-163쪽.
6) 韓石山, 『徐志摩傳』, 人民文學出版社, 2010, 51쪽.
7) 徐善曾, 『志在摩登』, 中信出版社, 2018, 20쪽.

그림 4. 린창민과 린후이인 부녀

수포로 돌아갔다. 그럼에도 불구하고 영국에서의 생활은 쉬즈모의 일생에서 가장 큰 의미를 지니게 되는데, 바로 이 당시 스승 량치차오의 소개로 린창민(林長民)과 그의 딸 린후이인을 만났기 때문이다.

량치차오의 친구 린창민은 젊은 시절 일본에서 유학하며 정치와 법학을 공부했고, '북양정부(北洋政府)[8]' 국무원 참의원 및 사법총장을 지냈던 인물로, 국제연맹 중국협회 회원 자격으로 1920년 4월부터 9월까지 파리 · 제네바 · 로마 · 프랑크푸르트 · 베를린 · 브뤼셀 등 유럽 여러 도시를 시찰한 후 런던에서 장녀 린후이인과 함께 지내는 중이었다.[9] 쉬즈모는 린창민과 얘기가 잘 통하였고 자주 그의 집을

---

8) 북양정부(北洋政府): 1912년부터 1928년까지 베이징에 존재한 중화민국 정부를 가리킨다.

9) 린창민은 어려서부터 영민하고 예뻤던 린후이인을 매우 아꼈으며, 딸이 세상에 대한 넓은 견문을 갖도록 유럽행에 특별히 그녀를 동반한 것으로, 이와 같은 린창민의 지원 속에서 그녀는 주체적이고 독립적인 여성으로 성장할 수 있었다. 이경하, 「린훼인(林徽因)의 삶과 문학 속의 '동반자'」, 『중국현대문학』 제56호, 2011, 42쪽.

왕래하게 되면서, 린후이인에 대한 그의 감정도 뜨거운 사랑으로 변해갔다.

쉬즈모는 1920년 10월 런던정경대학에 입학하여 반년을 다니다가, 1921년 린창민의 소개로 영국의 저명 역사학자이자 정치철학자인 디킨슨(Goldsworthy Lowes Dickinson)을 알게 되어 그의 권유에 따라 킹스칼리지 석사과정에 진학하려 했지만, 입학 등록 기간을 놓쳐 킹스칼리지 청강생 과정에 등록할 수밖에 없었다. 몇 년 후 그가 「흡연과 문화(吸煙與文化)」(1926)라는 산문에서 "나의 지적 요구는 케임브리지가 일깨웠으며, 나의 자아의식은 케임브리지가 배태시킨 것이다"10)라고 밝힌 것처럼, 이때부터 그의 삶은 큰 전환을 맞이하게 된다.

> 나의 시작(詩作)을 이야기하는 것보다 더 뜻밖의 일은 없을 것이다. 우리 집 족보를 살펴본 바에 따르면, 영락(永樂) 이래로 우리 집안에 전해질만한 시구를 쓴 사람은 한 사람도 없다. 24세 이전에 시에 대한 나의 흥미는 상대론이나 민약론에 대한 흥미에 훨씬 미치지 못했다. 부친이 나를 서양에 유학 보낸 것은 장차 "금융계"로 진출시키기 위함이었고, 나 자신의 최고 야심도 중국의 해밀턴이 되는 거였다! 24세 이전에 시라는 것은 구시(舊詩)든 신시(新詩)든 간에 나와는 완전히 상관이 없었다. 나 같은 사람이 정말 시인으로 성공할 수 있다면 — 무슨 할 말이 더 있으랴? 그러나 생명의 장난은 불가사의하다! 우리 모두는 지배를 받는 선량한 생명체이거늘, 무슨 일을 우리가 주도적으로 해낼 수 있단 말인가? 10년 전 나에게 한 차례의 기이한 바람이 불었고, 어떤 기이한 달빛이 비쳐져 이로부터 나의 사상은 행을 나누는 서사(抒寫)로 마음이 쏠리게 되었다. 깊은 우울함이 나를 사로잡았고, 이 우울함이 마침내 나의 기질을 점차 변화시켰다고 나는 믿는다.11)   - 「『맹호집』 서문」(1931) 중에서

---

10) 徐志摩, 「吸煙與文化」, 『徐志摩精選集』, 北京燕山出版社, 2008, 162쪽.

위의 글에서 쉬즈모는 경제학도에서 시인으로서의 삶을 명받은 것이 운명처럼 어느 한 순간에 벌어졌으며, 이는 그가 미국 유학할 당시에는 상상도 못한 일이었다고 밝히고 있다. 이처럼 그는 "기이한 바람"에 홀린 듯 시를 쓰게 되었고 유럽 낭만주의 시풍에 매료되었다. 1921년부터 1922년 귀국 전까지 그는 영국 시인 플레커(Flecker)·워즈워스(Wordsworth)·윌리엄 모리스(William Morris)·브라우닝(Browning)·콜리지(Coleridge)·로체스터(Rocheste)·스윈번(Swinburne)·키츠(Keats) 그리고 독일 시인 푸케(Fouque)와 이탈리아 시인 가브리엘레 단눈치오(Gabriele D'Annunzio)의 작품 13편을 번역하였고, 26편의 시를 창작하였다. 그중에서 린후이인에 대한 사랑을 노래한 시로 평가받는 「사랑하다 죽으리(情死)」를 함께 감상해 보도록 하자.

장미, 뭇 향기들을 제압한 붉은 장미, 어젯밤의 천둥 번개는 알고 보니 그대가 보낸 신호
— 정말 부서지기 쉬운 아름다운 용모로다!
그대 모습이 내 눈엔 독한 술로 보여, 그대에게 다가가고 싶지만, 차마 그럴 수도 없다.
청년! 하얀 이슬 몇 방울이 그대 이마 위에서, 아침 햇살을 받으며 아름답게 반짝인다.
그대 볼에 피어난 웃음, 분명 하늘에서 가져왔건만, 안타깝게도 세상이 너무 저속하여, 그들이 머무를 기회도 줄 수 없구나.
그대의 아름다움은 그대의 운명!
그대는 다가와, 매혹적인 빛깔과 향기로 다시 한 영혼을 정복했으니 — 나는 그대의 포로라네!
나는 이곳에서 떨고 있는데, 그대는 저편에서 미소 짓고 있다!

---

11) 徐志摩, 「『猛虎集』序」: 顧永棣, 『新編徐志摩全詩』, 學林出版社, 2008, 256쪽.

그대는 이미 생명의 산 정상에 올라, 발밑 — 끝이 보이지 않는 심연 — 을 내려다본다!

그대는 못가에 서 있고, 나는 그대 등 뒤에 서 있다 — 나는 그대의 포로라네.

그대는 저편에서 떨고 있는데, 나는 이곳에서 미소 짓고 있다!

아름다운 용모는 운명적 운명.

나는 이미 그대를 내 손안에 쥐어 버렸다! 장미, 그대를 사랑하므로!

빛깔, 향기, 육체, 영혼, 아름다움, 매력 — 전부 내 손아귀에 있다.

나는 여기에서 떨고 있는데, 그대는 — 웃고 있다.

장미! 나는 그대의 죽음을 두고 볼 수 없다, 그대를 사랑하기에!

꽃잎, 꽃받침, 꽃술, 가시, 그대, 나

— 얼마나 즐거운가! 모두 하나로 붙여 놓으리라, 어지러이 널브러진 한 조각 선홍빛, 두 손에 묻은 희미한 선혈.

장미! 그대를 사랑하오!

- 「사랑하다 죽으리」 전문[12]

이 시는 1922년 6월에 지어진 작품으로 후스(胡適)가 베이징에서 발행하는 『노력주보(努力週報)』(1923년 2월 4일)에 발표되었다. 시인은 사랑을 정복과 피정복의 관계로 바라보는 남성의 시각과 이런 시각 속에 비춰진 여성의 모습을 그리고 있는데, 이 시에서 "장미"는 시적 화자인 "나"를 사로잡은 매력적인 여성에 대한 메타포로 등장한다. 그러나 "장미"에 대한 시적 형상화 이면에 숨겨진, 시의 핵심을 이루는 폭력적 메타포 속에서 당시 린후이인에 대한 뜨거운 감정에 휩싸였던 쉬즈모의 애정관을 엿볼 수 있다.

아름다운 "장미"에 대한 찬미에서 시작된 노래는 아름다움의 "죽음"으로 귀결된다. 시적 화자인 "나"는 "그대를 사랑하기에" "그대의

---

12) 쉬즈모, 이경하 역, 『쉬즈모 시선』, 지만지, 2021, 3-5쪽.

죽음을 두고 볼 수 없다"고 외치지만, 아름다운 "장미"를 "내 손안에 쥐어" 버려 죽음에 이르게 한 것은 다름 아닌 "나"였다. 이처럼 시인은 사랑을 "정복"과 피정복의 관계로 보고, 사랑에 빠진 이를 "포로"로 비유하면서, 어떤 희생을 치르더라도 사랑하는 여인에 대한 사랑을 멈추지 않고 마침내 그 사랑을 쟁취하겠다고 밝힌다. 이것은 "연애는 생명의 중심과 정수이다. 따라서 연애의 성공은 생명의 성공이요, 연애의 실패는 생명의 실패"[13]라는 쉬즈모의 사랑 제일주의가 반영된 결과로, 그에게 있어 '연애의 성공'은 어떤 대가를 치루더라도 반드시 이루어야 할 목적이었기 때문이다.

실제로 이 시는 쉬즈모가 산후조리 중인 장유이를 찾아가 이혼한 지 석 달 만에 창작된 작품으로, 자신이 진정으로 사랑하는 여인을 얻기 위해서는 세간의 비난은 물론 다른 어떤 희생도 치를 준비가 되어 있음을 보여주고 있다. 영국에 있을 때 린창민은 쉬즈모를 매우 아꼈지만 유부남인 그를 딸의 배우자로 고려한 바 없고, 린후이인 역시 쉬즈모를 무척 따랐지만 유부남인 그를 결혼 상대자로 생각하진 않았기에, 두 사람은 1921년 10월 그에게 아무런 말도 남기지 않은 채 귀국길에 올랐다.[14] 따라서 쉬즈모는 린후이인과의 사랑에 성공하기 위해서는 장유이와의 이혼이 선행되어야 한다고 여겼고, 이는 그의 '생명의 성공' 즉 인생의 성공을 위해 반드시 이루어야 할 과제였던 것이다.

이를 실행하기 위해 쉬즈모는 '가출'이라는 방법을 선택하였다. 당

---

13) 이 구절은 쉬즈모의 1925년 8월 9일 일기에 나온다. 徐志摩, 「愛眉小札」, 『徐志摩精選集』, 203쪽.
14) 陳學勇, 『蓮燈詩夢林徽因』, 人民文學出版社, 2012, 321쪽.

그림 5. 1920년대 베이징

시 영국에서 함께 지내던 아내 장유이로부터 임신 소식을 듣게 되자
그녀에게 낙태를 종용하였을 뿐만 아니라, 영어도 거의 하지 못하는
그녀를 혼자 두고 무책임하게 집을 나가 버렸던 것이다. 이에 홀로
남겨진 장유이는 임신한 몸으로 둘째 오빠 장쥔리가 있는 파리로 떠
날 수밖에 없었고, 이듬해 2월 베를린에서 둘째 아들을 외롭게 출산
하였다. 쉬즈모 집안의 금전적 지원이 있긴 했지만, 먼 타국에서 출산
과 양육의 무게를 오롯이 혼자 짊어진 장유이는 쉬즈모의 계속되는
이혼 요구에 아이를 낳은 지 한 달도 안 돼서 이혼 신청 서류에 사인
하며 사랑 없는 결혼 생활을 마쳤다.[15] 이제 자유의 몸이 된 쉬즈모에
게 선택의 길은 단 하나, 바로 자신의 뮤즈인 린후이인이 있는 고국으
로 돌아가 그녀의 사랑을 얻기 위해 전력투구하는 것이리라.

---

15) 韓石山, 『徐志摩傳』, 人民文學出版社, 2010, 443쪽.

3 헤테로토피아로서의 '베이징'

미셸 푸코에 따르면 '헤테로토피아(heterotopia)'는 '다른, 혼종된, 이질적인'의 의미를 지닌 '헤테로(hetero)'와 '장소'를 의미하는 '토피아(topia)'가 결합된 합성어로 일상적인 공간과는 다른 이질적인 공간을 의미한다.[16] 실제로는 어디에도 존재하지 않는 완벽한 세계를 의미하는 유토피아와는 달리, 헤테로토피아는 "현실에 존재하는 유토피아"[17]를 나타내지만, 푸코 스스로 1960년대 독자적인 개념화를 시도했다가 일찌감치 포기해버린 미완의 개념이다. 하지만 이 미완의 개념에는 "새로운 시선과 사유 혹은 상상의 지평을 열어젖히는 힘"이 있으며, 이것은 다른 연구자들이 "때로는 원저자의 의도를 넘어서까지 그 의미와 적용의 전선을 확장하도록 이끈 동력"이 되었다.[18] 따라서 이 글에서 다뤄지는 헤테로토피아 개념 역시 푸코의 것을 넘어설 수도 있으므로 이에 대한 양해를 먼저 구하고자 한다.

일반적으로 헤테로토피아는 "서로 양립 불가능한, 양립 불가능할 수밖에 없는 여러 공간을 실제의 한 장소에 겹쳐놓는 데 그 원리가 있다"고 푸코는 밝힌 바 있다.[19] 한 공간을 헤테로토피아로 만드는 것은 그 안에서 행하는 상상과 환상의 놀이 때문으로, 이는 헤테로토피아를 현실에서 이루어지기 힘든 상상과 환상을 충족시키는 장소로 만들어준다. 이에 대한 예로 '스후후퉁(石虎胡同) 7호'를 살펴보고자

---

16) 본래 이 단어는 '이소성(異所性)'을 뜻하는 의학용어로, "신체 부위나 기관이 비정상적인 자리에 있는 위치 이상"을 가리키는 단어였다. 미셸 푸코, 이상길 역, 『헤테로토피아』, 문학과지성사, 2014, 15쪽.

17) 미셸 푸코, 이상길 역, 『헤테로토피아』, 문학과지성사, 2014, 12쪽.

18) 미셸 푸코, 이상길 역, 『헤테로토피아』, 문학과지성사, 2014, 132쪽.

19) 미셸 푸코, 이상길 역, 『헤테로토피아』, 문학과지성사, 2014, 18-19쪽.

그림 6. 스후후통 7호

한다. 또한 푸코는 금지된 욕망이 현실 세계에서 실제로 충족될 때 그 공간은 헤테로토피아로 탄생될 수 있다고 보았는데, 이를 베이징에서 벌어진 린후이인과 루샤오만에 대한 쉬즈모의 사랑 추구에서 찾아보고자 한다.

1921년 가을 린후이인이 영국을 떠난 후 쉬즈모는 더 이상 케임브리지에서의 유학 생활에 흥미를 잃어버리게 되었다. 1922년 3월초 베를린에서 이혼 수속을 마친 쉬즈모는 9월 중순 마르세이유를 출발하여 10월 15일 상하이에 도착한 후 12월에 베이징으로 갔다. 베이징은 "전국 일류의 국립대학과 교회 대학이 모여 있으며, 현대 중국의 지식 생산과 학술 생산 네트워크의 중추"로 "온화한 자유주의 지식인의 성장에 알맞은" 문화공간을 갖추고 있었다.[20] 이와 같은 교육 도시 베이징에서 쉬즈모는 '칭화학교(淸華學校)'[21] 내의 문학 동아리 '칭화문학사(淸華文學社)'의 초청으로 첫 번째 사회활동을 하게 된다.

---

20) 許紀霖, 『近代中國知識分子的公共交往(1895-1949)』, 上海人民出版社, 2008, 10쪽.
21) 칭화학교(淸華學校): 1928년에 '칭화대학(淸華大學)'으로 개명하였다.

'칭화문학사'의 량스치우(梁實秋)가 같은 반 친구였던 량치차오의 장남 량쓰청(梁思成)을 통해 쉬즈모에게 연락하였는데, 쉬즈모가 흔쾌히 이 제안을 수락하였던 것이다.

당시 쉬즈모는 칭화 학생들이 만나고 싶어 하는 유명인사 중 한 명으로 꼽혔는데, 여기에는 그가 량치차오의 애제자라는 점, 미국 콜럼비아대학 석사에 케임브리지 킹스칼리지를 다닌 수재라는 점, 집안끼리의 혼인을 깨버리고 새로운 사랑을 찾아 나선 로맨티스트라는 점, 신시를 쓰는 시인이라는 점이 크게 작용했다. 쉬즈모는 행사 당일 '옥스퍼드 스타일'이라며 영문으로 작성된 「예술과 인생」이라는 제목의 글을 낭독하였는데, 훗날 량스치우는 쉬즈모의 '옥스퍼드 스타일' 강연이 학생들의 이해와 호응을 얻는 데는 실패하였다고 밝혔다.[22]

1923년 봄 그는 베이징대학 영문과에서 강의하는 한편, 학계에서 큰 영향력을 가진 량치차오의 도움으로 빠르게 베이징 생활에 정착해 나갔다. 량치차오는 1920년 유럽 시찰을 마치고 귀국할 때 들고 온 1만 권의 외국 서적으로 시단(西單) '스후후퉁 7호'에 도서구락부(圖書俱樂部)를 만들었는데, 이 도서구락부는 후에 쑹포도서관(松坡圖書館) 제2관으로 불렸다. 쑹포도서관 건립에는 량치차오의 역할이 매우 컸는데, 1916년 자신의 애제자이자 정치적 동지였던 차이어(蔡鍔) 장군의 죽음을 기념하기 위해 량치차오가 정부 측에 도서관 건립을 제안함으로써 시작되었기 때문이다. 하지만 이 계획은 줄곧 실행되지 않고 있다가, 1923년 재상소 끝에 11월 4일 베이징 베이하이공원(北海公園) '쾌설당(快雪堂)'에 지어졌다. 차이어 장군의 자

---

22) 王一心・李伶伶, 『徐志摩・新月社』, 陝西人民出版社, 2009, 6-7쪽.

(字)를 따서 '쑹포도서관'이라고 불렀는데, 중문 서적이 소장되어 있는 '쾌설당'을 '쑹포도서관 제1관'으로, 외국어 서적이 소장되어 있는 '스후후퉁 7호'를 '쑹포도서관 제2관'으로 불렀다. 당시 량치차오가 제2관의 관장이었기에 그의 소개로 쉬즈모는 '스후후퉁 7호'에서 지낼 수 있었다.[23]

1920년대 초기 베이징의 정계와 경제계에서는 감정을 교류하고 자신의 세력을 키우기 위한 생일 모임, 식사 모임, 피서(避暑) 모임, 피한(避寒) 모임 등이 유행하기 시작하였는데, 이러한 모임들은 각계각층에 빠르게 퍼져나가 특히 상류사회에서 크게 성행하였고, 그중에서도 대학교수들과 구미 유학파들이 가장 적극적으로 참여하였다.[24] 쉬즈모 역시 1923년에 후스·린창민·장쥔리·황즈메이(黃子美)[25] 등 다양한 분야에서 활동하는 이들을 중심으로 식사 모임을 만들었다. 모임에서는 회식을 겸해 시를 낭송하고 문학과 예술에 대한 논의 등이 이루어졌는데, 초기의 식사 모임은 '스후후퉁 7호'에서 주로 이루어졌다.[26] 쉬즈모는 이 식사 모임을 매우 즐겼는데, 당시의 행복했던 감정이 「스후후퉁 7호(石虎胡同七號)」라는 시에 잘 표현되어 있다.

23) 陳學勇, 『蓮燈詩夢林徽因』, 人民文學出版社, 2012, 321쪽.

24) 王一心·李伶伶, 『徐志摩·新月社』, 陝西人民出版社, 2009, 26쪽.

25) 황즈메이는 영국에서 쉬즈모가 장유이를 버려두고 집을 나갔을 때, 쉬즈모의 이혼 의사를 장유이에게 구두로 직접 전해주었던 쉬즈모의 절친이었다. 張邦梅, 譚家瑜 譯, 『小脚與西服』, 黃山書社, 2011, 125쪽.

26) 신월사(新月社)와 관련된 두 개의 중요한 지명 '스후후퉁 7호'와 '쑹수후퉁(松樹胡同) 7호'를 후세 사람들은 종종 혼동하곤 했는데, 정확히 말해서 전자는 신월사 전신의 '식사 모임' 소재지를, 후자는 신월사 간판을 달았던 신월 구락부의 활동장소를 가리킨다. 王一心·李伶伶, 『徐志摩·新月社』, 陝西人民出版社, 2009, 57쪽.

우리의 작은 정원에는 무한한 부드러움이 넘실대곤 했다.
잘 웃는 등나무 아씨는 윤기 나는 가슴을 드러내 둥근 감이 손바닥
으로 쓰다듬게 하고,
키 큰 홰나무 할배는 산들바람 맞으며 몸을 구부려 산앵두나무 여
인을 품에 안았다,
누렁이는 울타리 주위에서 깊은 잠에 빠진 호박을 지키고, 그의 젊은
친구,
쇠박새는 청혼가를 지어, 쉴 새 없이 지절지절 —
우리의 작은 정원에는 무한한 부드러움이 넘실대곤 했다.

우리의 작은 정원에서는 어슴푸레한 꿈속 정경이 희미하게 그려지곤
했다.
비가 그친 후 옅은 안개와 정원 가득한 녹음이 소리 없는 어둠을
엮어 내고,
어린 개구리는 시든 난초 앞가슴에 홀로 앉아, 정원 저편의 지렁이
울음소리를 들었다,
흩어지지 않은 한 조각 비구름이 늙은 홰나무 정수리에 나른하게
펼쳐져 있는데,
처마 앞을 스치며 빙빙 선회하는 것은 박쥐더냐, 잠자리더냐
우리의 작은 정원에서는 어슴푸레한 꿈속 정경이 희미하게 그려지
곤 했다.

우리의 작은 정원에서는 까닭을 묻는 탄식이 가볍게 내뱉어지곤 했다.
어찌하여 폭우가 내리면 빗줄기에 선홍빛 꽃잎이 무수히 짓이겨지는지,
어찌하여 초가을에 시들지도 않은 푸른 잎이 나무와 슬픈 이별을 해
야 하는지,
어찌하여 한밤중에 달은 구름 배를 타고 돌아가, 서쪽 담을 넘어야 하
는지,
먼 골목 안 풀잎에 맺힌 이슬 소리가 이따금 찬바람과 함께 전해
지면 —

우리의 작은 정원에서는 까닭을 묻는 탄식이 가볍게 내뱉어지곤 했다.

우리의 작은 정원에서 즐거움에 빠지곤 했다.

비 온 후의 황혼, 온 정원에는 아름다운 녹음, 맑은 향기와 싱그러운 바람만이 가득한데,

주량이 센 젠웡, 큰 술잔을 손에 쥐고, 비틀거리는 발을 곧추 하늘로 향한 채,

한 근, 두 근, 잔 밑바닥까지 싹싹 긁어 마시니, 가슴은 술로 즐겁고, 얼굴은 술로 붉으락푸르락,

꿴 구슬처럼 이어진 웃음소리 울려 퍼지는 가운데 신선 같은 술고래의 들썩거림 ─

우리의 작은 정원에서 즐거움에 빠지곤 했다.

-「스후후퉁 7호」전문27)

1923년 여름에 지어진 이 시는 같은 해 8월 6일 『문학주보(文學週報)』에 발표되었다. '스후후퉁 7호'는 베이징 쑹포도서관 제2관 주소지로 외국 서적을 전문적으로 소장하였는데, 당시 쉬즈모가 이 도서관의 영문 비서를, 시 속에 등장하는 '젠웡' 즉 젠지창(蹇季常)이 책임자로 근무했으며, 젠웡의 주량은 매우 셌다고 한다.28) 쉬즈모가 전원에 둘러싸인 아름다운 자연환경의 케임브리지를 20세기 초반 화려한 서구 현대 도시 문명 밖의 정신적 '유토피아'로 삼아 그곳에서 "행복한 고독을 누리며 절대 미를 추구하는 자아를 성숙"29)시킬 수 있었다면, 귀국 후 그가 생활했던 '스후후퉁 7호'는 복잡하고 불안정한 정치적 환경에 놓

---

27) 서지마, 이경하 역, 『쉬즈모 시선』, 지만지, 2021, 10-12쪽.

28) 顧永棣, 『徐志摩詩全集』, 學林出版社, 2000, 159쪽.

29) 장동천, 「쉬즈모의 케임브리지 토포필리아와 낭만적 상상의 배경」, 『중국어문논총』 제64호, 2014, 299쪽.

인 자국의 고도(古都)에서 발견한 '오아시스'라고 볼 수 있다.

'스후후퉁 7호'에는 바깥세상의 다툼이나 번잡함이 없으며, 오직 "무한한 부드러움"과 "즐거움"만이 존재한다. 물론 그곳에도 "까닭을 묻는 탄식"이 가끔 흘러나오긴 하지만, 이는 자연환경의 변화에 대한 아쉬움의 표현일 뿐이다. 이처럼 '스후후퉁 7호'는 고목이 우거진 옛 황족 저택의 대정원으로,30) 쉬즈모의 시심(詩心)을 불러일으키기에 매우 안성맞춤인 장소였다. 그는 뜻이 통하는 지인들과 그곳에서 세상의 근심을 잊고 모임을 가지며 유쾌한 시간을 보낼 수 있었으니, 그곳이 바로 베이징에서 발견한 그의 작은 무릉도원이자 헤테로토피아였던 것이다.

푸코는 정원을 헤테로토피아의 가장 오래된 예로 꼽았고, 태곳적부터 그곳은 유토피아의 장소였다고 말한 바 있다.31) 또 그는 공공의 박물관과 도서관을 우리 사회에 "무한히 쌓여가는 시간의 헤테로토피아들"이라고 보았는데, 두 장소는 "모든 것을 축적한다는 발상, 어떤 의미로는 시간을 정지시킨다는 발상, 혹은 시간을 어떤 특권화된 공간에 무한히 누적시킨다는 발상, 어떤 문화에 대한 보편적인 아카이브를 구축한다는 발상, 모든 시간, 모든 시대, 모든 형태와 모든 취향을 하나의 장소 안에 가두어 놓으려는 의지, 마치 이 공간 자체는 확실히 시간 바깥에 있을 수 있다는 듯 모든 시간의 공간을 구축하려는 발상"이라는 측면에서 "우리 문화에 고유한 헤테로토피아들"이라고 설명한다.32) 그런데 '스후후퉁 7호'는 정원과 도서관이라는 두 장소를 겸하

---

30) 王建偉, 「徐志摩的北京往事」, 『北京觀察』 2020年 第12期, 76쪽 참고.
31) 미셸 푸코, 이상길 역, 『헤테로토피아』, 문학과지성사, 2014, 19쪽.
32) 미셸 푸코, 이상길 역, 『헤테로토피아』, 문학과지성사, 2014, 20쪽.

고 있으니, 쉬즈모에게 더할 나위 없는 헤테로토피아가 아니었을까?

하지만 당시 쉬즈모의 삶이 시에서 표현된 것처럼 낭만적이고 즐겁기만 한 것은 아니었다. 왜냐하면 이혼 후 그가 계획했던 린후이인의 사랑을 얻는 데 성공하지 못했기 때문이다. 1922년 초 량치차오의 아들 량쓰청이 린후이인의 집을 방문하면서 두 사람은 자연스럽게 교제를 시작하였고, 양가에서는 두 사람의 혼약을 이미 확정한 상태였다. 그럼에도 쉬즈모는 자신의 감정을 숨기지 않았고, 더욱 적극적으로 린후이인에게 자신의 사랑을 받아줄 것을 요구하였는데, 그 간절한 마음이 다음의 시에 잘 드러나 있다.

> 슬픔에 잠긴 제 목소리에 귀 기울여 주소서, 사랑하는 신에게 기도 드리나니,
> 세상 그 어느 누구 몸에 약간의 상처도 없단 말인가요!
> 어느 고결한 영혼이 지옥을 경험해 보지도 않고 천당에 오른단 말인가요,
> 저는 보잘것없는 육신으로 도산을 지나, 불에 지져지고, 내하교를 훌쩍 건넌 후에야
> 비로소 오늘 솔직한 마음과 자유로운 기지를 갖게 되었습니다!
>
> 이 솔직한 마음을 거두어 주소서, 나의 사랑의 신이여!
> 당신 외엔 아무도 없나니, 그에게 따뜻한 위로와 생명을 주소서,
> 아니면, 그를 가루로 부숴 버려 서편 하늘 구름 속으로 휘날려 버리소서,
> 하지만 그의 정성스러운 모습은 봄날 아침에 피어나는
> 참신한 생각과 가을밤의 꿈결을 영원히 물들일 것이니, 가련히 여기소서, 나의 사랑의 신이여!
>
> - 「기도」 전문33)

그림 7. 타고르와 신월사 멤버들

'A Prayer'라는 영문 제목을 사용한 적이 있는 이 시는 1923년 6월에 지어져, 같은 해 7월 1일 『천바오·문학순간(晨報·文學旬刊)』에 발표되었다.[34] 쉬즈모는 장유이와의 이혼만 이루어지면 린후이인이 자신의 사랑을 받아줄 거라고 믿었다. 따라서 그는 1922년 3월 이혼 후 6월에 이혼 심경을 담은 시편 「웃으며 번뇌의 매듭을 푸노라: 유이에게 바침(笑解煩惱結: 送幼儀)」을 지었고, 이를 1922년 11월 8일 『신저장(新浙江)』 신문 문예면의 『새 친구(新朋友)』에 「쉬즈모·장유이 이혼 통보(徐志摩·張幼儀離婚通報)」라는 글과 함께 발표하여 자신의 이혼 사실을 만천하에 공표하였던 것이다.[35]

하지만 그가 부모의 동의를 얻지 않은 채 이혼을 감행했을 뿐만 아니라, 이 같은 사실을 지역 신문에 게재함으로써 세상에 알린 것에

---

33) 쉬즈모, 이경하 역, 『쉬즈모 시선』, 지만지, 2021, 7-8쪽.

34) 顧永棣, 『徐志摩詩全集』, 學林出版社, 2000, 149쪽.

35) 顧永棣, 『徐志摩詩全集』, 學林出版社, 2000, 29쪽.

대해 쉬즈모의 아버지는 크게 분노하였고, 부자간의 갈등은 더욱 심화되었다. 게다가 린후이인이 자신의 마음을 받아주지 않고 량쓰청과 본격적으로 교제하였기에 쉬즈모의 고통은 커질 수밖에 없었다. 쉬즈모가 이 시를 쓰기 약 한 달 전 쯤 량쓰청은 오토바이 추돌 사고를 당해 왼쪽 다리와 척추를 크게 다쳤는데, 이로 인해 그해 여름 떠나기로 했던 린후이인과 량쓰청의 미국 유학이 1년 미뤄졌다.[36] 어쩌면 쉬즈모에게는 이때가 린후이인을 잡을 수 있는 마지막 기회였을지도 모른다. 당시 쉬즈모는 린후이인과 량쓰청이 아직 정식으로 결혼을 한 것은 아니기 때문에 언젠가는 그녀가 자신의 진심을 받아줄 거라고 믿었다. 따라서 이 시에는 다른 어떤 작품에서보다 린후이인의 사랑을 얻고자 하는 그의 애타는 마음이 더욱 잘 드러나 있다.

린후이인에 대한 쉬즈모의 지칠 줄 모르는 구애는 타고르의 중국 방문을 계기로 더욱 타오른다. 1924년 4월 12일부터 5월 30일까지 타고르는 량치차오와 린창민 등이 활동하는 강학사(講學社)의 초청으로 중국을 방문하게 되었는데, 이때 실무 업무를 '신월사(新月社)'[37]가 맡았다. 쉬즈모는 타고르를 수행하며 상하이 · 항저우(杭州) · 난징(南京) · 지난(濟南) · 베이징 · 타이위안(太原) · 한커우(漢口) 등 많은 도시를 다녔고,[38] 린후이인 역시 같은 신월사 멤버로 행사 준비

---

36) 陳學勇, 『蓮燈詩夢林徽因』, 人民文學出版社, 2012, 322쪽.

37) 신월사(新月社)는 구미유학을 다녀온 베이징 엘리트들의 비정기 회식 모임이 그 전신으로, 1924년 봄 타고르의 중국 방문 이전과 방문 기간 동안에는 '신월사'라는 구두상의 명칭만 존재했다. 그러다가 타고르 방문 이후 쉬즈모의 아버지 쉬선루(徐申如)와 은행가 황즈메이의 지원에 힘입어 쑹수후퉁 7호에 정식 간판을 달면서 활동하게 된다. 王一心 · 李伶伶, 『徐志摩 · 新月社』, 陝西人民出版社, 2009, 57-58쪽.

38) 陳學勇, 『蓮燈詩夢林徽因』, 人民文學出版社, 2012, 53쪽.

와 초청 모임에 적극 참여함으로써 두 사람의 만남이 잦아졌기 때문이다.

베이징의 문화계 인사들은 타고르의 예순네 번째 생일을 축하하기 위해 성대한 생일 축하연을 마련했으며, 행사 후 세허(協和) 강당에서 그의 희곡 「치트라」를 공연했는데, 영어 대사로 이루어진 이 연극에서 린창민은 '봄의 신'을, 린후이인은 여주인공 '치트라', 쉬즈모는 '사랑의 신', 장신하이(張歆海)는 이웃나라 왕자 '알쥬나'를 맡아 각각 호연을 펼쳤고, 량쓰청은 무대 미술을 담당했다.[39] 이와 같은 기념 행사를 진행하면서 쉬즈모는 린후이인에 대한 마음을 포기하지 않았다. 하지만 결국 린후이인은 그의 사랑을 받아주지 않은 채, 그해 여름 량쓰청과 함께 미국 유학길을 떠났다.

사랑으로 인한 상처는 사랑으로 치유해야 한다는 말처럼, 쉬즈모는 이내 린후이인을 대체할 새로운 뮤즈를 발견하게 된다. 후스가 "꼭 봐야할 베이징의 풍경"[40]이라고 언급한 적이 있는, "남쪽에는 탕잉(唐瑛), 북쪽에는 루샤오만"[41]이라고 불렸던 베이징 사교계의 유명 인사 루샤오만과 사랑에 빠지게 된 것이다.[42] 하지만 루샤오만 역시 린후이인과 마찬가지로 금지된 욕망의 대상이었다. 쉬즈모에게 베이징이 헤테로토피아가 될 수 있었던 것은 이와 같은 금기의 대상에 대한 욕망을 꿈꾸게 해준 공간이었기 때문이다. 린후이인이 스승 량

39) 陳學勇, 『蓮燈詩夢林徽因』, 人民文學出版社, 2012, 56쪽.
40) 刘海粟, 「回忆老友徐志摩和陸小曼」, 『文史精华』 1998年 第2期, 33쪽.
41) 탕잉(唐瑛)은 당시 상하이를 대표하는 명문 규수로 베이징의 루샤오만과 더불어 '난탕베이루(南唐北陸)'로 불렸다. 柴草, 『眉軒香影陸小曼』, 人民文學出版社, 2012, 64쪽.
42) 루샤오만은 똑똑하고 예쁘며, 노래와 춤에 능할 뿐만 아니라, 그림도 잘 그리고 영어와 불어도 뛰어났다. 張午弟, 『陸小曼傳』, 中國工人出版社, 2012, 5-6쪽.

치차오의 예비 며느리였다면, 루샤오만은 량치차오의 문하생인 선배 왕경(王賡)의 아내였다. 미국 유학 출신의 엘리트 육군장교 왕경은 1922년 중매로 루샤오만과 결혼했지만, 그는 군인 신분이었기에 베이징에 머물 때가 드물어 신월사 지인들에게 부인을 소개해주며 잘 돌봐달라고 부탁하였던 것이 오히려 화(禍)가 된 것이다.

린후이인이 미국 유학을 떠난 1924년 중반부터 루샤오만과 교류하게 된 쉬즈모는 그녀에게 호감을 갖게 되었고, 루샤오만 역시 서구 유학파 출신의 낭만주의 엘리트 시인 쉬즈모에게 큰 매력을 느껴, 두 사람은 이내 뜨거운 사랑에 빠지게 되었는데, 그녀에 대한 쉬즈모의 사랑이 「눈꽃의 즐거움(雪花的快樂)」에 잘 표현되어 있다.

> 내 만일 한 송이 눈꽃이라면,
> 휠휠 춤추며 하늘을 시원스레 날리라,
>   내 분명 내 갈 곳을 알기에 ―
>   휠, 휠, 휠 날아가리 ―
> 이 땅 위에 내 갈 곳이 있으니.
> 춥고 적막한 골짜기에는 가지 않으리,
> 쓸쓸한 산기슭에도 가지 않으리,
>   삭막한 거리로 나가 실망하지도 않으리 ―
>   휠, 휠, 휠 날아가리 ―
> 보게나, 내겐 내 갈 곳이 있으니!
> 하늘에서 너울너울 춤추며 날아다니다,
> 저 맑고 고요한 거처를 찾았네,
>   그녀가 화원으로 방문하기를 기다리며 ―
>   휠, 휠, 휠 날아가리 ―
> 아, 그녀 몸에 깃든 붉은 매화의 맑은 향기여!
> 나의 가벼운 몸으로,
> 사뿐히 그녀의 옷섶을 적셨을 때,

그녀의 물결 같은 부드러운 가슴에 꼭 달라붙어 ―

사르르, 사르르, 사르르 ―

잔물결 같은 그녀의 가슴에 녹아들리라

- 「눈꽃의 즐거움」 전문43)

이 시는 1924년 12월 30일에 지어졌고, 1925년 1월 17일 『현대평론 (現代評論)』에 발표되었다. 쉬즈모의 초기 이상주의와 낭만주의를 대표하는 작품으로 그의 첫 번째 시집 『즈모의 시』(1925) 첫 장에 수록된 작품이다. 시인은 1인칭 시점으로 서정적 자아인 "나"를 "눈꽃"에 비유하며 자유롭게 하늘을 날고 싶다는 이상과 사랑하는 연인 루샤오만에 대한 갈망을 표현하였다.

그러나 당시 유부녀였던 루샤오만과의 사랑은 베이징 문화계에 큰 파란을 낳고 많은 이들의 지탄을 받았다. 두 사람의 억압된 욕망의 해방과 일탈은 더 이상 그들을 베이징에서 자유롭게 지낼 수 없게 만들었고, 이로 인해 쉬즈모는 타고르와의 만남을 핑계로 유럽으로 잠시 피신하게 된다.44) 두 사람의 사랑이 결실을 맺기 위해서는 루샤오만과 왕경의 이혼 문제를 먼저 풀어야만 했지만 쉽지 않았다. 1925년 초에 베이징에는 이미 두 사람의 열애 소문이 파다했기에, 왕경역시 그들의 관계에 대해 잘 알고 있었지만, 부인에 대한 사랑과 군인으로서의 자존심 때문에 그가 이혼에 동의하지 않았기 때문이다. 하지만 결국 지인들의 회유와 설득에 못 이겨 왕경은 그해 말 이혼에

---

43) 쉬즈모, 이경하 역, 『쉬즈모 시선』, 지만지, 2021, 50-51쪽.

44) 그동안 루샤오만은 오롯이 혼자 베이징에서 비난과 질책을 받으며 지내야했는데, 당시 그녀의 힘들었던 심경이 '미간행 친필일기' 속에 고스란히 기록되어 있다. 이경하, 「陸小曼 '미간행 친필 일기' 속에 나타난 '林徽因'」, 『중국학보』 제77호, 2016, 265-279쪽 참고.

합의한다.

그동안 유부녀였던 루샤오만과의 교제로 인해 주변으로부터 좋지 않은 시선을 많이 받았던 쉬즈모는 그녀가 자유로운 신분이 되자, 예전보다 훨씬 편안하고 안정된 마음으로 지낼 수 있었다. 이로 인해 몇 년간 그의 마음속에 자리 잡아온 린후이인에 대한 사랑의 감정도 정리할 수 있게 되는데, 다음의 시 「우연(偶然)」에 그러한 심적 변화가 잘 드러나 있다.

> 나는 하늘의 한 조각 구름,
> 이따금 그대의 일렁이는 마음에 비치더라도——
> 　　놀랄 필요 없어요,
> 　　기뻐할 필요는 더더욱 없고요——
> 순식간에 흔적도 없이 사라질 테니.
>
> 그대와 나는 어둔 밤바다에서 만났지만,
> 그대에게는 그대의, 나에게는 나의, 방향이 있나니.
> 　　기억해도 상관없지만,
> 　　가장 좋은 건 잊어버리는 게요,
> 우리가 만났을 때 쏟아졌던 그 눈부신 광채들일랑!
>
> － 「우연」 전문[45]

1926년 5월 중순에 지어져 5월 27일 『천바오푸쥐안·스쥐안(晨報副鐫·詩鐫)』에 발표된 이 시는 쉬즈모가 루샤오만과 공동 집필한 희곡 「볜쿤강(卞昆岡)」(1928년 4월 10일 『신월』)의 제5막 중 늙은 맹인이 삼현금(三絃琴)을 탈 때 불렀던 노래 가사로 인용되기도 했다.[46] 사실 이 시는 앞서 소개한 그의 다른 작품들, 예를 들어 「기도」

---

45) 쉬즈모, 이경하 역, 『쉬즈모 시선』, 지만지, 2021, 89쪽.

그림 8. 쉬즈모와 루샤오만

에서 보여준 사랑에 대한 간절한 요구, 「눈꽃의 즐거움」에 표현된 남녀 간의 뜨거운 사랑과는 달리, 감정의 절제와 인생에 대한 초연함을 보여준다는 점에서 불가(佛家)적 분위기를 자아낸다고 볼 수 있다.

이 시는 쉬즈모가 첫 사랑이었던 린후이인을 생각하며 지은 것으로, 린후이인 역시 이에 대한 화답시로 「진심으로 바라나니(情願)」(1931)를 지은 바 있다. 그중 "이 세상이 존재했다는 사실도, 그대가 있었던 것도 잊어버릴래요./ 누군가에게 사랑하는 감정이 있었다는 사실도 애도하며,/ 낙화처럼 다 떨어 버리고,/ 이 눈물 안의 감정들을 잊어버릴래요.// 그날이 되면 모두 사라지리니,/ 한 줄기 섬광, 한 번 내쉰 바람보다 더 작은/ 흔적, 그대도 잊어버려요 내가/ 이 세상에 살았었음을"[47]이라는 시구가 있는데, 두 사람의 아쉬운 인연을 말해 주는 것 같아 더욱 슬프게 느껴진다. 이처럼 위의 시에서는 그토록

---

46) 顧永棣, 『徐志摩詩全集』, 學林出版社, 2000, 433쪽.
47) 린후이인, 이경하 역, 『린후이인 시집』, 지만지, 2016, 17-19쪽.

갈망하던 린후이인에 대한 사랑을 완전히 포기하고, 이제는 그녀와의 추억을 자신의 뇌리에서 지워버리려는 쉬즈모의 의지가 잘 표현되어 있다.

쉬즈모와 루샤오만은 결국 1926년 8월 14일에 약혼식을 올리고, 10월 3일 량치차오의 주례 하에 베이하이공원에서 결혼식을 올렸다. 본래 주례는 후스에게 의뢰되었지만, 그에게 출국 일정이 잡혀 있어 후스가 직접 량치차오에게 부탁한 것이다. 처음에는 거절 의사를 보였던 량치차오도 후스가 여러 번 간청하자 마침내 승낙하게 되었다. 하지만 그의 주례사는 축사가 아닌 훈시여서 지금까지도 매우 유명한 일화로 전해져 내려온다.[48]

> 내가 이 자리에 온 것은 몇 마디 귀에 거슬리는 말을 하여, 본받을 만한 가치는 물론 격려할 가치는 더더욱 없는 이 나쁜 사례를 사회에 알리기 위함이오. ── 쉬즈모, 그대는 타고난 기질이 경박하여 학업에 이룬 바가 없고, 학문을 했지만 성과를 거두지 못했소. 사람됨은 더욱 실패하였는데, 이혼하고 다시 장가드는 것이 바로 여러 사람에게 마음을 준다는 증거요!
>
> 루샤오만, 당신과 쉬즈모는 모두 한 번 다녀온 사람들이오, 나는 오늘 이후 당신이 부녀의 법도를 엄격히 존중하여, 자신의 개성과 행동을 반성했으면 하오. 이혼 후 또 결혼하는 것은 그대들의 성격적 과실로 말미암은 것으로, 그대들이 다시 잘못을 저질러 자신의 삶을 망치고 상대의 삶을 망치지 않기를 바라오. 이기심을 행동의 기준으로 삼지 말고, 방탕과 향락을 인생의 목적으로 삼지 말며, 다시는 결혼을 장난으로 여기지 마시오. 즐거우면 결혼할 수 있고, 기분 나쁘면 이혼할 수 있다는 생각은 부모의 얼굴에 먹칠을 하고, 친구들에게 멸시를 받으며, 사회의 조롱거리가 될 것이오! 아무튼 나는 이번이 두 사람 일

---

48) 韓石山, 『徐志摩傳』, 人民文學出版社, 2010, 176-177쪽.

생에서 마지막 결혼이기를 희망하오! 이것이 바로 두 사람에 대한 나의 축복이오! —— 나의 말은 다 끝났소.[49]

쉬즈모의 스승이었던 량치차오는 어쩔 수 없이 쉬즈모의 결혼식 주례로 나서게 되었지만, 그는 두 사람의 결혼에 대해 불만이 많았다. 첫째는 루샤오만의 전 남편 왕겅이 그의 제자로 쉬즈모와도 선후배 관계였기 때문이고, 둘째는 쉬즈모가 이혼하려 할 때 자신이 이혼을 만류하는 장문의 편지를 보냈음에도 불구하고, 끝내 자신의 말을 듣지 않았기 때문이다. 이와 같은 까닭에 량치차오는 결혼식 역사상 신랑신부를 꾸짖는 전대미문의 주례사를 행한 것이다.[50]

결혼식을 마치고 얼마 지나지 않아 쉬즈모와 루샤오만은 베이징을 떠났다. 하지만 그 후에도 쉬즈모에게 베이징은 언제나 헤테로토피아로 기억되었고, 이는 몇 년 후 다시 베이징에 오게 되는 계기가 되었다. 반면 루샤오만에게 있어 베이징은 쉬즈모와 결혼하기까지 많은 비난과 질책을 받았던 곳이기에 좋지 않은 추억의 장소로 남게 되었고, 결혼 후 생활했던 상하이에서 오히려 자신만의 헤테로토피아를 발견하게 된다.

4 욕망의 도시 '상하이'에서의 갈등

쉬즈모가 결혼식 후 베이징을 떠나 고향 샤스(硤石)로 가게 된 것은 쉬즈모의 어머니가 병중에 있었고, 그의 아버지도 이를 핑계로 결

---

49) 伊人, 「梁啓超古今絶無的"證婚詞"」, 『檔案記憶』第12期, 2016, 45쪽.
50) 柴草, 『眉軒香影陸小曼』, 人民文學出版社, 2012, 86쪽.

그림 9. 1920년대 상하이

혼식에 참석하지 않았기에 집안 어른들을 위해 다시 고향에서 결혼식을 진행하기 위함이었다. 쉬즈모의 아버지는 아들의 재혼을 찬성하지 않았지만, 그럼에도 고향집 부근에 서구식의 이층집을 새로 지어주었다. 하지만 쉬즈모의 부모는 게으르고 허약한 루샤오만의 행동하나하나가 마음에 들지 않아, 결국 베이징에서 손자와 함께 지내던 장유이 집 부근으로 거처를 옮겼다.[51] 1926년부터 국민혁명군의 북벌전쟁(北伐戰爭)이 진행되었는데, 12월에 이르러서는 샤스 일대까지 북진해오자, 쉬즈모와 루샤오만은 급히 상하이로 피난을 떠나게

---

51) 장유이는 1927년 친정 부모님이 잇달아 돌아가시게 되자, 베이징 생활을 접고 상하이로 이주하게 되는데, 쉬즈모의 부모도 그녀를 따라 상하이로 거처를 옮겨 옆집에서 살았다. 이처럼 장유이는 쉬즈모와는 이혼했지만, 쉬즈모의 부모와는 이혼 전과 다를 바 없이 지내게 되는 상황에 놓이게 되면서 입장이 난처해졌다. 하지만 이에 아랑곳하지 않고 쉬즈모의 부모는 그녀를 수양딸처럼 대하며 예뻐하였고, 그녀에게 많이 의지하며 지냈다.

된다.[52]

  난징조약(南京條約)에 의해 1843년 개항된 상하이는 영국과 프랑스 등과 같은 외국 열강의 조계지를 중심으로 1920~30년대를 거치면서 세계적인 규모의 경제 문화 도시로 성장하였다. 와이탄(外灘)을 따라 줄지어 우뚝 솟은 고층빌딩, 소비자를 유혹하는 크고 작은 상점들과 백화점, 손님들을 쉴 새 없이 태우고 질주하는 자동차와 전차, 젊은 남녀들로 넘쳐나는 커피숍과 댄스홀 등으로 대표되는 도시 풍모는 상하이 사람들에게 물질적 편리함과 윤택함을 선사하는 한편, 소비주의·배금주의·향락주의 등과 같은 사회적 폐단을 낳기도 하였다. 1925년 상하이에서 창간된 소시민의 인기 잡지 『생활주간(生活週刊)』에는 상하이 사람들의 심각한 과소비를 개탄하는 글들이 자주 소개되었는데, 자동차가 부와 권력의 상징으로 등장하여 결혼 시 자동차로 신부를 태워야 하며, 다이아몬드나 진주를 결혼 예물로 주지 않으면 중산층 가정에서는 대단한 치욕으로 여긴다는 잘못된 소비풍조에 대한 풍자가 그 예라고 볼 수 있다.[53]

  그릇된 욕망이 만들어낸 도시 상하이에서 쉬즈모는 베이징에서의 생활과 별반 다르지 않게 대학 강의와 지인들과의 문화 모임 활동에 참여하며 쉴 새 없이 바쁜 시간을 보냈다. 하지만 루샤오만의 경우는 달랐다. 그녀는 상하이라는 유흥의 도시에 순조롭게 적응하였고, 아마추어 연극배우로 활동하며 상하이의 상류사회에서 명성을 날리게 되었다. 그녀는 상하이에 오자마자 장샤오젠(江小鶼)과 웡루이우(翁瑞午)를 알게 되었는데, 이들은 모두 명문가 자제들로 예술에 대한

---

52) 韓石山, 『徐志摩傳』, 人民文學出版社, 2010, 179-181쪽.
53) 兪子夷, 「奢侈」, 『生活週刊』, 1926.4.18.

사랑이 넘쳤으며 아마추어 연극배우로 활동하면서 루샤오만과 함께 무대에 서기도 하였다. 몸이 약한 루샤오만은 추나(推拿) 기술이 뛰어난 웡루이우와 특히 자주 교류하며 함께 아편을 피웠는데, 이로 인해 상하이 문화계에 추문이 떠돌았고, 마침내 1927년 12월 17일 타블로이드 신문 『푸얼모스(福爾摩斯)』에 쉬즈모 부부와 장샤오젠, 웡루이우를 풍자한 저속한 글이 발표되기에 이르렀다.[54]

쉬즈모와 루샤오만의 상하이 생활은 결코 행복하지 않았다. 문제의 발단은 루샤오만의 과소비와 아편 중독 때문이었다. 그들은 상하이의 고급 주택가 3층집에 살았고, 집에는 소형 자동차와 기사·요리사·남자 하인·여자 시종 등 다양한 일꾼들이 있었다.[55] 루샤오만이 점점 더 아편에 중독되어 가고 마작과 쇼핑에 몰두할수록, 쉬즈모 역시 여기 저기 강의 다니며 글을 쓰느라 육체적·정신적으로 매우 힘든 나날을 보내야만 했다. 1928년 봄 그가 쑤저우(蘇州)의 둥우대학(東吳大學)에도 출강하게 된 데에는 이와 같은 경제적 이유가 크게 작용했다. 쉬즈모는 루샤오만을 여전히 사랑했지만, 동시에 그녀로 인해 괴로운 나날을 보내야만 했다. 이와 같은 루샤오만에 대한 심적 변화가 그의 시 「나는 모릅니다, 바람이 어디에서 불어오는지(我不知道風是在哪一個方向吹)」에 잘 표현되어 있다.

> 나는 모릅니다, 바람이
> 어디에서 불어오는지 —
> 꿈속에서,
> 꿈의 찰랑이는 물결 속에 휘돌아 흐릅니다.

---

54) 韓石山, 『徐志摩傳』, 人民文學出版社, 2010, 199-200쪽.
55) 韓石山, 『徐志摩傳』, 人民文學出版社, 2010, 203쪽.

나는 모릅니다, 바람이
어디에서 불어오는지 —
꿈속에서,
그녀의 부드러움에, 도취되었습니다.

나는 모릅니다, 바람이
어디에서 불어오는지 —
꿈속에서,
달콤함은 꿈속의 찬란한 빛입니다.

나는 모릅니다, 바람이
어디에서 불어오는지 —
꿈속에서,
그녀의 배신에, 나는 슬퍼했습니다.

나는 모릅니다, 바람이
어디에서 불어오는지 —
꿈속에서,
꿈속에서의 슬픔에 마음이 부서졌습니다!

나는 모릅니다, 바람이
어디에서 불어오는지 —
꿈속에서,
어둠은 꿈속의 찬란한 빛입니다.
　　　　　- 「나는 모릅니다, 바람이 어디에서 불어오는지」 전문[56]

1928년 초에 지어져 같은 해 3월 『신월』 창간호에 발표된 이 시는

---

56) 서지마, 이경하 역, 『쉬즈모 시선』, 지만지, 2021, 95-96쪽.

총 6연으로 구성되었는데, 각 연마다 앞의 3행이 반복적으로 등장할 뿐 만 아니라, 각 연의 마지막 행도 압운이 맞춰져 있어 낭독할 때 노래를 부르는 것과 같은 뛰어난 음악적 효과를 거두고 있다. 1931년 쉬즈모가 불의의 사고로 세상을 떠났을 때, 후스는 이 시의 일부 구절을 인용하며 "우리도 바람이 어디에서 불어오는지 모릅니다. 광풍이 지나간 후 우리의 하늘은 슬픔으로 변해 버렸고, 정적에 잠겨버렸습니다. 우리는 이제야 가장 사랑스러웠던 구름 한 점이 광풍에 휩쓸려 영원히 돌아올 수 없음을 느낍니다."[57]라고 쉬즈모의 죽음을 애도한 바 있다.

쉬즈모는 이 시에서 "바람이 어디에서 불어오는지" 알 수 없는 것처럼 사랑 또한 운명처럼 시작되었지만, 결국 사랑하는 이의 배신으로 인해 큰 슬픔에 빠지게 되었다고 고백한다. 몇 년 전 루샤오만과 금기된 사랑을 시작했을 때, 그는 사랑의 황홀함과 달콤함에 도취되었지만, 정작 결혼 후 루샤오만은 아편과 마작, 쇼핑에 빠져버려 가정생활을 어렵게 만들었고, 이로 인해 두 사람의 싸움도 잦아지면서 그녀와의 행복한 미래를 꿈꿨던 그의 기대도 산산이 부서져버렸으니, 이 또한 사랑하는 이의 배신이라고 부를 수 있을 것이다.

루샤오만 역시 예전에 비해 쉬즈모의 사랑이 식었다고 느꼈고, 자신의 생활에 대해 지나치게 간섭한다고 여겼다. 그녀는 쉬즈모에 대한 불만을 위다푸(郁達夫)의 부인 왕잉샤(王映霞)에게 토로한 적이 있는데, 아편을 피우지 마라, 마작을 하지 말라는 등 자신에 대한 쉬즈모의 구속이 너무 심해 견딜 수 없다는 것이다.[58] 이처럼 쉬즈모와

---

57) 胡適之,「追悼志摩」,『新月』第4卷 第1期 ― 志摩記念號, 新月書店, 1932.
58) 王映霞,「我與陸小曼」: 張放,『朋友心中的徐志摩』, 百花文藝出版社, 1992,

루샤오만은 어려운 난관을 뚫고 마침내 결혼에 성공했으나, 서로를 이해하지 못한 채 자신만의 입장만을 주장하게 되면서 그들의 결혼 생활은 절망적으로 변해 버렸다.

> 음침함과 어둠이, 독사처럼 꿈틀거리면,
> 생활은 층간의 가설 통로로 변해 버려,
> 한 번 들어서면, 전진만 가능할 뿐,
> 손으론 차가운 벽의 끈적거리는 습기를 더듬는다,
>
> 악마의 오장육부 안에서 몸부림쳐 보지만,
> 정수리 위로 한 줄기 햇빛도 보이지 않으니,
> 공포의 억눌림 속에서, 이 영혼에,
> 죽음 말고 다른 어떤 소망이 가당키나 할까?
>
> ― 「생활」 전문59)

이 시는 1928년 5월 29일에 지어져, 1929년 5월 10일 『신월』에 발표되었다.60) 쉬즈모의 삶이 경제적으로나 감정적으로 가장 힘들었던 시기에 창작된 작품으로, 우리는 이 시를 통해 그가 얼마나 큰 고통에 빠졌는지 짐작해 볼 수 있다. 이즈음 그의 시 세계에는 세상에 대한 불만이 가득하지만, 일부 초기 작품 속에 보였던 반항적 기질이나 세상의 모순을 신랄하게 비판했던 분노는 사라진 채, 어떤 기대나 "소망"도 꿈꾸지 않고 "죽음"만을 기다리는 나약한 인간의 모습으로 그려져 있어 안타까움을 자아낸다.

333-334쪽.

59) 쉬즈모, 이경하 역, 『쉬즈모 시선』, 지만지, 2021, 100쪽.

60) 顧永棣, 『徐志摩詩全集』, 學林出版社, 2000, 475쪽.

북벌전쟁과 일본의 공세로 인해 중국 정세가 혼란해진 상황 속에서 엎친 데 덮친 격으로 결혼생활마저 난관에 부딪히자, 쉬즈모는 3년 전 타고르와의 접견을 이유로 유럽으로 잠시 떠나 머리를 식혔던 것처럼 다시 출국할 계획을 세운다. 마침 그의 친구 왕원보(王文伯)도 미국에 갈 계획이 있자, 1928년 6월 15일 그와 함께 출발하였다. 쉬즈모의 이번 여행은 그동안 힘들었던 결혼생활로 인해 지친 마음과 몸을 치유하기 위함이었다. 여행을 떠날 때 그는 많은 골동품과 옥기(玉器)를 챙겨갔는데, 부족한 여행 경비 때문만이 아니라 귀국 후 생활비를 보충하는 데 더 많은 도움을 받기 위해서였다고 한다.[61] 하지만 쉬즈모는 물건을 거의 팔지 못하였고, 여비도 충분치 않아서 1928년 9월 영국인 친구 레너드 엠허스트(Leonard Knight Elmhirst)[62]에게 중국 향촌 건설사업을 핑계로 1차 지원금을 요청하는 편지를 쓰게 된다. 그가 간단하게 작성한 예산 항목 중에는 인도에서의 귀국 경비까지 포함되어 있었는데, 이를 통해 당시 그의 경제 사정이 매우 좋지 않았음을 알 수 있다.[63]

---

61) 韓石山, 『徐志摩傳』, 人民文學出版社, 2010, 207쪽 · 209쪽 · 211쪽.

62) 레너드 엠허스트는 케임브리지대학 출신으로 1924년 타고르의 중국 방문 때 개인 비서로 활동했으며, 이를 계기로 쉬즈모와 우정을 나누게 되었다. 상당한 재력을 갖춘 미국 여성과 결혼한 후 경제적 여유가 생기게 된 엠허스트는 1927년에 쉬즈모 부부의 출국을 제안하는 등 곤경에 빠진 쉬즈모를 도와주기 위해 매우 애썼다. 관련 내용은 엠허스트가 쉬즈모에게 보낸 1927년 2월 4일, 3월 7일 편지에 잘 나타나 있다. 虞坤林, 『志摩的信』, 學林出版社, 2004, 431-432쪽.

63) 虞坤林, 『志摩的信』, 學林出版社, 2004, 436쪽. 쉬즈모는 당시 총 300파운드를 요청했는데, 엠허스트는 이에 대한 답신과 함께 100파운드를 우선 보내주었고, 이후 상하이 베이징루(北京路)에 있는 중국통상은행(中國通商銀行)으로 200파운드를 부쳐주었다.

몇 달 간 여행하면서 쉬즈모는 자신이 유학했던 미국과 영국의 대학들을 방문하였고, 많은 가르침을 준 이들을 일일이 만나는 등 뜻깊은 시간을 보냈다. 그는 이번 여행을 통해 느낀 감상을 여러 편의 시로 남겼는데, 그중 가장 대표적인 작품이 바로 케임브리지에서의 추억을 노래한 다음의 시이다.

> 살며시 떠나가네,
> 　　　살며시 왔던 것처럼,
> 살며시 손을 흔들며,
> 　　　서쪽 하늘가의 구름과 이별하네.
>
> 강가의 저 금빛 버들은,
> 　　　석양 노을 속의 새색시,
> 물결 사이로 고운 그림자가,
> 　　　내 마음속에 일렁이네.
>
> 부드러운 진흙 속에 피어난 푸른 연꽃,
> 　　　매끄럽게 물밑에서 자태를 뽐내니,
> 케임브리지 강의 잔잔한 물결 속에,
> 　　　한 가닥 물풀이고 싶어라!
>
> 저 느릅나무 그늘 아래의 깊은 못은
> 　　　맑은 샘물이 아닌, 하늘의 무지개,
> 마름 사이로 부서져 버려,
> 　　　무지개 같은 고운 꿈이 가라앉았네.
>
> 꿈을 찾아서인가? 긴 삿대로 물질하며,
> 　　　푸른 풀보다 더 푸른 곳으로 물길을 거슬러 올라가,

배에 한가득 별빛을 싣고,
　　아롱진 별빛 속에서 노래 부르리.

하지만, 나는 노래를 부를 수 없었네,
　　살며시 들려오는 이별의 퉁소 소리,
여름벌레도 나를 위해 침묵하니,
　　오늘 밤 침묵에 빠진 케임브리지여!

살며시 떠나가네,
　　살며시 왔던 것처럼,
옷소매를 휘 내저으며,
　　구름 한 점 데려가지 않으려고.
　　　　　　　　　- 「다시 케임브리지와 이별하며」 전문[64]

　이 시는 1928년 11월 6일 쉬즈모가 해외여행을 마치고 귀국하는 중국 해상에서 완성한 작품으로, 같은 해 12월호 『신월』 잡지에 발표되었다.[65] 그는 이보다 앞서 1922년 8월에 영국을 떠나면서 린후이인과의 추억을 노래한 장편의 시 「케임브리지여, 다시 만나요(康橋再會吧)」를 지은 바 있을 정도로 케임브리지에 대한 애정이 컸다. 특히 이 작품은 훗날 여러 가수가 리메이크할 만큼 중국인들에게 매우 친숙한 시로 꼽힌다. 석양 속에서 그가 이별한 것은 "서쪽 하늘가의 구름"이 아니라, 어쩌면 그 자신이 평생 품어온 이상과의 이별이었을지도 모른다. 이 시는 많은 독자들의 사랑을 받았고, 이로 인해 케임브리지에 대한 명성과 인지도도 더욱 높아졌기에, 2008

---

64) 쉬즈모, 이경하 역, 『쉬즈모 시선』, 지만지, 2021, 112-113쪽.
65) 顧永棣, 『徐志摩詩全集』, 學林出版社, 2000, 488쪽.

년 케임브리지대학교 킹스칼리지 측은 이 시의 창작 80주년을 맞이하여 "살며시 떠나가네,/ 살며시 왔던 것처럼,/ 옷소매를 휘 내저으며,/ 구름 한 점 데려가지 않으려고"라는 네 구절을 새긴 흰 대리석 시비(詩碑)를 교정에 설치하였다. 이를 통해 중서교류문화에 앞장선 쉬즈모를 기념하고, 아울러 향후 우수한 중국 유학생을 더욱 많이 유치하기 위함이다.

쉬즈모가 유학생활 이후 1925년에 이어 다시 3년 만에 방문한 케임브리지에서 "석양"을 바라보며 이별한 것은 "서쪽 하늘가의 구름"이 아니라, 어쩌면 그 자신이 평생 품어온 이상과의 이별이었을지도 모른다. 이렇게 쉬즈모는 다시 케임브리지를 떠나 상하이로 돌아왔다. 쉬즈모와 루샤오만의 불협화음은 언제부터 시작된 것일까? 상하이라는 욕망과 향락의 도시가 그들의 삶을 망친 것일까, 아니면 다소 이기적인 그들의 성격이 서로의 마음을 다치게 한 것일까? 점차 생기를 잃어버린 쉬즈모의 모습을 보고 누구보다 안타까워했던 이는 그의 오랜 지기였던 후스였다.

북벌 전쟁이 끝나고 정세가 안정되자 '베이징'[66]으로 돌아간 후스는 쉬즈모에게 베이징에 와서 지낼 것을 제안하며, 학교 자리도 알아봐 주었다.[67] 이때 상하이 광화대학(光華大學)의 교수직도 정치적 사건에 얽혀 없어지게 되면서, 그는 베이징행을 결심하지 않을 수 없었다.[68] 하지만 아픈 부인을 두고 왔다는 미안함 때문이었을까? 1931년 3월 19일 루샤오만에게 보낸 편지에서 쉬즈모는 자신이 왜 상하이

---

66) '베이징'은 1928년부터 1949년 신중국 건설 전까지 '베이핑(北平)'으로 불렸으나, 편의상 본 글에서는 모두 '베이징'으로 명명하였음을 밝힌다.

67) 柴草, 『眉軒香影陸小曼』, 人民文學出版社, 2012, 160-161쪽.

68) 韓石山, 『徐志摩傳』, 人民文學出版社, 2010, 219쪽.

를 떠날 수밖에 없었는지 그 이유를 설명하며, 다음과 같이 그녀에게
양해를 구한다.

> 그러나 상하이의 환경을 난 정말 더 이상 참을 수 없소. 다시 틀어
> 박혀 지낸다면, 나는 분명 파괴될 거요, 내가 파괴되면, 다른 이에게도
> 좋을 게 없고, 당신에게는 더욱 영광이 없을 테니, 아픔을 참고 떠난
> 거요. 어머니는 병들고 아내는 허약한데, 내게 어찌 아무 생각이 없겠
> 소? 당신이 잘 이해하여, 내가 스스로 구제할 수 있도록 도와주고, 동
> 시에 당신도 이로부터 진작하여, 지병에서 벗어나기를 바라오. 서로
> 건강을 회복하여 활기를 띠고, 서로 사랑하고 서로 도와주면 실로 아
> 무런 막힘이 없을 터, 무엇을 구한들 얻지 못하겠소? 어머니도 물론
> 내가 멀리 떨어지는 것을 원치 않으셨지만, 상하이 생활이 내게 무익
> 하다는 점을 잘 아시기에, 나의 베이징행을 들으셨을 때, 결코 막지 않
> 으신 거요. 아버지도 같은 태도를 보이셨는데, 이로 인해 나는 더욱 감
> 사한 마음이 들었소.[69]

위의 글을 통해 쉬즈모가 상하이를 떠나게 된 데에는 상하이라는
욕망과 세속의 도시로부터 탈출하여, 다시 이상적인 꿈을 품고 살아
가기 위한 불가피한 선택임을 알 수 있다. 그에게 상하이는 과격하게
변질된 욕망이 터져 나와 만들어진 거대한 욕망의 덩어리, 욕망의 장
소처럼 보였기에, 상하이와는 다른 환경과 배경을 갖춘 베이징으로
떠날 수밖에 없었던 것이다. 따라서 쉬즈모는 루샤오만에게 여러 통
의 편지를 보내며, 그녀가 하루 빨리 상하이의 생활을 정리하고 자기
곁에 와줄 것을 요구하였다. 하지만 그녀에게는 상하이를 떠날 생각
이 전혀 없었다. 그녀는 이미 욕망의 도시 상하이 생활에 완전히 적응

---

69) 虞坤林, 『志摩的信』, 學林出版社, 2004, 103쪽.

했을 뿐만 아니라, 웡루이우의 추나 치료가 없어서는 안 될 정도로 몸 상태가 안 좋았기 때문이다. 게다가 린후이인이 베이징에 있다는 사실은 그녀 마음을 불쾌하고 불편하게 만들었다.[70]

이렇게 하여 쉬즈모와 루샤오만은 베이징과 상하이에서 따로 지내게 되는데, 오히려 별거가 두 사람의 관계를 지속시킬 수 있는 힘이 되어 주었다. 욕망의 도시 상하이가 그 자체로 쉬즈모를 피폐하게 만드는 디스토피아였다면, 베이징은 여전히 그에게 헤테로토피아로 존재했기 때문이다. 사실 쉬즈모와 루샤오만의 결혼생활은 싸움의 연속이었고, 이로 인해 두 사람은 서로 상당히 지친 상태였다. 따라서 쉬즈모는 상하이로부터의 탈출을 매우 기쁘게 생각했고, 이를 계기로 루샤오만에 대해서도 다시 애틋한 감정을 품을 수 있게 되었다.

5 다시 '베이징' 그리고 운명 같은 죽음

1931년 초, 상하이를 떠나 베이징에 온 쉬즈모는 베이징대학과 베이징여자사범대학에서 각각 8시간씩 강의하며 바쁜 나날을 보냈다. 개강 전 베이징대학 영문과 학생 전체가 모여 환영회를 열어주자, 쉬

---

70) 린후이인은 1928년 미국 유학을 마치고 량쓰청과 귀국하여 둥베이대학(東北大學) 건축학과 교수로 근무했는데, 출산 후 약해진 체력에 폐결핵까지 겹쳐 학교를 그만두고 당시 베이징에서 요양 중이었다. (陳學勇, 『蓮燈詩夢林徽因』, 人民文學出版社, 2012, 330-331쪽 참고) 이보다 몇 달 전 쉬즈모가 베이징에 갔다가 린후이인이 아프다는 소식을 듣고 곧장 선양(沈陽)으로 향했던 일은, 루샤오만의 심기를 불편하게 했을 뿐만 아니라, 린후이인에 대한 질투를 다시 불러일으키기에 충분했다.

즈모는 "나는 지금 다시 베이다(北大)에 돌아왔습니다. 바깥에서 몇 년을 떠돌다 다시 어머니의 품에 안기게 되니, 무한한 평온함과 달콤함을 느낍니다."[71]라고 감개무량해 했는데, 이와 같은 그의 말은 진심이었을 것이다. 그는 후스 집의 2층 방에 거주하며 대학에 강의를 나가고, 베이징의 여러 지인들과 바쁘게 교류하며, 샹산(香山)에서 요양 중인 린후이인을 찾아가 이야기를 나누곤 했다.

당시 린후이인의 건강은 상당히 좋지 않았는데, 오히려 이로 인해 본업을 그만두고 요양생활을 하게 되면서 새로운 삶을 맞이하게 된다. 건축학 교수로 바쁘게 살아가던 그녀가 시를 쓰며 문단에 정식 데뷔하게 된 것이다. 여기에는 쉬즈모의 역할이 매우 컸는데, 그가 린후이인에게 시 창작을 통해 자신의 몸과 마음을 잘 다스리도록 권유하였기 때문이다.[72] 두 사람의 교류가 잦아지면서 베이징에는 그들에 대한 풍문이 나돌았고, 이 때문에 루샤오만의 마음을 달래 주기 위해 그는 베이징과 상하이를 부지런히 오갔지만, "왕복표를 팔아 다른 곳에 써야할"[73] 정도로 경제적 상황이 악화되면서 상하이에 가는 것도 더 이상은 쉽지 않게 되었다.

---

71) 莽莽, 「徐志摩先生近一年中在北大的鱗片」, 北平晨報社(編輯), 『北晨學園哀悼志摩專號』(北平晨報社, 1931.12.20).

72) 쉬즈모의 격려와 조언에 힘입어 린후이인은 「그날 밤(那晩)」·「여전히(仍然)」·「누가 이 그침 없는 변화를 사랑하는가(誰愛這不息的變幻)」와 같은 작품들을 그가 편집을 맡은 『시간(詩刊)』 4월호에 발표하였고, 9월에는 쉬즈모·원이둬(聞一多)·쑨다위(孫大雨)·주샹·샤오쉰메이(邵洵美) 등과 더불어 『신월시선(新月詩選)』에 자신의 시 4편을 발표하는 성과를 거두게 되는데, 이를 통해 그녀는 단번에 뛰어난 실력을 갖춘 신진 시인으로 떠오르게 된다.

73) 쉬즈모가 루샤오만에게 쓴 1931년 6월 25일 편지에 "난 이번 달에는 결코 떠날 수 없소 솔직히 말해 왕복표를 팔아 다른 곳에 써버렸소"와 같은 내용이 나온다. 虞坤林, 『志摩的信』, 學林出版社, 2004, 118쪽.

사실 한 달에 쉬즈모가 버는 돈은 적지 않았지만 루샤오만의 지나
친 사치와 아편 매입 등으로 생활비 지출이 크게 늘었던 것이다. 1931
년 가을부터 그는 베이징대학의 기금교수(基金教授)로 재직하게 되
는데, 기금교수는 교수 중 월급이 가장 높고 제때 지급받을 수 있어
학술연구계의 많은 연구자들이 선호하는 자리였다. 하지만 쉬즈모의
경제 상황은 여전히 개선되지 않아 지인의 부동산 매매 중개 활동에
까지 나서는 등 늘 바쁘게 지내야만 했다.74)

쉬즈모가 마지막으로 방문했던 상하이행도 부동산 중개 일과 관련
되어 있었다고 한다. 10월 말 상하이에 있는 루샤오만으로부터 급히
오라는 연락을 받은 그는 교통비를 절약하기 위해 외교관 구웨이쥔
(顧維鈞)이 타고 가는 장쉐량(張學良) 전용기에 합승하기로 한다.
하지만 구웨이쥔의 일정이 세 번이나 미뤄지면서, 그는 떠나기 전 베
이징 성 안에 사는 대부분의 친구들을 만나게 된다. 당시 쉬즈모가
만난 지인들 중에는 류반농(劉半農)·슝포시(熊佛西)·예궁차오(葉
公超)·쉬디산(許地山)·량쓰청·린후이인·링슈화(凌叔華)·천멍
허(陳孟和)·저우쭤런(周作人) 등이 있는데, 아무도 이번 만남이 마
지막 작별인사가 될 줄은 몰랐다.75)

11월 11일 베이징을 떠나기 전 쉬즈모의 언행에는 분명 이상한 점
이 감지되었다고 한다. 마치 장차 다가올 죽음의 그림자를 직감한 사

74) 韓石山, 『徐志摩傳』, 人民文學出版社, 2010, 230-231쪽.
75) 상하이와 난징에서도 쉬즈모는 많은 친구와 지인들을 만났다. 11월 19일 베이징
    행 비행기를 타기 전까지 그는 위다부·류하이쑤(劉海粟)·뤄룽기(羅隆基)·
    천딩산(陳定山)·장신하이(張歆海)·한샹메이(韓湘眉)·양싱포(楊杏佛) 등
    을 만났고, 고향집에도 이틀간 방문하여 친지들과 인사를 나누었다고 한다.
    이렇게 하여 그는 세상을 떠나가 전 만나야 할 사람들을 다 보고 떠난 셈이
    되었다(韓石山, 『徐志摩傳』, 人民文學出版社, 2010, 234-241쪽).

람처럼 말이다. 그는 출발 전날 저녁에 린후이인의 집에 갔다가 그녀를 만나지 못하자 메모 한 장을 남기고 떠났는데, 거기에는 "내일 아침 여섯 시 이륙 결정, 이번에 가면 생존 예측 힘듦……"[76]이라는 불길한 내용이 적혀 있었다. 린후이인이 그날 밤 늦게 메모를 발견하고 그에게 전화를 걸어 영문을 물었을 때, 쉬즈모는 "이변이 있을 리 없지, 나는 아직 목숨을 보존하여 더 위대한 일을 봐야만 하는데, 어떻게 죽을 수 있겠어?"[77]라는 의미심장한 말을 남겼는데, 그가 죽음을 언급한 이유는 무엇일까? 쉬즈모의 사고 소식을 듣고 지인들과 가족들의 충격이 더 컸던 것은 그들의 뇌리 속에 저장된 그의 모습이 너무나 생생했기 때문이었을 것이다. 그중에서 가장 큰 회한을 품은 이로 루샤오만을 꼽을 수 있다. 그녀는 쉬즈모와 제대로 된 작별 인사를 나누기는커녕, 폭언과 폭행으로 그를 상하이에서 서둘러 떠나가게 한 장본인이었다.[78]

---

76) 林徽音('린후이인'의 본명: 인용자주), 「悼志摩」: "哀悼志摩專號", 『北平晨報』副刊 『北晨學園』(1931.12.7). (陳學勇編, 「悼志摩」, 『林徽因文存』, 四川文藝出版社, 2005, 4쪽 재인용)

77) 쉬즈모가 여기서 말한 "더 위대한 일"이란 11월 19일 셰허(協和) 소강당에서의 열릴 린후이인의 중국 건축에 관한 특별 강연을 의미할 수도 있지만, 11월 9일 루샤오만에게 보낸 쉬즈모의 편지를 참고해 볼 때, 베이징대학 동인들 간에 약속된 항일 활동을 가리키는 것으로 더 넓게 확대하여 해석해 볼 수도 있다.

78) 두 사람의 싸움은 늘 같은 주제로부터 비롯되었다. 11월 17일 오후 고향집에서 돌아온 쉬즈모는 루샤오만에게 아편을 끊으라는 충고를 건넸다가, 루샤오만에게 담뱃대를 얻어맞는 봉변을 당하였다. 쉬즈모는 집을 나가버렸고, 루샤오만은 이날 일로 친정어머니에게 크게 혼이 났다. 하지만 루샤오만은 오히려 더욱 화가 치밀어 올라서 쉬즈모에게 악담을 퍼붓는 편지 한 장을 쓴 후, 그가 돌아오면 읽어보도록 그의 책상 위에 올려놓았다. 다음날 오후 집에 돌아온 쉬즈모는 이 편지를 읽고 분개하여 난징으로 떠나 버렸다. 그가 떠난 후 루샤오만은 자신이 너무 심했다고 생각되었는지, 19일 오전에 쉬즈모에게 용서를 구하는 '장문

쉬즈모의 죽음은 매우 우연적인 일련의 사건으로 인해 운명적으로 일어났다. 그의 죽음을 11월 19일 저녁 베이징에서 열릴 린후이인의 강연 참석과 연결하여 린후이인 때문에 죽게 되었다는 견해도 있지만, 한스산은 다음과 같은 이유를 내세우며 사건의 '우연성'에 주목한다. 그 예로 먼저 11월 19일 쉬즈모에게 쑤저우 방문 계획이 있었음을 들고 있다. 11월 17일 오후 루샤오만과 싸운 후 그는 천딩산 집에서 하룻밤을 머물렀는데, 이 때 다른 지인과 연락하여 19일에 쑤저우에 있는 장타이옌(章太炎) 선생을 방문하기로 약속했기 때문이다. 하지만 18일 오후 집으로 돌아온 쉬즈모가 루샤오만의 악담 편지를 읽은 후, 크게 분노하며 쑤저우 약속을 취소해버리고 난징으로 떠나게 되면서 11월 19일 비행기에 탑승하게 되었다는 것이다.

또 다른 예로 쉬즈모가 본래 장쉐량 전용기를 타고 베이징으로 돌아가려고 했으나, 구웨이쥔이 바로 돌아가지 않게 되어 다른 비행기를 타게 된 점을 꼽고 있다. 만일 구웨이쥔과 함께 베이징으로 돌아가게 된다면, 쉬즈모는 자신의 일정이 아닌 구웨이쥔의 일정에 맞춰야만 했기에 11월 19일 탑승을 장담할 수 없게 된다. 상하이 집을 나올 때 쉬즈모에게는 중국항공공사 재무 주임 바오쥔젠(保君健)이 전년도에 준 무료 항공권이 있었고, 다음날(11월 19일) 아침에 베이징행 비행기가 있다고 해서 그 비행기를 탑승했을 뿐이라는 것이다.[79]

의 편지'를 썼고, 이를 곧장 베이징의 후스 집으로 부쳤다. 안타깝게도 쉬즈모는 이 편지를 보지 못한 채 죽었고, 루샤오만의 편지는 후스 문집에 수록되어 후세에 전해지게 되었다. (韓石山, 『徐志摩傳』, 人民文學出版社, 2010, 232-239쪽) 루샤오만의 편지는 후스가 대신 보관하고 있었기에 훗날 그의 문집(耿雲志, 『胡適遺稿及秘藏書信』 第34冊, 黃山書社, 1994, 554-557쪽)에 실리게 되었다.

79) 韓石山, 『徐志摩傳』, 人民文學出版社, 2010, 239쪽.

이밖에 한스산은 쉬즈모의 죽음을 운명적으로 느끼게 하는 또 다른 일화를 소개해주고 있다. 11월 19일 아침 난징 밍구궁공항(明故宮機場)에서 쉬즈모는 '지난호(濟南號)'에 탑승했는데, 대외적으로는 짙은 안개에 따른 추락 사고로 언론에 보도되었지만, 항공회사의 자체 조사에 따르면 기장의 컨디션 난조에 따른 집중력 부족으로 사고가 발생했다는 것이다. 훗날 중국항공공사 소속 공항 직원의 회고에 따르면, 그날 조정석에 앉은 기장이 베이징에 있는 딸에게 전달해줄 혼수품을 준비하느라 전날 저녁 내내 바빴을 뿐만 아니라, 밤새도록 마작을 하는 바람에 컨디션이 매우 안 좋았다고 한다.[80] 따라서 짙은 안개가 끼긴 했어도, 기장의 컨디션이 좋아 정신을 좀 더 집중했더라면 추락사고는 발생하지 않았을지도 모른다.

마치 천상 세계로 잠시 여행을 떠나듯 쉬즈모는 그렇게 1931년 어느 초겨울에 영영 돌아올 수 없는 먼 여행지로 홀연히 떠나 버렸다. 자유로운 영혼의 소유자로 낭만적인 삶을 꿈꾸었기에 '날고 싶다'는 표현을 유난히 즐겼던 시인 쉬즈모 — 그는 자신이 선택해 짊어진 십자가가 너무 무겁고 힘겹게 느껴졌지만, 그렇다고 스스로 그 십자가를 저버릴 만큼 모질지는 못한 인물이었다. 그런데 삶의 괴로움이 무엇인지 절실히 느꼈던 바로 그 순간 갑자기 들이닥친 죽음의 급습에 운명을 달리하게 된다. 예측하기 힘들었던 쉬즈모의 삶의 궤적처럼 그의 죽음역시 아무도 상상하지 못했던 방식으로 일어났던 것이다.

케임브리지에서의 새로운 삶의 전환을 계기로 쉬즈모는 베이징에서 금지된 욕망을 꿈꾸며 일과 사랑의 성취를 위해 분주하게 지냈고, 마침내 사랑하는 이와의 결혼을 통해 인생의 절정을 맛보려는 그 때,

---

80) 韓石山, 『徐志摩傳』, 人民文學出版社, 2010, 242-243쪽.

욕망의 도시 상하이에서 끊임없는 갈등과 반목에 휩싸인 채 힘든 나날을 보내야만 했다. 후스의 도움으로 상하이에서 벗어나 자신의 헤테로토피아인 베이징으로 돌아가게 되지만, 그가 죽기 몇 달 전에 발표했던 『맹호집』(1931)의 서문에서 밝혔던 것처럼 "(신의) 지배를 받는 선량한 생물체"에게는 어떤 일을 결정할 수 있는 주도권이 허용되지 않았다. 현실 속의 유토피아를 찾아나서는 것은 애초부터 헛된 꿈이었다고 비웃는 듯, 쉬즈모가 자신의 헤테로토피아에 안착하려는 그 순간, 지상이 아닌 천상의 유토피아에서 그를 소환해버렸다. "생명의 장난은 불가사의"함을 몸소 보여주며, 이렇게 그는 우리 곁을 떠나버린 것이다.

▌참고문헌

이경하, 「린훼인(林徽因)의 삶과 문학 속의 '동반자'」, 『중국현대문학』 제56호, 2011, 35-70쪽.

이경하, 「陸小曼 '미간행 친필일기' 속에 나타난 '林徽因'」, 『중국학보』 제77호, 2016, 265-284쪽.

이경하, 「쉬즈모의 사랑과 시 — 케임브리지·베이징·상하이를 중심으로」, 『중국현대문학』 제97호, 2021, 27-68쪽.

장동천, 「쉬즈모의 케임브리지 토포필리아와 낭만적 상상의 배경」, 『중국어문논총』 제64호, 2014, 291-317쪽.

홍석표, 「이육사(李陸史)의 쉬즈모(徐志摩) 시(詩) 번역의 양상 — 시 창작이 번역에 미친 영향」, 『중국현대문학』 제88호, 2019, 53-87쪽.

방평, 『정래동(丁來東) 연구 — 중국현대문학의 소개와 번역을 중심으로』, 서강대학교 대학원석사논문, 2011.

린후이인, 이경하 역, 『린후이인 시집』, 지만지, 2016.

쉬즈모, 이경하 역, 『쉬즈모 시선』, 지만지, 2021.

허세욱, 『중국 현대시 연구』, 명문당, 1992.

胡適,「追悼志摩」,『新月』, 1932.3.10.

劉海粟,「回憶老友徐志摩和陸小曼」,『文史精華』第2期, 1998, 32-35쪽.

伊人,「梁啓超古今絶無的"證婚詞"」,『檔案記憶』第12期, 2016, 44-45쪽.

兪子夷,「奢侈」,『生活週刊』, 1926.4.18.

北平晨報社(編輯),『北晨學園哀悼志摩專號』, 北平晨報社, 1931.12.20.

柴草,『眉軒香影陸小曼』, 人民文學出版社, 2012.

陳學勇,『蓮燈詩夢林徽因』, 人民文學出版社, 2012.

陳學勇,「悼志摩」,『林徽因文存』, 四川文藝出版社, 2005.

耿雲志,『胡適遺稿及秘藏書信』第34冊, 黃山書社, 1994.

顧永棣,『新編徐志摩全詩』, 學林出版社, 2008.

顧永棣,『徐志摩詩全集』, 學林出版社, 2000.

韓石山,『徐志摩傳』, 人民文學出版社, 2010.

王一心·李伶伶,『徐志摩·新月社』, 陝西人民出版社, 2009.

徐善曾,『志在摩登: 我的祖父徐志摩』, 中信出版社, 2018.

徐志摩,『徐志摩精選集』, 北京燕山出版社, 2008.

許紀霖,『近代中國知識分子的公共交往(1895-1949)』, 上海人民出版社, 2008.

虞坤林,『志摩的信』, 學林出版社, 2004.

張邦梅, 譚家瑜 譯,『小脚與西服』, 黃山書社, 2011.

張放,『朋友心中的徐志摩』, 百花文藝出版社, 1992.

張午弟,『陸小曼傳』, 中國工人出版社, 2012.

북경 자금성 둘러보기

서주영

1 들어가며

북경(北京)을 정의하는 말은 수도(首都)다.[1] 북경은 몽고족의 원(元)나라 이래, 명청(明淸)을 거쳐 현재에 이르는 기간 동안 중국의 수도(首都)로서 기능을 해오고 있다. 그리고, 북경성의 자금성은 제왕의 권력을 상징하는 건축물로서 봉건 중국의 심장이 되어 제국을 움직였다. 따라서, 자금성은 과거 봉건시대의 고동을 남겨두고 있다. 이 글은 북경의 수도로서의 역사와 이 역사 속에서 제왕의 거소로 사용된 자금성의 문화적 의미를 살펴본 것이다.

수도를 의미하는 말 가운데 '도읍(都邑)'이 있다. 도읍은 "한 나라의 중앙 정부가 있는 곳", 즉 수도(首都)의 의미다.[2] 이 "한 나라"에는 독립 국가의 이미지가 있지만, 고대 한어의 도읍이란 단어는 조금

---

* 대구대학교 인문과학연구소 연구교수

1) 현재 북경을 중국어 독음인 베이징으로 표시하지만, 글에서 언급하는 내용이 현대 중국의 수도에 관한 것은 적고, 고대 북경과 그 성곽, 그리고 자금성이란 봉건시대 건축과 관련한 내용이므로 특별한 경우(老北京 등)를 제외하고는 모두 북경이란 이름을 사용하였다.

2) 국립국어원, 『표준국어대사전』. https://stdict.korean.go.kr/

다른 의미가 있다. 우선 '읍(邑)'은 갑골문(甲骨文)부터 사용된 매우 오래된 글자로, 봉지(封地) 뜻하는 "口(국)"과 꿇어앉은 사람을 뜻하는 "卩(절)"이란 글자가 위아래로 포개진 단어다.[3] 고대 봉건사회에서 지역과 사람은 모두 등급에 따라 구분되어 표시된다. 즉, '봉지(封地)'는 권력자가 신하에게 분봉한 지역이자 분봉 받은 지역을 의미하고, 꿇어앉은 사람은 곧 봉지의 지배자로부터 명령을 듣는 사람이자, 지역에 종속된 사람이다. 따라서 '읍'이란 글자 속에는 봉지와 그 지배자의 백성이란 의미가 된다.[4] 그리고 '도(都)'는 『좌전(左傳)』에 "읍 가운데 종묘와 선대 군주의 신주가 있는 곳을 도(都)라고 하고, 없는 곳을 읍이라 한다(凡邑有宗廟先君之主曰都)"[5]라고 했으므로,[6] 곧 봉지의 중심지를 뜻한다. 즉, 도(都) 자는 읍(邑) 가운데 중앙 행정을 담당하는 정치 기구가 있는 지역을 의미하고 즉, '도읍'은 분봉 받은 지역의 중심지와 그 주변 지역을 통칭하는 단어로서, 봉건 신분과 질서, 그리고 행정성을 표시한 단어가 된다. 이렇게 해석하면, 수도(首都)의 의미는 봉지의 핵심 행정 도시인 도(都)의 으뜸가는 곳이자, 모든 도(都)를 장악하며 지배하는 중심지란 뜻이다.

수도의 의미로서, 황제의 처소를 의미하는 단어는 '경사(京師)'다. '경(京)'은 '크다(大)'는 의미로, 『설문』에 의하면 '인력으로 만든 가장 높은 언덕(所爲絶高丘也)'이란 의미를 지니는데,[7] 제도적으로는

---

3) 徐复, 『说文五百四十部首正解』, 江苏古籍出版社, 2003, 184쪽. 罗振玉, 『增订殷墟书契考释』: (卩)亦人字, 像跽形。徐中舒, 『漢語大字典(第二版)』, 四川辞书出版社, 2010, 340쪽.

4) 王凤阳, 『古辞辨』, 中华书局, 2012, 433쪽.

5) 『左傳·莊公二十八年』. 文淵閣四庫全書電子版. 이하 四庫電子版으로 통일하고 페이지를 생략함.

6) 王凤阳, 위의 책, 433쪽.

천자가 머무는 지역을 의미한다.[8] '사(師)'는
본래 군대 편제 단위로, 『주례』에 "500명을
'려(旅)'라하고, 그 다섯 배를 '사'라고 한다.
(五卒爲旅, 五旅爲師)"라고 하여,[9] '중(衆)'
과 통한다.[10] '중(衆)'의 갑골문 형태는 태양
아래 노동하는 3명의 사람으로 표현되는데, '3
명'은 많다는 뜻이다.[11] 즉, '경사'는 황제 통
치하의 수많은 인민이 황제를 위해 노동하고,

그림 1. 갑골문 중(衆)

황제를 수호한다는 의미로, 황제 중심의 국가관을 드러내고 있다. 따
라서, '북경(北京)'의 '경'자는 '북쪽의 경사'가 되고, 그 의미는 북쪽
에 황제 통치하의 최대 인구를 가진 도시란 뜻이 된다.

　이처럼 경(京)자가 황제 권력의 중심지란 의미의 단어이고, 도(都)
자에 황제가 신하에게 분봉한 지역이란 의미가 있기 때문에, 중국 지
명에서 '도'는 지역의 중심지를 뜻하는 지명에 비교적 자유롭게 붙을
수 있는 단어지만, '경'이란 단어는 권위적이며 정치적 단어이기 때문
에, 국가의 최고 통치 권력 소재지의 의미를 가진 지명에만 사용될
수 있었다. 1368년 홍무제로 등극한 주원장의 명을 받은 서달(徐達)

---

7) 許愼『說文解字』. 郭沫若, 『兩周金文辭大系圖錄攷釋』: 象宮觀匽廩之形.
　　在古素樸之世非王者所居莫屬. 王者所居高大, 故京有大義, 有高義. 徐
　　复, 앞의 책, 151쪽.

8) 『公羊傳·桓公九年』: 京師者何? 天子之去也. 周緒全, 『古漢語常用詞通
　　釋』, 重慶出版社, 1988, p.191.

9) 『周禮·地官·小司徒』. 李学勤, 『字源』, 天津古籍出版社, 2012, 549쪽.

10) 『爾雅·釋詁下』: 師, 衆也. 邢昺「疏」: 皆謂衆夥也. 『釋言』: 師, 人也. 郭璞
　　『注』: 謂人衆。

11) 李学勤, 앞의 책, 726-727쪽.

이 북벌을 통해 원나라의 대도(大都)를 점령했을 때, 그리고 1928년 장제스(蔣介石)의 군대가 청(淸)의 수도 북경을 함락시켰을 때, 이들은 모두 북경(北京)을 북평(北平)이란 이름으로 바꿔버린다. '평'이란 글자는 북경에서 수도적 의미를 지워버린 것일 뿐만 아니라, "북방이 이미 평정되었다"는 의미를 담고 있다.[12] 현재 북경이란 이름은 마오쩌둥(毛澤東)이 천안문 광장에서 건국을 선포했던 1949년 10월 1일에서 5일 전인 9월 27일에 중국인민정치협상회의(中國人民政治協商會意)를 통해 22년만에 회복한 명칭이다.

2 중국 수도의 역사와 북경

중국의 수도는 어떤 곳이 있었고, 어떻게 변화되었을까? 수도란 국가 중심지의 소재지를 뜻하므로, 그 위치는 정치 지배 세력과 긴밀한 관련을 맺고 있다. 중국의 역사를 돌아보면 통일 국가의 수도는 대체로 북방에 존재했다. 비록 남방 장강 유역 초(楚)나라가 유구한 역사와 문화를 자랑하고, 전국칠웅(戰國七雄)의 하나가 되어 서쪽의 진(秦)나라와 대립각을 세울 수 있는 강대국으로 부상한 적이 있고, 남북조(南北朝)부터 청대까지 강남의 대장원에 기반한 막대한 재력을 바탕으로 무수한 인재들이 출현하고, 문화적으로는 북방을 넘어서는 모습을 보이지만, 중국에 대한 정치적 지배권은 늘 북방에 속했는데, 이는 수도의 위치가 증명하고 있다.

기원전 11세기 은나라를 무너뜨린 주나라가 섬서성 장안 서북쪽인

---

12) John King Fairbank, 杨品泉译, 『剑桥中国史(chinese edition)』, 中国社会科学出版社, 2012.(ebook. 전자도서는 페이지를 표시할 수 없으므로 페이지를 생략함)

그림 2. 1974년 3월 섬서(陝西) 임동현(臨潼縣) 여산진(驪山鎮) 서양촌(西楊村)에서 발굴된 진시황릉의 진시황 병마용.

호경(鎬京)에 도읍한다. 수많은 제후국이 분열과 통합을 거듭했던 전국시대(戰國時代, B.C.403~B.C.221)는 진시황이 기원전 221년 동쪽의 제나라를 멸망시키면서 종식되었고, 북방의 섬서성(陝西省) 서안(西安)에 있는 함양(咸陽)이 통일 국가의 첫 수도가 된다. 뒤를 이어 패국(沛國)의 유방이 서초패왕(西楚霸王) 항우(項羽)를 제압하고 서한(西漢, B.C.202~A.D.8)을 세우며 도읍한 곳은 섬서성 서안인 장안(長安)이다. 서한의 황위를 찬탈한 왕망(王莽)의 신(新, 8~25)을 토벌한 동한(東漢, 25~220)의 광무제(光武帝) 유수(劉秀)는 하남성(河南城) 낙양(洛陽)에 수도를 세웠고, 위촉오(魏蜀吳)의 삼국시대(三國時代, 220~280)에는 하남성 낙양을 수도로 삼은 조조(曹操)의 위(魏)가 나머지 두 나라를 압도했으며, 조위(曹魏)의 황위를 찬탈한 진무제(晉武帝) 사마염(司馬炎)의 서진(西晉, 265~316)이 삼국을 통일한다. 또, 진무제(晉武帝)가 후계자를 제대로 정하지 못해 일어난 팔왕의 난(八王之亂, 291~306)과 뒤이어 흉노 유연(劉淵)의 한(漢)이 일으킨 영가의 난(永嘉之亂, 308~316)으로 서진의 세력이 수도를 남쪽 건강(建康: 현 장쑤江蘇 난징南京)으로 옮기면서 형성된 남북조(南北朝, 220~589)의 혼란기는 장안에 수도를 둔 북방의 유목 왕조인 수(隋, 581~618)나라가 수습한다. 그리고, 수나라를 계승하여 중국의 지배자가 된 당(唐, 618-~907)은 이른바 북방의 관롱집단(關隴集團) 출신인 장악한 국가였다.[13] 비록 하남(河南) 개봉(開封)에 도읍을 잡은 북송(北宋, 960~1127)이 문화강국을 뽐냈지만, 국제정치의 주도권은 요(遼)와 서하(西河)에게 빼앗긴 체 이리저리 끌려다니다가 결국 금(金)에 의해 남쪽으로 쫓겨 항주(杭州)에 도읍을 튼다. 몽고에서 발원하여 거대 제국을 건설했던 원(元, 1206~1368)나라는 금(金)나라를 멸망시키고, 현 북경지역을 대도(大都)라 칭하며 자신들의 수도로 삼는다. 봉건국가 가운데 오직 남경(南京)을 수도로 잡았던 명(明, 1368~1644)나라만이 남방 전통을 가진 통일 왕조였으나, 54년 이후인 3대 황제 영락제(永乐帝) 19년(1421)에 수도가 북경으로 옮겨진다. 1644년 하북(河北) 진황도(秦皇島) 동북쪽에 위치한 산해관(山海關)을 무혈입성하여 이장성(李自成)을 쫓아낸 청(淸, 1644~1911)나라는 전대의 명나라 수도 북경을 자신의 수도로 삼았다. 그리고, 장개석이 이끄는 중화민국(中華民國, 1912~1949)은 남경을 수도로 삼고, 1928년 북경을 장악한 북양군벌(北洋軍閥)을 몰아낸다. 이로써 남경이 역사상 두 번째로 중화민국의 수도가 되지만, 마오 저뚱(毛澤東)이 다시 천안문(天安門)에서 중화인민공화국(中華人民共和國)의 건립을 선포한 이래 북경이 다시 중국의 수도가 된다.

이상의 수도 변천의 역사를 통해 살펴보면, 섬서성 서안이 중국

---

13) 陈寅恪, 〈唐代政治史述論稿〉 참고. (『陈寅恪文集』, 上海古籍出版社, 2019. ebook)

그림 3. 1949년 10월 1일 오후 3시 개국대전(开国大典)이 열렸고, 천안문 단상에서 건국을 선포하고 있다. 가장 오른쪽의 사람이 제2인자 저우언라이(周恩來)이며, 선포문의 낭독자는 마오쩌둥(毛澤東)이다. 마오쩌둥 왼쪽에 안경을 낀 사람은 쑨원의 동맹회 출신인 린보취(林伯渠), 오른쪽에 수염을 기른 사람은 청나라 한림원서길사 출신의 천슈퉁(陳叔通)이다. 이 사진을 찍은 사람은 25세의 여성 사진사 허우파(侯波)였다.

전기 통일왕조인 주, 진, 서한, 수, 당의 의 수도 역할을 담당했다. 그 사이 하남성에 있는 낙양(동한·서진)과 개봉(북송)이 잠시 수도가 되었지만, 원대 이후 현재까지 북경이 수도의 역할을 하고 있다. 북경이 장안을 대신해서 수도가 된 것은 국가의 정치적 지배력 강화와 확장성의 측면에서 장안을 넘어섰다고 해석하는 것이 합리적인 것으로 보인다. 즉, 서쪽 장안에서 동쪽 북경으로 이동함으로써 서북방의 유목민족으로부터도 안전할 수 있고, 더욱이 도시의 발전에도 적합한 선택이 될 수 있다는 것이다.14) 서쪽에 자리 잡은 수도 장안(長安)의

---

14) 양둥핑 저, 장영권 역, 《중국의 두 얼굴》, 서울, 펜타그램, 2008, 37쪽.

인구가 늘어나고 기능이 확장하면서 수도를 유지하기 위한 물자가 점점 증가하자, 이 부족한 재원을 메우기 위해서는 2모작 3모작이 가능한 남방의 생산력을 이용할 필요가 있었다. 하지만, 친링산맥(秦岭山脉)과 웨이하이(淮河)로 둘러싸인 섬서성의 장안은 외부 침입에 안전할 수는 있었겠지만, 도시의 확장과 발전, 그리고 물자 수송에 있어서는 지리적 한계성이 존재했다. 이에 비해 북경은 본래 화북평야가 있어 생산이 어느 정도 풍부한 곳이었고, 북방의 유목민을 견제하기 위해서 군대를 주둔시키던 군사요충지로서의 기능을 수행했기 때문에, 군사적으로도 방비가 충분한 곳이었다. 이곳이 수도로서 발전하기 위한 물자의 문제는 수나라 시기 대운하를 통해 해결되었다. 원나라 쿠빌라이는 남방의 물자 집산지였던 여항(余杭) 즉 절강성(浙江省)의 항주(杭州)에서 북경 남서쪽 탁군(涿郡)까지 연결된 수나라의 대운하인 영제거(永濟渠)를 현 북경인 대도(大都)까지 연결함으로써 안정적 물자 공급을 확보했던 것이다.

③ 북경을 가리키는 말

그림 4. 북경원인

북경은 상당히 이른 시기인 전설시대에 출현한 지역이다. 굳이 신생대 제4기의 홍적세 중기 무렵인 70만 년 전, 북경 교외 저우커우뎬(周口店) 동굴에서 살았던 북경원인(北京猿人: Peking man)을 언급하지 않더라도, 사마천(司馬遷)의 『사기(史記)·오제본기(五帝

本紀)』에는 삼황오제 가운데 황제(黃帝)가 북경 남쪽 인근의 '탁록(涿鹿)'에서 치우(蚩尤)와 전쟁을 이기고 탁록성(涿鹿城)을 쌓았다는 이야기가 있고, 또 그 후계자인 전욱(顓頊)이 현 북경지역인 유릉(幽陵)에서 제사를 지냈다는 기록이 있다. 하지만, 순이 요임금에게 "교만한 공공(共工)을 유릉(幽陵)에 유배시켜 북적을 교화시키소서(於是舜歸而言於帝 , 請流共工於幽陵 , 以變北狄)"[15]라고 조언하는 대목을 보면, 북경은 문화적으로 뒤떨어진 미개한 지역에 속했다.

그림 5. 연경맥주는 국가 공식 의전 맥주다. 2019년 녹색식품 A등급을 받았다. 녹색 식품 등급은 왼쪽이 AA, 오른쪽이 한 단계 아래인 A다.

북경은 주나라 시대 '계(薊)'라는 명칭으로 불린다. '계'는 대략 현재 북경의 서남 지역과 하북성(河北省) 북부다. 현재 북경의 지명이나 건물 명칭에 '계'자가 사용되는 것을 종종 볼 수 있는데, '계문리(薊門里)'와 '계문교(薊門桥)' 등이 있는데, '계문'은 '계성(薊城)의 관문'이란 뜻이다. '계'라는 곳은 주(周)나라 무왕(武王)이 요임금의 상(商)나라를 멸망시킨 다음, 그

---

15) 『史記·五帝本紀』, 四庫電子版.

후손을 봉한 곳으로[16), 북경성 서북쪽의 덕승문(德胜门) 밖에 있는 원나라 대도성(大都城) 유적인 토성(土城)이 '계문(薊门)'이다.[17)

또한, 주나라 시대에는 북경 서남쪽에서 하북성 북부까지는 '연(燕)'이란 명칭으로도 불렸다. 그 이유는 이 지역에 연산(燕山)이 유명했기 때문이다. 주나라는 이 지역을 공평함과 효율성으로 유명한 재상인 소공석(昭公奭)의 후손을 분봉했다. 전국시대 연나라는 전국칠웅(戰國七雄)으로 발전했고, 전국시대 말기에는 진시황(秦始皇) 암살 계획의 배후 조종국으로 유명해진다.

한대 정리된 단어사전인 『이아(爾雅)·석지(釋地)』에는 '연땅을 유주라고 한다.(燕曰幽州)'라는 기록이 있는데, 한대(漢代)에 군현제를 실시하며 전국을 12주로 나누면서 북경, 천진(天津) 지역을 지칭하는 말로 이 유주를 사용했다.[18) 중국 문학에서 유주는 거친 남성성을 상징하는 지역이다. 예를 들면, 『삼국지』에서 장비가 '연나라 사람(燕人) 장익덕(燕人张翼德)'이라고 자기소개를 하는데, 여기에는 그가 북경인이란 뜻과 함께 마초적 성격의 소유자란 것을 암시한다. 유주 지역 사람들의 활달한 성격은 조식(曹植, 192~232)의 시 『백마편(白馬篇)』에서도 볼 수 있다.

白馬飾金羈,	금빛 재갈을 물린 백마가
連翩西北馳。	나는 듯이 서북방으로 달려가네.
借問誰家子?	누구의 아들인지 물어보니

---

16) 『史記·周本紀』, 四庫電子版.

17) 明·蔣一葵, 『長安客話·古薊門』: 京師古薊地, 以薊草多得名……今都城德勝門外有土城關, 相傳是古薊門遺址, 亦曰薊邱. 四庫電子版.

18) 顧頡剛, 劉起釪, 『尙書校釋譯論』, 北京, 中華書局, 2005. 176쪽.

幽幷游俠兒.	유주(幽州)와 병주(幷州)의 청년 협객이라 하네.[19]
少小去鄕邑,	어려서 고향을 떠나,
揚聲沙漠垂。	그 이름 사막에 두루 퍼졌네
宿昔秉良弓,	아침저녁으로 강궁을 들고 다니는데,
楛矢何參差!	화살은 또 얼마나 수북한가!
邊城多警急,	변성에는 위급한 상황이 많으니
虜騎數遷移。	오랑캐 기마가 자주 쳐들어오기 때문이지.
羽檄從北來,	전쟁을 알리는 격문이 북쪽에서 오면
厲馬登高堤。	말을 신속하게 달려 높은 언덕을 오르네.
長驅蹋匈奴,	멀리 달려가 흉노를 짓밟고
左顧凌鮮卑。	왼쪽을 돌아보며 선비족을 제압하네
棄身鋒刃端,	몸을 예리한 칼끝에 던졌으니,
性命安可懷!	생명을 어찌 마음에 두리오!
父母且不顧,	부모도 돌보지 못하는데,
何言子與妻?	하물며 처자를 말하리오!
名編壯士籍,	이름을 병부에 올렸으니,
不得中顧私.	속으로 사사로움을 돌볼 수 없네.
捐軀赴國難,	국난을 향해 달려가 몸을 바치니,
視死忽如歸.	죽음을 문득 집으로 돌아가는 것처럼 여기네.

조식은 조조의 셋째 아들로 어린 시절부터 천재적 문학적 재능을 보였기 때문에 조조가 심하게 아꼈던 인물이다. 그의 이 작품에 나타나는 멋진 말을 타고 뛰어난 승마 솜씨를 보이며 서북쪽으로 달려가는 이 북경지역 소년 영웅은 어린 시절 이미 고향을 벗어나 타지에서 무공을 세워 명성을 사막에 떨쳤다. 아침과 저녁으로 손에서 놓지 않는 활, 그리고 들쑥날쑥 챙겨져 있는 화살은 그가 늘 무예 연습과

---

19) 병주(幷州)는 산서(山西)다.

싸움에 임한다는 의미다. 적이 온다는 이야기를 들은 소년은 머뭇거림 없이 높은 언덕에 올라 공격해 오는 적을 관찰한다. "말을 몰고 멀리 달려가 흉노를 짓밟고, 왼쪽을 돌아보며 선비족을 제압하네."란 표현은 이 소년 전쟁 영웅의 기백을 간결하고 자신감 넘치는 단어로 표현한 것으로, 비록 카이사르(Caesar)의 "왔노라, 보았노라, 이겼노라(I came, I saw, I conquered)"에는 미치지 못하지만, 거친 기개로 세상을 오만하게 바라보는 북경지역 청년의 활달한 기상과 풍모가 잘 표현되어 있다. 사실 이 북경 출신의 소년 영웅의 모습은 조식이 상상한 자신의 모습이다. 그가 자신의 출생지인 안휘성을 버리고 유주와 병주 출신이라 한 것은 이 지역 출신의 인물이 가진 이미지를 취한 것이다.

북경은 한족에게 있어 한때 잃어버린 지역의 이미지를 이미지를 갖고 있다. 당나라가 멸망한 다음 중국은 50여 년 동안 5개의 왕조와 10개국이 부침하는 오대십국(五代十国)의 혼란기로 빠져드는데, 이 시기 후당(後唐)의 장군 석경당(石敬瑭)은 당시 거대하게 성장하던 거란족 국가인 요(遼)나라 태종(太宗) 야율덕광(耶律德光)에게 산서(山西)와 북경에 걸친 연운십육주(燕雲十六州)를 바치고, 요의 힘을 빌려 후진을 건립한다(936). 요나라는 이 연운십육주에 속한 북경에 남경(南京), 즉 연경(燕京)을 두고 남쪽으로 발전하는 교두보로 삼게 된다.

이후, 요나라의 정치가 어지러워지자, 북송과 금나라의 연합군이 요나라를 멸망시킨다. 요나라를 멸망시킨 금나라는 1152년부터 요나라 남경을 중도(中都)라 칭하고, 1157년에는 현재 흑룡강성(黑龙江省) 하얼빈시(哈尔滨市)에 있던 본래 여진의 궁성을 폐지한다. 이후, 1234년 몽고가 금나라의 중도(中都)를 함락했고, 이후 화북(華北)지

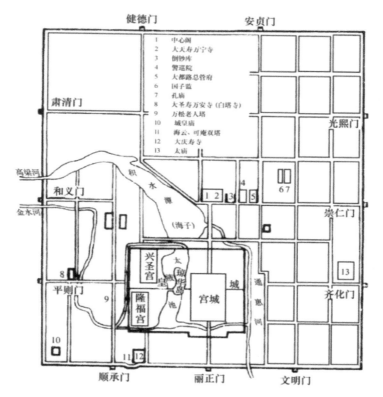

그림 6. 원대도평면도(캠브리지중국사). 요나 금의 수도가 현 북경의 서남쪽에 위치한 것과 달리 원의 대도는 현재 북경성과 자금성의 위치와 거의 일치한다고 알려져 있다. 대도에는 11개의 문이 있는데, 이는 명·청 북경성에 9개의 문이 있는 것보다 2개 더 많다.

역에 기반을 둔 쿠빌라이(忽必烈)가 1260년에 제5대 몽고제국의 칸으로 즉위한다. 1271년 쿠빌라이는 유병충(劉秉忠)의 건의에 따라 『주역』의 건괘(乾卦)의 "위대한 하늘의 원기"를 뜻하는 "대재건원(大哉乾元)"이란 의미를 취한 대원(大元)을 국호로 삼고, 수도를 내몽고 지역에 있는 상도(上都)에서 북경으로 옮기면서 금나라의 중도

그림 7. 해정구(海澱區)의 서토성유적(좌)과 원대도성원유지공원(우)

를 대도(大都)라고 개칭한다. 대도의 도성은 중국식을 기반으로 조성
되었고, 이 궁성은 명과 청의 자금성이 세워지는 기반이 된다.

북경 해정구(海澱區)에는 원대도성원유지공원(元大都城垣遺址
公園)이 있다. 이 원나라 대도성 유적을 토성(土城)이라 부르는데,
그 이유는 3중으로 구성 된 중국의 경성(京城) 구조에서, 제일 밖에
있는 성을 외경성(外京城) 혹은 나성(羅城)이라고 하는데, 이것을 흙
으로 쌓았기 때문이다. 원대의 이 성 유적은 본래 동토성(東土城),
서토성(西土城), 북토성(北土城)이 있었지만, 1950년 중화인민공화
국이 세워진 다음 동토성은 철거되고, 해정구의 서토성과 조양구(朝
陽區)의 북토성만 남게 된다.

북경이 다시 한족의 수도가 된 것은 명나라부터다. 부랑자에서 황
제까지란 드라마를 찍은 시대의 풍운아 주원장(朱元璋, 1328-1398,
71)은 1368년 원나라 수도인 대도(大都)를 점령하고 대도를 북평부
(北平府)로 바꾼다. 당시 명나라의 수도는 과거 삼국시대 오나라의
수도였고, 남북조시대 남조의 수도였던 강소성(江蘇省) 남경(南京)
이었다. 명나라 수도가 남경에서 북경으로 옮겨진 것에는 정난(靖難)
의 변(1399-1402)이란 사건이 있다.

홍무제(洪武帝) 주원장의 태자인 주표(朱標, 1355~1392)는 주원

그림 8. 명성조(明成祖) 주체(朱棣)

장보다 7년 앞서 죽어버렸기 때문에, 주표의 장자 주윤문(朱允炆 , 1377~1402)이 22세의 나이로 혜종(惠宗, 건문제 建文帝)이 된다. 그런데, 이 시기 주원장의 아들은 26명이나 되었다. 비록 적장자의 직계가 황위에 올랐지만, 아버지 주원장을 도와 전장을 누비던 삼촌들과 문제가 생겨날 것이 뻔했다. 먼저 손을 쓴 것은 황제였다. 혜종은 신하들과 함께 위협이 될 수 있는 5명의 삼촌을 제거했다. 주원장의 4째 아들이자 북경 지역에 분봉된 연왕(燕王) 주체(朱棣)는 그 다음 타겟이 될 것이 농후했고, 또한 가장 강력한 황제 찬탈자 후보 가운데 한 명이었다. 그는 상황을 주시하다가 기회를 틈타 정난군(靖難軍)을 조직하여 북경에서 쿠테타를 일으켜 남경을 함락시키고 조카의 황위를 빼앗아 44세의 나이로 영락제가 된다. 이를 '정난(靖難)의 변'이라고 하는데, '정(靖)'은 '평정하다'란 뜻이고 '난(難)'은 '어지러움'이다. 즉, 황제 주변의 간신을 척결하겠다는 명목으로 조카의 황제 자리를 빼앗게 된 것이다.

역사서에 의하면 건문제 주윤문은 학문을 좋아해서 학자와 문인을 우대했고, 그의 주변에는 뛰어난 문인들이 포진해 있었는데, 대표적인 인물이 방효유(方孝孺)다. 방효유는 혜종 주윤문의 태자시절 글선생이었고, 시대를 대표하는 학자였다. 황제가 된 영락제 주체는 방효유에게 자신의 등극을 천하에 알리는 조서를 쓰도록 강요했지만, 방효유는 끝까지 저항했다. 그를 죽이면 천하에 독서인이 등을 돌릴

그림 9. 장제스. 절강성 출신으로, 1926년 국민혁명군 총사령관에 취임하고 북벌을 실시한다. 국공내전에서 대패한 이후, 1949년 12월 타이완으로 건너가 중화민국을 이어갔다. 항일전쟁의 주역이란 긍정적 평가와 함께 이후 5선 총통이 되는 등 독재적 정치를 실시했다는 비판이 있다.

것이라는 주변의 충고에도 영락제는 그의 10족을 멸해버린다. 양사기(楊士奇, 1365~1444) 처럼 영락제를 따른 유명 문인도 있지만, 영락제의 이 행위는 남경 문인사회에 불안감을 조성했고, 조카를 죽음에 이르게하고 황제자리를 차지했다는 비난을 강화시켰다. 주체에 대한 남경 민심의 이반은 불을 보듯 뻔히 보였다. 영락제는 쿠데타 성공 1년(1403, 영락원년)만에 자신이 33년을 살아왔던 근거지인 연(燕)으로 수도를 옮길 것을 결정했고, 1421년(영락19년)에 완전히 천도하면서 50여년간 사용된 '북평'이란 명칭이 '북경'으로 개칭된다.

청은 명나라의 수도와 궁성을 그대로 자신의 수도로 삼았기 때문에 북경과 자금성이란 명칭은 명을 이어 존속한다. 이후, 손문(孫文, 1866~1925)이 1912년 남경에서 서양 근대 정치사상의 영향을 받아 민족·민주·민생의 삼민주의(三民主義)를 부르짖으며 중화민국의 건립을 선포하고, 신해혁명(辛亥革命)을 완수한다. 그리고, 손문이 죽은지 4년 째 되던 해인 1928년 6월 8일에 혁명군총사령 장제스(蔣介石, 1887~1975)가 중화민국의 이름으로 북양군벌이 장악한 북경을 정벌한다. 그리고, '북경'을 명대의 전례를 따라 다시 '북평'으로 강등시킨다. 그리고, 국민당과 공산당의 숨 막히는 접전 끝에 결국 1949년 인민해방군이 북평을 점령하면서

'북평'은 '북경'이란 이름을 되찾는다.

끝으로, 북경(北京)을 지칭하는 영어를 보면 'Beijing' 대신 "Peking"으로 표기하는 고유명사가 많다. 대표적으로 북경대학(北京大學)을 'Peking University'로, 북경 오리 고기는 'Peking duck'으로, 경극(京劇)을 'Peking opera'라고 한다. 'peking'을 국제 공인 표기로 처음 사용한 것은 광서(光瑞) 32년(1906) 상해에서 열린 제국우전연석회의(帝国邮电联席会议, Imperial Postal Joint-Session Conference)이며, 이 당시 표기법의 이름은 우정식병음(郵政式拼音, Chinese Postal Map Romanization)이다.[20] 즉, 이 표기는 중국에 우편제도가 들어서면서 중국 각지를 로마자로 표기할 필요가 생겼기 때문에 제정된 것이다. 우리에게 익숙한 청도맥주를 'Tsingtao'로 표기하는 것도 이 표기법에 따른 것이다.[21]

4 자금성紫禁城의 구조

수도로서의 북경을 상징하는 건축물은 무엇일까? 이 건축물은 북경의 600년 수도 역사를 상징해야 하며, 또한 중국의 찬란한 역사적 의미와 문화의 정수를 담지하고 있어야 한다. 이런 성격을 가장 상징

---

20) 于海阔, 「北京到底是beijing还是peking」, 『咬文嚼字』, 06, 2016, 6·9-6·11쪽.

21) 우정식병음의 기초는 '웨이드-자일스 표기법(Wade-Giles system)'인데, 이는 19세기 중엽 영국의 외교관이자 중국학 전문가 토머스 프랜시스 웨이드(Thomas Francis Wade, 1818-1895)가 고안하고, 케임브리지 대학 최초의 중문과 교수였던 허버트 자일즈(Herbert Giles, 1845-1935)가 1892년에 완성한 중국어 로마자 표기법이다. 웨이드-자일드식 표기로 북경을 표시한다면 "Pei-ching"이 된다. 于海阔, 위의 책, 6·9쪽.

그림 10. 고궁(古宮) 전경

적으로 간직한 건축물은 단연 자금성(紫禁城)일 것이다. 봉건 정치를 타도할 것을 주장하며 청나라를 무너뜨린 중화민국도, 인민의 국가를 주장했던 중화인민공화국도 자금성이 가진 중국 정치·경제·문화 권력의 상징성을 완전히 부정할 수는 없었기 때문에, 다른 곳은 철거하더라도 이 곳은 남겨두었다.

　앞서 살펴보았듯이 북경은 여러 왕조의 수도였다. 북경이 수도의 풍모를 갖추기 시작한 것은 금 왕조가 북송의 수도 변량(汴梁, 카이펑开封)을 모방해 성을 축조하면서 시작되었다고 볼 수 있다. 하지만, 이 지역은 물자 공급을 위해 대운에 의탁할 수 밖에 없었기 때문에, 북경에서 서남쪽에 치우친 곳이었고, 몽고와 남송 연합군이 금을 멸망시키면서 수도의 기능을 멈춘다. 이후, 중국 화북지역에 기반을 둔 쿠빌라이(忽必烈)가 황제가 되면서 현재의 북경이 원나라의 수도가 되었고, 세계적인 도시로 성장한다. 마르코폴로는 원나라 대도를 세계에서 가장 장대하고 화려한 도시라고 묘사했다. 이처럼 세계적인 영향력을 행사했던 원나라의 수도가 존재했던 곳이지만, 원나라가 이민족 왕조라는 특성 때문에 명대에는 북경의 중요도가 낮춰졌고, 주원장은 북경을 북평(北平)이라고 칭했다.

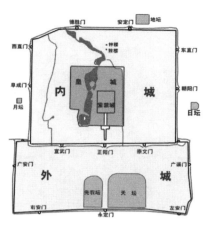

그림 11. 북경성의 외성과 내성, 그리고 황성과 자금성을 표시한 그림

현재 우리가 볼 수 있는 북경성의 모습을 형성한 시기는 앞서 살펴본 대로 명나라 3대 황제인 영락제(永樂帝) 주체(朱棣)가 정난의 변을 통해 조카인 건문제의 황권을 빼앗고, 남경에서 자신의 근거지인 북경으로 천도를 결정하게 되면부터다.

영락 4년(1406)을 기점으로 북경에 황제의 거소인 자금성(紫禁城)의 기초공사가 시작되어, 영락 18년에 완성된다. 이 궁전은 명나라 숭정(崇禎) 17년(1644) 이자성(李自成)이 이끄는 농민 반란군에 의해 점령당하지만, 곧이어 청나라가 산해관을 뚫고 내려오면서, 만주족의 차지가 된다. 이자성은 도망가면서 자금성에 불을 질렀고, 황궁의 태반이 소실되고 만다. 청나라는 이 명나라 황궁을 유지 보수하기로 결정하고, 중건을 실시했다. 현재 우리가 볼 수 있는 건물은 명대 건설되어 청대에 유지보수된 건축물이다.

북경의 성은 본래 3중 구조로 되어 있었다. 즉 황제가 생활하고 집무를 보는 궁성(宮城)인 자금성(紫禁城)이 있고, 행정 관서가 있던 황성(皇城)이 있으며, 이 황성 외부에 금려팔기(禁旅八旗)가 주둔한 경성(京城)이 있다.22) 그런데, 현재 북경성은 경성 밖에 한 겹이 더있

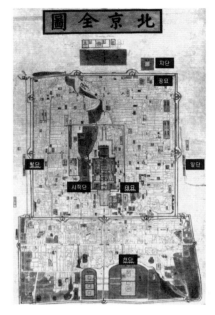

그림 12. 천단, 지단, 일단, 월단, 사직단과 종묘. 천지와 일월은 우주공간과 그 운행 법칙인 사시(四時)를 의미한다. 이 상징에 대해 제사를 지낸다는 것은 위로는 우주의 시공 법칙을 준수하며, 인간 세에는 유가의 원칙에 근거하여 국가와 황족의 역사를 진행하는 의미를 읽을 수 있다. 지도에서 일단과 월단은 정동과 정서에 위치하지만, 지단과 천단은 중심축에서 동쪽으로 치우쳐 있는데, 이는 후천팔괘(後天八卦)의 방위에 따라 천단과 지단의 위치를 설정한 것으로 보인다. 더욱이 중심축에 따라 건설된다면 통행에 불편을 줄 수 있다는 점 역시 고려되었을 것이다.

다. 새로 생긴 이 성곽은 명나라 제11대 황제인 가정제(嘉定帝) 32년(1553)에 이른바 '북쪽의 유목민족, 남쪽의 왜구'라 불리는 '북로남외(北虜南倭)'의 위협을 방비하기 위해서 축조한 것이다. 하지만, 자금 사정으로 인해 남쪽에만 세워지게 되는데, 이 성벽을 외성(外城)이라고 하고, 기존의 성벽을 내성(內城)이라고 한다. 청대에는 외성에 일반 백성이 살았다.[23]

---

22) 북경에 주둔하고 있는 팔기(八旗) 군대는 '금려팔기', '경려팔기'(勁旅八旗) 또는 '경기'(京旗)라고도 했고, 북경 내성(內城)에 팔기를 좌우로 나누어 주둔시켰다. 팔기의 경성 주둔지 위치는 위키피디아를 참조. https://ko.wikipedia.org/wiki/%ED%8C%94%EA%B8%B0%EC%A0%9C#cite_ref-67

23) 기민분성(旗民分城). 위키피디아. https://ko.wikipedia.org/wiki/%ED%8C%94%EA%B8%B0%EC%A0%9C#cite_ref-67

북경성은 철저한 계획도시이고, 그 계획의 기준은 중국 유가 경전 가운데 하나인 『주례(周禮)』라는 책에 기원하고 있다. 『주례』는 기원전 11세기에 세워진 주나라의 전장제도를 기록한 책으로, 주나라 건국과 초기 정치를 담당했던 주공(周公)의 저작으로 알려져 있다. 이 『주례·고공기(考工记)』에는 도성의 건축과 관련한 세부 규정이 기록되어 있다.

> 수도는 정방형으로 하되, 각 변은 9리(里)로 하며, 변에 3개의 문을 만든다. 성안에 세로 9개, 가로 9개의 대로를 만드는데, 길의 폭은 9궤이다.24) 왕궁 노문(路门) 밖의 왼편에는 황제의 선조를 제사 지내는 태묘(太庙)를 두고, 오른편에는 국가의 평안을 기원하는 사직(社稷)을 둔다. 노침(路寝) 앞에는 3조가 있고, 북궁 뒤에는 3시(三市)가 열리는데, 시와 조는 모두 개인이 받는 땅의 면적만 하다(匠人营国 , 方九里 , 旁三门。国中九经、九纬 , 经涂九轨。左祖 , 右社 ; 面朝 , 后市。市、朝一夫)25)

위의 글에서 "각 변이 9리"란 것은 내성의 면적이 36리란 것을 의미한다. 하지만 북경성 내성은 이 보다 큰 45리에 걸쳐있고, 12미터의 성벽이 에워싸고 있다.26) "변에 3개의 문"은 성곽의 4변에 각각 3개의 문을 만든다는 것으로, 본래는 12개의 문이 조성되어야 한다. 하지만, 북경성의 내성은 남쪽에 선무문(宣武门), 정양문(正阳门), 숭문문(崇文门)의 3개의 문이 있을 뿐, 나머지 3변에는 각각 2개의 문만

---

24) 궤軌는 수레의 폭인데, 8척으로, 구궤는 72척이 된다. 鄭玄『周禮注』: 經緯之塗 , 皆容方九軌。軌 , 謂轍廣。乘車六尺六寸 , 旁加七寸 , 凡八尺 , 是爲轍廣。九軌積七十二尺. 四庫電子版.

25) 『周禮注疏』 卷四十一,「冬官考工記·下」. 四庫電子版.

26) 阎崇年,『大故宫』, 长江文艺出版社, 2012.(ebook)

있어 모두 9개의 문만 있다.[27] "노문(路門) 왼쪽에는 태묘, 오른쪽에는 사직(社稷)"에서 좌와 우는 모두 황제가 남면(南面)한 것을 기준으로 보기 때문에, 왼쪽은 동쪽, 오른쪽은 서쪽이 된다.

『고공기』에서 사직과 종묘가 궁의 가장 안쪽에 있는 문인 노문(路門) 밖에 위치한다고 했는데,[28] 자금성에서 사직단(社稷壇)과 태묘(太廟)는 모두 천안문 좌우측에 위치하여 있다. "노침(路寢) 앞에는 3조가 있고,"에서 삼조(三朝)는 외조(外朝), 치조(治朝), 연조(燕朝)인데, 곧 자금성의 삼전(三殿)인 태화전(太和殿), 중화전(中和殿), 보화전(保和殿)이다. 삼시(三市)는 세 종류의 시장을 의미하고, 오후 2시쯤 열리는 대시(大市), 그리고 아침과 저녁에 열리는 조시(朝市)와 석시(夕市)가 있다.

이처럼 자금성은 『주례』에 근거한 것이지만, 반드시 따른 것은 아닌데, 이는 시대와 자연, 그리고 풍습에 따른 변화로 해석할 수 있다. 하지만, 이 원칙 가운데 생각해 볼 것이 있다. 『주례(周禮)』의 '주'는 주나라이다. 주나라는 중국 왕조 가운데 정통성을 상징하는 왕조이자 문화제도의 기초를 마련하준 왕조다. 이런 점에서, 주나라는 정권의 정당성을, 그리고 '예'는 이것을 보여주는 원칙의 구체화된 실현이다. 따라서, 만주족이 명대 궁성 기초를 그대로 이어갔다는 것은 이미 한족 문화에 동화되는 시초를 받아들인 것이다.

나아가, 북경성에서 볼 수 있는 이 예의 가장 근원적 원칙이 무엇인

---

27) 북변 좌 덕승문(德勝門)·우 안정문(安定門), 동변 상 동직문(東直門)·하 조양문(朝陽門), 서변 상 서직문西直門·하 부성문(阜成門). 정양문을 제외한 8개 문은 만주팔기가 각각 관리했다.

28) 楊天宇, 『周礼译注』: 王宫的路门外左边是宗庙, 右边是社稷坛.(上海古籍出版社, 1997. ebook)

지를 생각해보자. 이 원칙은 황제인 천자와 세계의 관계를 규명하는 원칙이 되어야 한다. 즉, 황제 자신과 사람들의 관계, 그리고 자연계와의 관계를 규정짓는 원칙이 되어야 한다. 『순자』에 따르면 '예'의 가장 근본은 천지(天地)와 부모(父母), 그리고 국가와 스승이었다. '천지'는 생명의 근본이고, '부모'는 나의 근본이며, 국가와 스승은 사회적 근본이다. 순자의 이 학설을 예의 '삼본설(三本說)'이라고 한다.[29] 그렇다면, 북경성에서 '천지'는 어디에 있고, 부모는 어디에 있으며, 국가와 스승은 어디에 있는가? 천지는 황제가 하늘과 땅에 제사를 지내는 천단(天壇)과 지단(地壇), 일단(日壇)과 월단(月壇)으로 상징되고, 부모는 황제의 선조가 묘셔진 태묘(太廟)로 표현되어 있다. 국가는 농토의 개간과 곡식의 파종의 신인 사직단(社稷壇)에 대한 제사를 통해 은총을 기복하며 국가 존립의 지속을 기대하는 것이다. 그리고, 순자의 '스승'에 대한 강조는 공자의 사당인 문묘(文廟)에 표현되어 있다.

5 자금성의 문화적 의미와 구조

자금성은 북경성의 핵심지역으로, 궁성(宮城), 또는 황궁(皇宮)으로 불린다. 자금성의 위치는 북경의 중앙에 위치하고, 그 기능은 황제가 사무를 보고 쉬는 공간인데, 둘레가 3㎞, 면적은 0.72㎢에 980여 단독 건물과 980여 개의 방, 그리고 8707간으로 구성되어 있다.[30] 명

---

29) 朱自清 『经典常谈』。

30) 百度百科, https://baike.baidu.com/item/%E5%8C%97%E4%BA%AC%E6%95%8
5%E5%AE%AB/345415?fromtitle=%E7%B4%AB%E7%A6%81%E5%9F%8E&fro

· 청대에 자금성이라 불리던 이곳은 1924년 풍옥상(馮玉祥)이 "북경정변(北京政變)"을 발동해 푸이를 자금성에서 쫓아내고, 1925년 10월 10일 쌍십절을 기념해 자금성의 이름을 '국립고궁박물원(國立古宮博物院)'으로 바꾸고 일반 백성의 참관을 허용해버린다. 즉, 이 곳은 더이상 황제의 권력이 창출되는 금지된 곳이 아니게 된 것이다. 그리고, "과거의 궁전"이란 의미의 '고궁'이 오늘날까지 사용된다.

자금성(紫禁城)에서 '자(紫)'는 '자미원(紫微垣)'을 뜻한다. '원(垣)'은 담장, 즉 구역을 의미한다. 중국 고대 천문학에서 하늘을 북극성을 중심으로 중앙과 동서로 나눈 세 구역 가운데 중앙 구역이 자미원이다. 또한, 자주색은 오행상극의 원리에서 물이 불을 이기는 수극화(水克火)를 뜻하는 간색(間色)으로, 물과 불의 음양관계를 뜻하며 "모든 일이 이미 이루어짐"을 뜻하는 '기제(既济)'의 의미가 있다.[31] 따라서, 이 글자는 항상 하늘의 중앙에서 천체를 관장하는 천제의 거소를 통해 황제의 거소를 상징하면서 만물의 다스림이 이루어짐을 뜻하는 글자다.

'금'은 '금지'의 의미다. 명령이 '실행하라'라는 적극적인 행위의 요청이라면, '금'은 '하지말라'는 행동제어의 의미다.[32] 즉, '금'은 황제의 거소에서 황제를 제외한 사물의 일체 자기 임의적 행위에 대한 금지를 의미하며, 이는 곧 만물에 대한 황제의 절대적 지배력을 상징

---

mid=1960

31) 黃金貴, 『古代漢語文化百科詞典』, 上海辭書出版社, 2016, 16-17쪽.

32) 郑欣淼(文化部副部长故宫博物院院长): 中国古代星象学认为紫微垣星座位于中间 , 是天帝所在的地方 , 皇帝号称是天子 , 他所住的皇宫就比喻为紫微垣。又由于皇宫门禁森严 , 警卫相当森严所以它就称为紫禁城。https://www.cctv.com/program/tsfx/20050405/102026.shtml(『央视国际』 2005年04月05日).

하는 말이다. 자금성의 영어 번역인 'forbidden city'는 '금지'의 의미를 영어로 옮긴 것이다.

자금성은 넓은 면적 만큼이나 대단히 많은 건물이 복잡하게 건축되어 있는데, 남북 수직선을 중심으로 본다면 외조(外朝)와 내정(內廷)이란 기능적 구분이 가능하다. 외조는 황제의 집무실인 태화전(太和殿), 집무를 보기 전 휴식하는 곳인 중화전(中和殿), 공식 연회장인 보화전(保和殿)의 삼전(三殿)이 핵심이고, 내조는 황제가 기거하는 건청궁(乾淸宮), 황후의 생일을 축하하기도 했던 교태전(交泰殿), 황후의 거소인 곤녕궁(坤寧宮)의 삼궁(三宮)인데, 이는 건청문(乾淸門)을 경계

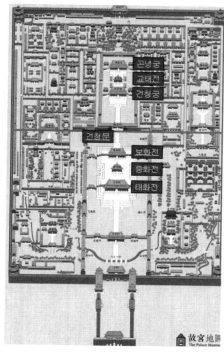

그림 13. 고궁전도에서 건청문을 기준으로 구분된 내정과 외정의 표시. 고궁지도(고궁박물관)

로 나뉜다. 즉, 외조는 황제가 문무 백관의 조례를 받으며 일하는 공식적인 공간이고, 내정은 황제·황후의 침소와 같은 황제의 개인적 공간이 된다. 청나라 마지막 황제 푸이는 1911년 신해혁명이 성공한 다음 황제지위에서 내려와서 모든 권력을 내려놓지만, 여전히 황족을 대표하며 자금성에 기거하는데, 외조는 중화민국이 내조는 청나라 황실이 소유했다.[33] 즉, 그가 포기한 황권과 이동과 거주의 자유를 허용

---

33) 위키피디아: https://ko.wikipedia.org/wiki/%EC%B2%AD%EB%82%98%EB%9D%

그림 14. 건청궁. 명 영락18년(1420)에 건축이 시작되었다. 수 차례 화재로 소실된 이후 현전하는 건물은 청 인종(仁宗) 가경(嘉慶) 3년(1798)에 지어진 것이다. 가로 9간, 세로 5간, 면적 1400㎡, 높이는 20m정도다. (중국 고궁박물관 사이트 참조)

받는 기준이 바로 외조 삼전 아래로 내려오지 않는 것이라고 할 수 있다.

외조의 구조는 삼조오문(三朝五門)으로 구성된다. 삼조는 앞서 살펴본 세 궁전이고, 오문은 태화전부터 시작되는 다섯개의 문으로, 태화문(太和門), 오문(午門), 단문(端門), 천안문(天安門), 대청문(大淸門)이다. 이렇게 다섯 문을 둔 근거 역시 『주례』에 천자의 처소가 외조(外朝), 치조(治朝), 연조(燕朝)의 삼조와 고문(皐門), 고문(庫門), 치문(雉門), 응문(应門), 노문(路門)의 오문으로 되어있다는 것에 근거한 것이다.[34)]

BC_%EC%86%8C%EC%A1%B0%EC%A0%95

34) 『周禮·天官·閽人』: 閽人掌守王宮之中門之禁. "鄭玄『注』: 王有五門, 外曰皐門, 二曰雉門, 三曰庫門, 四曰應門, 五曰路門。路門一曰畢門。玄謂雉門, 三門也.『周禮·秋官·朝士』: 朝士掌建邦外朝之法. 鄭玄『注』: 周天子諸侯, 皆有三朝。外朝一, 內朝二. 內朝之在路門內者或謂之燕朝.

우선 황제의 개인적 생활이 시작되는 내정을 살펴보자. 내정은 3궁으로 구성되어 있다. 3궁은 아래에서 위로 건청궁(乾淸宮), 교태전(交泰殿), 곤녕궁(乾寧宮)의 3궁(宮)으로 구성되어 있다.

우선, 건청궁은 황제의 침소다. 명대 건축된 이 건물은 3궁 가운데 가장 큰데, 이 곳에는 화로가 놓인 9개의 2층 공간이 있고, 각 공간에는 3개의 침상을 두어 도합 27개의 침소가 있었다.[35] 즉, 황제의 침소가 어디인지 외부에서 알지 못하도록 해놓았다. 하지만 명대 가정

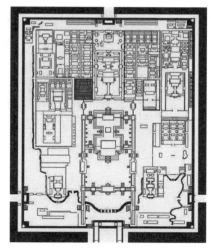

그림 15. 양심전의 위치

제(嘉定帝) 21년(1542)년 '궁비의 변'이라고 불리는 임인궁변(壬寅宮變)이란 사건이 발생했다. 삼엄한 경비와 안전 장치를 뚫고 궁녀 십여명이 가정제의 목을 졸라 죽이려 한 것이다. 이후 명나라 가정제는 이곳에 머물지 않고 서원(西苑), 즉 지금의 삼해(북해, 중해, 남해)로 거처를 옮긴다.[36] 건청궁은 청대 4대 황제 강희제까지 계속해서 황제의 침소로 사용 되었으나, 뒤를 이은 옹정제(雍正帝)부터 선통제(宣統帝) 푸이(溥儀)까지 8명의 황제가 건청궁 왼편에 있는 양심전(養心殿)을 침소로 활용하고, 건청궁에서 업무를 보았다. '양심전'은 『맹자(孟子)』에서 따온 것이다.

35) 고궁박물관, https://www.dpm.org.cn/explore/building/236472.html
36) 고궁박물관, 위의 사이트.

그림 16. 곤녕궁(좌)과 교태전(우)

마음을 기르는 데는 욕망을 줄이는 것보다 나은 것이 없다(養心莫善於寡欲).[37]

옹정제가 비록 20여 차례의 문자옥(文字獄)이라는 엄격한 도서 검열과 감시로 유명하지만(물론 뒤를 이은 건륭제의 120여회에 비하면 약한 수준이다), 그가 황제의 업무에 굉장히 충실했으며, 그의 치세 하에서 청나라가 전성기를 구가하게 되었다는 평가를 받는다.[38] 최소한 침소와 사무실을 가까운 곳에 두어 출근 거리를 좁혔다는 옹정제의 양심전과 건청궁 이야기는 과도한 허례허식보다 합리성과 효율성을 중시했던 그의 일면을 볼 수 있다.

곤녕궁(乾寧宮)은 황후의 침소이고, 3궁에서 2번째로 큰 건물이다. 교태전(交泰殿)은 황후의 공식 활동이 이루어지는 곳이다. 즉 황후의 생일 파티나 매년 봄에 누에치는 행사를 황후가 시범보이는 곳이다. 《주역》에서 건(乾)은 하늘이며 황제를 지칭하고, 곤(乾)은 땅으로 황후를 지칭한다. 하지만, 후삼궁의 건물 이름은 단순히 건이 황제, 곤이

---

37) 『孟子 · 盡心 · 下』, 四庫電子版.
38) 데니스 트위체트, 『캠브리지중국사 · 10권(上)』, 새물결, 2007, 78쪽.

황후를 상징하는 것 이상의 의미를 지닌다.

'곤녕궁'의 '곤녕'이란 글자와 앞서 나온 '건청궁'의 '건청'은 『노자』에 나오는 말이다.

> 예부터 하나(一)를 얻은 것들이 있었으니, 하늘(천)은 하나를 얻어 맑고, 땅(곤)은 하나를 얻어 편안하며, …, 만물은 하나를 얻어 생겨나고, 제후나 왕은 하나를 얻어 천하를 바르게 한다.(昔之得一者, 天得一以淸, 地得一以寧, …, 萬物得一以生, 侯王得一以爲天下正) 39)

즉, '건청'과 '곤녕'의 의미는 황제와 황후가 '도(하나)'를 얻어 맑고 편안하여, 도가 부여한 생명을 얻은 만물을 잘 다스리기를 기원하는 의미가 들어있다. 또 '교태전'의 '교태(交泰)'는 『주역(周易)』에서 따온 것이다. 『주역』의 '태괘(泰卦)'에는 다음과 같은 글이 있다.

> 하늘과 땅이 만나는 것을 '태'라고 한다.(天地交, 泰)40)

그림 17. 태화전에서 태화문을 바라본 모습.

---

39) 老子 『道德经』·第三十九章, 四庫電子版.
40) 『周易·泰卦』, 四庫電子版.

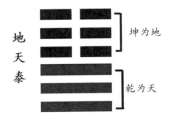

地
天
泰

坤为地

乾为天

그림 18.

'태괘'를 살펴보면 곤괘와 건괘가 각각 상하로 포진되어 있고, 이것은 후삼궁의 건물 배치 형태가 가진 의미와 완전히 일치한다. 즉, 건은 건청궁이고, 곤은 곤녕궁이 되며, 이 둘 사이에 태괘를 의미하는 교태전이 들어선 것이다. 따라서 후삼궁의 각 건물의 명칭과 배치 속에서 도를 얻은 하늘과 땅이 만나 화합하여 만물을 소생시킨다는 의미부여를 읽을 수 있다.

이 내정의 좌우는 비빈들의 거처인 동육궁(東六宮)과 서육궁(西六宮)으로, 동육궁은 황제의 정비가 다스리고, 서육궁은 그 다음 지위를 가진 황비가 다스린다. 청나라 말기 서태후의 이름은 여기서 유래했다. 서태후의 정식 명칭은 자희태후(慈禧太后)이지만, 그녀를 서태후라 부른 것은 그녀가 서육궁의 관리자란 의미고, 함풍제의 정비가 아니란 뜻을 담고있다. 당시 함풍제의 정비는 자안태후(慈安太后) 뉴호녹씨(鈕祜祿氏)인 동태후(東太後)다.

황제의 공적 업무를 담당하는 외정은 자금성의 정중앙에 위치한 태화전(太和殿)·중화전(中和殿)·보화전(保和殿)의 삼대전으로 구성된다. '보화전'은 명대 황제의 드레스룸이었다가 청대에는 공식적 잔치가 열리는 곳이 되었다. 황제의 결혼식도 여기에서 거행되었다.[41] 그리고 건륭제부터는 이 곳에서 황제가 참관하는 시험인 전시(展試)도 열렸다. '중화전'은 황제가 업무를 보다가 휴식하는 공간으로 사용되었다.[42]

---

41) 고궁박물관, https://www.dpm.org.cn/explore/building/236434.html

그림 19. 보화전(좌)과 중화전(우)

    태화전은 명대 영락 18년(1420年)에 건축이 시작되었고, 도교에 빠진 가정제 시기(1562)에 황극전(皇极殿)으로 개칭되었다가, 청대 순치(順治)2년(1645)에 태화전으로 개명되었고, 각종 화재로 파손되었다가 현재의 건물은 강희 34년(1695)에 중건된 것이다.43)

    이 건물은 지붕이 중첨무전정(重檐庑殿頂) 형식으로, 황제의 침소인 건청궁, 황궁의 첫 문인 오문(午門)이 이 형식이다. 천안문의 경우 헐산정(歇山頂)으로, 등급이 하나 낮다. 또한 이 곳은 폭이 11간(間)이다. 일반적인 중요 건물이 가로 9간 세로 5간인 것에 비해 2간이 더 많다. 9와 5는 양수의 생수(生數)와 성수(成數)의 가장 높은 수로, 구오지존(九五至尊)이란 군주 지위를 상징하는 『주역』의 9·5를 상징하고, 건청궁, 보화전, 천안문이 이 체례를 따른다.44) 즉, 건물의 형태를 통해 지위등급을 보인 것이다.

    이 곳은 황제 등극과 결혼, 황후책봉, 출전명령 같은 가장 중요한 행사가 열리고, 또한 가장 중요한 정책결정이 이루어지는 곳이기 때

---

42) 고궁박물관. https://www.dpm.org.cn/explore/building/236464.html

43) 明·淸兩代皇帝即位、節日慶賀、朝會大典、元旦賜宴、命將出征、殿試進士等 , 均在此舉行。고궁박물관. https://www.dpm.org.cn

44) 閻崇年, 앞의 책, ebook.

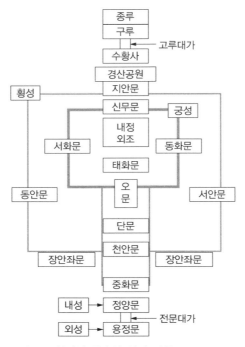

종루

구루

고루대가

수황사

경산공원

지안문

횡성

신무문

궁성

내정
외조

서화문

동화문

태화문

동안문

오
문

서안문

단문

천안문

장안좌문

장안좌문

중화문

내성

정양문

전문대가

외성

용정문

그림 20. 북경성 중추선 상의 건물

문에,45) 자금성의 핵심건물이 된다. 영화 『마지막 황제』에서 조서에 옥쇄를 찍는 장면이 촬영된 곳이 태화전이다. 태화전은 금란전(金鑾殿)이라고도 불리며, 자금성의 남북 중심축선의 위치에 위치하는 건물 가운데 가장 큰 건축물이다.46)

태화전에서 나오면 태화전광장이 있고, 이 태화전광장과 외부를 연결하는 태화문(太和門)이 있다. 태화문은 자금성에서 가장 큰 문이

45) 明·淸兩代皇帝即位、節日慶賀、朝會大典、元旦賜宴、命將出征、殿試進士 等 , 均在此舉行。고궁박물관. https://www.dpm.org.cn

46) 고궁박물관, https://www.dpm.org.cn/explore/building/236465.html

그림 21. 오문은 궁성(자금성)과 황성을 구분하는 문이다.

며 외조 궁전의 정문에 해당된다.

자금성에 들어서면 중앙 통로와 도로가 모두 5개로 구성된 것을 볼 수 있는데, 가운데 길은 용의 모습이 새겨진 황제 전용 도로인 어로(禦路)다. 이 일직선은 태화전에서 아래로 태화문, 오문(午門), 단문(端門), 황성의 천안문(天安門), 대청문(大清門)을 거쳐 내성의 정 중앙 문인 정양문(正陽門), 그리고 외성의 정문 용정문(永定門)까지 이어지고, 위로는 내정 3궁을 거쳐 자금성의 신무문(神武門), 황성의 지안문(地安門), 경산(景山), 수황전(寿皇殿), 고루대가(鼓楼大街)를 거쳐 종루(鍾樓)와 고루(鼓樓)로 이어진다. 이것이 이른바 용맥이란 것으로, 국가와 황족의 자존심을 상징한다. 이 길은 아무도 밟을 수 없는데, 황제역시 가마를 타고 이위를 지나간다.

태화문을 나서면 금수교(金水桥)가 있다. '금수(金水)'는 자금성 내부와 외부로 나뉘어 흐르는 강으로, 안으로 흐르는 강을 내금수교, 외부를 외금수교라고 한다. 이 물은 북경 서교(西郊) 옥천산(玉泉山)의 물을 끌어온 것인데, 오행에 따르면 서방이 금(金)에 속해서 금수(金水)란 이름을 붙였다.

그림 22. 오문 내부(위), 외부(아래)

태화문과 금수교를 나서면 오문(午門)을 만난다. 이 문은 자금성의 대문이자 자금성의 끝이므로 황제가 외부와 만나는 첫 번째 문이다. 따라서 이 문은 황제의 권위를 보여줄 필요성이 있기 때문에, 대단히 위압적이고 권위적인 문으로 설계된다. '오(午)'는 정남향을 의미한다. 오문(午門)은 가운데 광장을 두고 좌우측에 날개처럼 펼쳐진 벽이 있다. 이처럼 뒤집어진 '凹'자 형태가 되기 때문에, 오문에 도달하면 건물이 자신을 감싸안고 있다는 느낌을 준다.

오문은 외부의 정면에서는 3개의 통로가, 안에서 보면 5개의 통로가 보인다. 가운데 통로는 천자만 사용할 수 있고 일반인의 사용이 엄격히 금지된다. 물론 예외도 존재한다. 정실 황후가 결혼식을 위해 입궐할 때 가운데 길을 사용할 수 있고, 과거의 1등·2등·3등이 집으로 돌아갈 때 가운데 문을 통과할 수 있다.

일반 관원이 오문을 들어오기 위해서는 양쪽 벽의 가장 안쪽에 가로로 난 통로를 통해 들어와야 한다. 이런 점에서 이 문은 출입시에

신분의 차이를 인식시키고 있는데, 자금성의 권력화된 건물 구조를
명확하게 상징하고 있다.

'오문'을 나서면 황성(皇城)이다. 황성은 둘레가 약 9㎞, 면적은
6.87㎢다. 여의도 면적이 8.40㎢ 정도이니 대략 여의도보다 좀 작은
곳이 황성이다. 청나라 시대 거주민은 대체로 왕공 대신들이었다. 청
나라부터 황제의 아들들은 봉지(封地)를 분봉받지 못했기 때문에, 성
년이 된 다음에는 자금성에서 나가서 황성 안에 자신의 거처를 두었
다. 북경에 가게 되면 여러 왕부(王府)가 있는데, 모두 황성의 범위라
고 생각하면 된다.

오문을 나서서 천안문에 도착하기 전에 단문(端門)을 거치게 된다.
단문은 문이라고 하만, 황성의 성벽과 연결된 곳이 아니라 자금성과
황성 사이에 놓인 담장에 속한다. 이 곳은 황제의 의장용품이 구비되

그림 23. 태화전에서 천안문까지 이어지는 세로 축선을 볼 수 있다.

어 있던 곳이다.[47]

이 단문을 지나게 되면 근대 역사에서 유명한 천안문(天安門)에 이른다. 천안문은 황성의 정문이다. 명대에는 본래 하늘의 명을 받든 다는 의미의 승천문(承天門)이라 불렸지만, 순치(順治) 8년(1651)에 천안문으로 개명된다. 각종 행정기구가 모인 황성에서 이루어진 정책이 외부 공간과 접하는 최초의 문이기 때문에, 정령의 반포, 서날, 사면, 개원 등 각종 행정 및 세시 행사가 거행되는 장소다. 마오쩌둥 역시 1950년 10월 1일에 이 곳에 올라 건국을 선포했던 것도 이런 의미를 지닌다고 할 것이다.

그림 24. 대청문, H.C.white, 1901

오문(五門)의 마지막 문인 대청문(大淸門)은 다른 어떤 문보다 권력을 상징하는 문이다. 이 곳은 명대에는 대명문(大明門)으로 불렸고, 중화민국시기에는 중화문(中和門)으로 불렸다. 즉, 국가 정치를 장악한 정권의 명패를 걸어놓는 문이다.

중화민국이 건립되면서 중화문을 철거하고 여기에 마오쩌둥기념관이 들어섰다는 것 역시 의미심장하다. 마오쩌둥의 기념관이 권력을 상징하는 이곳에 만들어졌다는 것은 중국의 역사가 봉건의 역사를 철거하고 혁명의 역사로 영원히 이어질 것이라는 의미가 될 수 있다. 또한 마오쩌둥이 새로운 중국을 대표한다는 의미와 함께, 그의 국부(國父)적 지위를 확정하고 있는 것으로 보인다.

---

47) 閻崇年, 위의 책, ebook.

그림 25. 제일 아래는 경성 내성 각루이고, 그 위가 내성의 정문이 정양문이고, 그 위가 현재 마오쩌둥기념관이다. 이 기념관에서 서쪽 흰색 건물이 인민대회당이고, 오른쪽 건물이 혁명역사박물관이다.

    현재 북경에서 황성의 모습은 과거 중앙 어로를 둘러쌌던 벽을 부수고 천안문광장을 만들었고, 사직단 맞은 편에는 인민대회당을, 그리고 청나라 태묘 맞은 편에는 혁명역사박물관을 두었다. 이 거리를 바라보면서 문득 다음과 같은 생각이 들었다. 과거 국가의 안정을 위해 정성을 다하던 토지신과 곡식의 신을 모시는 곳은 인민을 위해 봉사하는 곳으로, 그리고 황족의 역사를 담은 곳은 혁명의 역사로 서로 대치되고 있다. 그리고 인민영웅기념비가 과거 황제의 '어로(御路)'를 정면으로 대항하며 칼처럼 서있고, 그 뒤에는 마오쩌둥이 썩지 않는 몸을 하고 누워있다. 이렇게 황성을 바라본다면, 마치 마오쩌둥이 천안문 광장에서 수많은 인민들과 함께 봉건 역사가 더 이상 지속되지 않도록 그 곳을 지키는 것 같고, 황제 1인 국가에서 인민의 국가로 변화한 모습을 공간을 통해 드러낸 것처럼 보인다. 그러나, 이 열려진 공간의 상징적 희망을 현대 정치가 받아들이는 방식에 대해서는 다양한 의견이 있을 수 있을 것이다.

6 나가며

그림 26. 오스발드 시렌. 그는 1929년에 한국을 다녀갔다.

이상에서 북경성과 자금성을 살펴보았다. 하지만, 북경성의 여러 성문에 관해서는 언급하지 못했다는 아쉬움이 있다. 성벽과 성곽에 관하여 인상깊은 저술을 남긴 사람은 오스발드 시렌(Osvald Sirén, 1879~1966)이다. 스웨덴 스톡홀름 미술대학 교수였던 그는, 1928년에서 1944년까지 스웨덴국립박물관의 회화와 조각을 담당하는 부서 관리자로 근무하면서 국립박물관과 동아시아박물관의 동아시아컬렉션을 조성했다. 그가 1918년에서 1935년 사이에 스웨덴과 중국, 한국, 일본을 오가며 중국 회화, 건축 그리고 정원에 관한 연구에 종사하면서 지은 책인 『북경의 성벽과 성문(The Walls and Gates of Peking)』에는 그가 내성(內城) 각루(角樓)를 돌아보며 남긴 인상을 이렇게 적고 있다.[48]

---

48) 喜仁龙 着, 邓可 译,『北京的城墙与城门』: 此处所指应为北京内城西南角樓和東南角樓. (北京联合出版公司, 2017, ebook)

처음 언뜻 보면, 북경성의 내성은 고색창연한 거리에 줄 지어졌거나, 성벽 뒤에 숨어있는 아름다운 색채로 그려진 그림 같은 목조 궁전이나 사원, 상점만큼 매력적으로 보이지 않을 수 있다. 하지만, 이 광활한 도시에 익숙해진다면 내성(內城)은 엄청난 확장성을 간직한 체조용하지만 강력한 리듬으로 모든 것을 지배하는 가장 인상적인 기념비적 건축으로 다가올 것이다. 극단적으로 단순한 수평선이 연이어진 외성은 이곳을 갓 찾은 사람에게는 단조롭고 흥미롭지 않은 것으로 보일 수 있지만, 자세히 살펴보면 다양하고 불규칙한 재료와 기술이 간직한 과거의 기록으로서의 중요성이 가득하다는 것을 알게 될 것이다.[49]

그림 27. 내성의 정문인 정양문의 사진(1915년 이전). 현재 이곳의 성벽은 철거되고 전루와 문의 형태만 남아있다.

---

49) Osvald Sirén, *THE WALLS AND GATES OF PEKING*, "At first sight they may not be as attractive to the eye as the palaces, temples and shop-fronts of those highly coloured and picturesquely composed wooden structures which still line the old streets or hide behind the walls, but after a longer acquaintance with this vast city, they become the most impressive monuments—enormous in their extension and dominating everything by their quiet forceful rhythm. They may appear monotonous and uninteresting to the newcomer in their severe simplicity and their continuity of horizontal lines, but on closer observation he will find that they are varied by many irregularities in material and workmanship, full of significance as records of past periods", London, John Lane, 1924, 34쪽.

그림 28. 북경성 외성의 동남각루(東南角樓). 1895년. 현전하는 유일한 각루이나 보전 상태가 좋지 못하다.

'각루'는 성안에서 성 밖을 살피기 위해 성의 가장자리에 설치했던 초소다. 이 각루를 시작으로 12미터 높이의 북경성 외성이 광활한 들판의 연속선을 1만 4천여 킬로미터에 걸쳐 가르고 있다. 성의 화려한 번영을 감싸고 있는 이 성벽은 성 밖과 성안을 극명하게 나누는 경계이면서, 동시에 도시의 광대함을 그 속에 숨기고 있다. 위의 시렌이 남길 글 가운데 "엄청난 확장성(enormous in their extension)"이란 원(元)·명(明)·청(淸)을 거치는 장대한 역사의 흐름 속에서 북경성의 축조가 도시의 삶과 함께 끊임없이 이루어졌다는 것을 의미하고, '조용하지만 강력한 리듬으로 모든 것을 지배한다(dominating everything by their quiet forceful rhythm)'는 구절은 이 장구한 세월 속에서 배태된 수도의 자태를 표현한 글이다. 즉, 북경에는 오랜 역사의 도전을 견뎌낸 힘이 있고, 천하를 경영하는 기백과 품위를 담은 수도 정신이 존재한다는 것이다.

하지만, 도시가 간직한 고도 600년의 자취에서 느끼게 되는 오만하고도 기품있는 모습은 1950년대 이후 엄청난 변화를 겪으면서 그 흔적이 사라지게 된다. 1949년 1월, 인민해방군이 북경 포위하였을 때,

이 곳을 지키는 국민당 장군 푸줘이(傅作義: 1895~1974)가 싸우지않
고 항복함으로써 북경성은 완전하게 보존 된다. 그러나, 새롭게 새워
진 중국 정부는 고도의 이미지를 낡은 것으로 바라보고, 도시화와 공
업화로 이루어진 선진 도시를 꿈꾸며 북경성 철거계획을 새우게 된
다. 량스청(梁思成)이 기록한 마오쩌둥에 관한 다음 기록은 이 시기
중국 정부의 지침을 요약하기에 충분할 것이다.

> 마오쩌둥은 사방을 굽어보며 흥분해서 말했다. "여기서 내려다 볼
> 때, 사방 어디에서나 굴뚝이 보여야 할 것이야"(毛泽东放眼四望 , 兴
> 奋地说: 将来从这里望去 , 要看到处处烟囱！)50)

이처럼, 마오쩌둥은 과거 봉건 국가의 수도 대신 공업화로 가득한
도시를 꿈꾸었다.

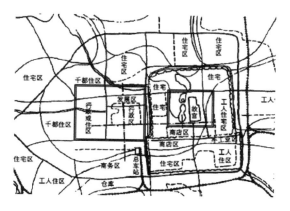

그림 29. 량스청의 새로운 배이징 계획. 그는 북경성을 그대로 놓아두고(우측 네모).
행정구역을 고궁의 서쪽(좌측)에 마련하려고 했다. 李浩, 「"梁陈方案"与"洛阳模
式"」, 『国际城市规划』03, 2015, 106-116쪽.

---

50) 杨东平, 『城市季风: 北京和上海的文化精神』, 新星出版社, 2006, 132쪽.

량치차오(梁启超)의 아들이자 저명한 건축가 량스청(梁思成)이 신북경도시건설의 주요 기획과 설계를 맡으면서 문물 보호를 우선적으로 계획했지만, 주요 기관을 북경 중심에 두고자하는 당과의 말찰은 피할 수 없었다. 량스청은 신중국의 새로운 정치구역을 북경 중심이 아닌 서쪽으로 몰아두고, 고도 북경을 공원으로 계획했으나, 마오쩌둥에 반대하는 인물로 낙인찍힌다.

결국 지하철 공사가 시작된 1954년 지안문(地安门) 철거를 시작으로, 문화대혁명을 거치며 북경의 성벽은 놀라운 속도로 해체되고, 현재는 정양문문루와 전루, 덕승문전루와 동편문전루의 4개 문을 제외하면 모두 사라진 상태다. 청대 말의 열강과의 싸움, 중일전쟁, 그리고 국공내전을 견뎌내며 지탱한 북경성은 결국 내부의 철거를 피하지 못했다. 현재는 전루와 성문으로 이루어진 거대한 성채를 볼 수 없다.

그림 30. 천안문과 외금수교 사이에 세워진 화표(華表). 화표는 고대 길표지판이다. 고궁에 있는 이 화표 맨 위에는 후(犼)라고 불리는 동물이 조각되어 있다. 천안문 내부의 후는 안을, 외부에 있는 후는 밖을 보고 있다. 군주의 안위를 감시한다고 알려진 동물(黃金贵, 「中国古代文化会要」)은 음락에 빠진 왕을 향해 일침을 가했다는 전설이 있다.(阎崇年, 『大故宫』)

문화적인 면에서 생각해보면, 북경은 원(元) 왕조 시기에는 대도(大都), 명·청 왕조 시기에는 북경(北京) 등으로 이름을 바꿔가며 대규모 수도 건설을 경험했다. 이 변화는 북경 지역에 지배계층과 피지배계층이란 명확한 계층 분리 현상을 일으켰고, 관과 민의 양대 문화가 역사적으로 형성되면서, 북경에는 '귀족성'과 '평민성'이란 성격이 존재하게 된다. 전자는 북경에 고상하고 엄숙하며 권위적인 성격을, 후자는 이른바 '라오베이징(老北京)'으로 불리는 민간적 지역색을 부여했다.

　　자금성 가진 화려한 건물들에 대해 호기심과 경이로 바라보지만, 황성의 속성 자체가 대외적으로 보여주기 위한 곳이기 때문에, 그 속에 존재하는 화려함은 선전적이고, 과시적이고, 위압적인 성격을 가진다. 비록 감탄과 경이, 그리고 역사에 대한 존중으로 바라볼 수 있겠지만, 그 속에서 평범하고 일상적인 인간을 맞이하는 따스함이나 인간의 삶이 가진 질곡을 극복하는 삶의 역동성은 쉽게 느낄 수 없다. 북경성이 가진 권위적 배타성은 여전히 이곳을 찾는 사람을 거부하고 금지하는 성격이 있는 것만 같다. 여전히 개방이 거부된 여러 중요 문화재를 보면서, 오히려 경미문화로 일컬어지는 800년 고도(古都)의 전통 민간 문화에 훨씬 이끌리는 지도 모른다.

我欲乘風歸去,	바람을 타고 가고 싶기도 하지만,
又恐瓊樓玉宇,	또, 옥으로 만든 아름다운 그 건물들이
高処不勝寒.	너무 높아 추위를 견디기 어려우니
起舞弄清影,	춤추며 맑은 그림자 노닐 수 있는
何似在人間.	인간 세상만 하겠는가.

- 소식(蘇軾) 『수조가두(水調歌頭)』

하지만, 현재는 이것마저 쉽지 않다. 시장경제의 변화의 거센 바람은 북경 후퉁(胡同:골목을 뜻하는 몽고어) 깊숙한 곳에 자리 잡은 사합원(四合院)에 불어닥치면서, 후퉁은 북경 시에서 일찌감치 사라졌다. 여행 책자에 실린 유명 후퉁은 '라오베이징'의 '인간적 따뜻함' 대신 런민삐(人民币)의 냄새가 성급하고 경박하게 흐른다. 이제, 현재 베이징에는 과거의 수도로서의 자취가 거의 사라지고 새로운 도시로 변모해 있다. 사라지는 것에 대한 아쉬움은 늘 과거에 대한 추억으로 사람을 끌어 당기는 것 같다.

▌참고문헌

顧頡剛, 劉起釪, 『尙書校釋譯論』, 北京, 中華書局, 2005.

데니스 트위체트, 『캠브리지중국사·10권(上)』, 새물결, 2007.

徐复, 『说文五百四十部首正解』, 江苏古籍出版社, 2003.

徐中舒, 『漢語大字典(第二版)』, 四川辞书出版社, 2010.

杨东平, 『城市季风: 北京和上海的文化精神』, 新星出版社, 2006.

양둥핑 저, 장영권 역, 《중국의 두 얼굴》, 서울, 펜타그램, 2008.

王凤阳, 『古辞辨』, 中华书局, 2012.

李学勤, 『字源』, 天津古籍出版社 , 2012.

李浩, 「"梁陈方案"与"洛阳模式"」, 『国际城市规划』 03, 2015, 106-116쪽.

阎崇年, 『大故宫』, 长江文艺出版社, 2012.

周緒全, 『古漢語常用詞通釋』, 重慶出版社, 1988.

John King Fairbank, 杨品泉译, 『剑桥中国史(chinese edition)』, 中国社会
        科学出版社, 2012. ebook.

Osvald Sirén, 『THE WALLS AND GATES OF PEKING』, London, John Lane,

1924.

陈寅恪,〈唐代政治史述论稿〉,『陈寅恪文集』, 上海古籍出版社, 2019. ebook.

黄金贵,「中国古代文化会要」, 浙江大学出版社, 2016.

喜仁龙 着, 邓可 译,『北京的城墙与城门』, 北京联合出版公司, 2017. ebook.

고궁박물관. https://www.dpm.org.cn

국립국어원,『표준국어대사전』. https://stdict.korean.go.kr/

百度百科, https://baike.baidu.com

위키피디아, https://ko.wikipedia.org/wiki/%ED%8C%94%EA%B8%B0%B0%EC%A0%9C#cite_ref-67

中央电视台, https://www.cctv.com

| 집필자 소개 |

노우정   대구대학교 성산교양대학 교수

박정희   중국도시문화연구소 소장

박용찬   경북대학교 국어교육과 교수

서주영   대구대학교 인문과학연구소 연구교수

윤경애   영남대학교 일어일문학과 강사

이경하   서강대학교 중어중문학과 강사

대구대학교 인문과학연구소
동아시아도시인문학총서 4

도시의 확장과 변형 - 문화편 -

초판 1쇄 인쇄 2021년 6월 21일
초판 1쇄 발행 2021년 6월 29일

기   획 | 대구대학교 인문과학연구소
집 필 자 | 노우정·박정희·박용찬·서주영·윤경애·이경하
펴 낸 이 | 하운근
펴 낸 곳 | 學古房

주   소 | 경기도 고양시 덕양구 통일로 140 삼송테크노밸리 A동 B224
전   화 | (02)353-9908   편집부(02)356-9903
팩   스 | (02)6959-8234
홈페이지 | http://hakgobang.co.kr
전자우편 | hakgobang@naver.com, hakgobang@chol.com
등록번호 | 제311-1994-000001호

ISBN 979-11-6586-398-2 94800
       979-11-6586-396-8 (세트)

값 : 15,000원